芙蓉绣庄

阿良 著

中国青年出版社

（京）新登字 083 号

图书在版编目（CIP）数据

芙蓉绣庄 / 阿良著 . —北京：中国青年出版社，2021.7
ISBN 978-7-5153-6447-6

Ⅰ . ①芙… Ⅱ . ①阿… Ⅲ . ①长篇小说 – 中国 – 当代
Ⅳ . ① I247.5

中国版本图书馆 CIP 数据核字（2021）第 147946 号

责任编辑	侯群雄　张睿智	
装帧设计	刘红刚	
内文设计	李　平	
出版发行	中国青年出版社	
社　　址	北京东四十二条 21 号	邮政编码：100708
网　　址	www.cyp.com.cn	
门 市 部	010-57350370	
编 辑 部	010-57350401	
印　　刷	北京中科印刷有限公司	
经　　销	新华书店	
规　　格	710×1000　1/16	
印　　张	18.75	
字　　数	200 千字	
版　　次	2021 年 9 月北京第 1 版	
印　　次	2021 年 9 月北京第 1 次印刷	
定　　价	39.00 元	

本图书如有印装质量问题，请凭购书发票与质检部联系调换　联系电话：（010）57350337

目 录

引　子	//001
第一章	//003
第二章	//023
第三章	//045
第四章	//059
第五章	//075
第六章	//095
第七章	//114
第八章	//132
第九章	//201
第十章	//245
第十一章	//271

引 子

乾隆十三年。孟冬。

荆棘茅草丛生的山区小路上,有两个人匆匆往前赶。走在前面的是一个三十多岁的年轻人,穿一件长马褂,戴一顶毡皮帽,步伐稳健,气宇轩昂。跟在后面的是一个四十多岁的中年人,挑着一担竹篾织的箱子,步伐很稳健。二人商客打扮,是主仆关系。

"黄爷,前面不远有一家翁姓大户人家,我们在那儿投宿一晚,歇歇脚,明儿个再赶路。"后面的中年人跟急两步赶上前面的年轻人说。

"嗯。"前面的年轻人并不多言,鼻孔里哼喷出的气流很厚重。

立冬才半个月,日子就见短了。太阳刚爬过山顶,这边的山脚下就暗沉沉的。这两个人原计划再赶十多里路,天色渐暗,被叫黄爷的决定不急赶,天色太晚,又是山区,不安全。经打探,不远有户翁姓大户,二人决定今晚投宿翁氏山庄。

翁氏山庄占地有几十亩大,后面一座山应是岳麓山脉的山峰,前面是一口水塘。院子被一道青砖的围墙围在里面,显得格外幽静。翁氏族人祖居此地,靠刺绣服饰销往长沙城里,渐渐发富起来。

"咚咚咚",随从敲开翁氏院门。开门老头看了看信函,上下打量门槛外的两位客人，忙把二人迎进院内。

天色渐暗。主仆二人用过晚餐，就在院内散步。在穿过林荫小道拐过流水小桥，经过一阁楼时，忽然一块布掉在黄爷的头顶上。

仆人迅速扯下，借着微光一看，是一块即将绣完的斗方巾帕。手帕一面是盛开的芙蓉花，粉红粉红的，鲜艳欲滴。另一面是含苞待放的花蕾，欲落未落的一只蝴蝶，扇动双翅。那构图、那色彩、那绣工令二人惊讶不已。这是传说中的双面全异绣呀，今天终于在这个山庄见到了。那叫黄爷的急忙抬头寻找失主，只见阁楼上一婷婷玉影，迈着轻巧碎步，很快被一帘布遮掩。

二人原计划早餐后启程。因昨晚那块手帕、那倩影，使这位黄爷一宿未安眠。第二天起床说，休息半天，吃了中午饭再赶路。着随从打探昨晚阁楼上掉巾帕的姑娘。

这姑娘是这庄院里翁老太爷的孙女，年方十四，爷爷在长沙城南门口开了一家刺绣服饰门店，父亲帮办。平日里她和母亲在阁楼刺绣。昨晚听到楼下有人说话，出得刺绣房来看，被楼下年轻人的气质吸引住了，不知不觉手中的绣帕掉了。姑娘羞于启齿要回巾帕，转身进了阁房内。

黄爷听了随从述说后，没有吭声。

一个月之后，翁氏门口一阵鞭炮声，一顶轿子把翁氏姑娘接走了。一块黑底烫金的招牌挂在翁氏的大门正上方。招牌上书四个字："芙蓉绣庄"。落款是当朝的爱新觉罗·弘历，乾隆皇帝御笔……

第一章

/ 1 /

"……湘绣比苏绣、蜀绣、粤绣的历史更为悠久,至今已有两千多年的历史,是我国民间艺术的代表。著名的马王堆汉墓出土文物中,就有湘绣的样品。苏绣以猫见长,蜀绣以金鱼见长,粤绣以金银绣见长,而湘绣的题材更为广泛,不仅形象逼真,风格豪放,并且色彩丰富,刺绣精湛。湘绣是送礼佳品。1874年,左宗棠进京觐见慈禧太后,送的就是湘绣《荷花图》;1929年,孙中山遗体迁葬南京中山陵,棺罩用的也是湘绣;1949年,毛泽东主席访问苏联送给斯大林的七十大寿礼品也是湘绣像……"

在湘绣展销会上的芙蓉厅,两个如花似玉的窈窕女子,穿着一红一蓝的宫式湘绣服饰,正用古筝和琵琶弹奏一首明快的古典音乐。女主持穿着湘绣旗袍亭亭玉立,在音乐声中指着一幅幅湘绣向来宾介绍。那声音像山涧泉水,格外悦耳动听。大厅里的人听得入了迷。

这时,一个青年女子向观众鞠躬。女主持人介绍说:"湘绣分为实用品与艺术欣赏品两大类。这位季晓玲小姐绣的这幅湘绣品,是艺术欣赏品。"

观众的脸上都洋溢着惊喜,掌声齐响起,唯独前左的日商佐藤雄面无表情，不露声色。

欧阳芬在一旁与一个体态丰盈的中年女人——她的姨妈交谈着，嘻嘻哈哈、指指点点。

欧阳子玉说："芬芬，你这张嘴从早到晚都像拧足了发条，没个停的时候。"

欧阳芬笑了，撒着娇说："姨妈，您又说我了。"顺势倒伏在欧阳子玉的肩上咯咯笑。

欧阳芬的姨父罗夫平是慧梦湘绣公司的董事长，他在一边也说："你这张嘴是该停停了。"

"姨爹，您也说我啊。我……"欧阳芬撮着小嘴还要说，忽地看见不鼓掌的佐藤雄，凑到姨妈耳边说："哎，姨妈，您瞧，那个佐藤怎么回事，对我们公司的湘绣好像不屑一顾啊。"

欧阳子玉说："佐藤雄是日本最大的湘绣制品经销商，不见真菩萨，他是不会烧香的。"

欧阳芬说："等一会儿，让蓉姑娘亮出她的绝活，准会彻底征服佐藤雄。"

欧阳子玉说："眼下市场萧条，竞争激烈，所以我们要抓住佐藤雄这位大客商。蓉兰的现场绝活表演是今天的一张王牌，对付像佐藤雄这样重要的客户，没有王牌是不行的。"

这时，主持人又指着展示的两幅精美湘绣说："湘绣与机绣不同，机绣用的是棉线，湘绣用的是蚕丝线，而且用线极其考究，仅红色就分为桃红、木红、紫红、大红等十六种色阶……"

席下观众赞叹不已。然而，佐藤雄依然无动于衷。两位青年刺绣女子走出来，向观众鞠躬。主持人说："黄琴小姐和李燕小姐，是这两幅湘绣制品的作者。"大厅又响起掌声。佐藤雄却

第一章

淡淡一笑。

很多外商涌入内地投资兴办实业。罗夫平是马来西亚籍华人，投资五千多万元，回家乡办起了慧梦湘绣公司，产品销往海外。企业落户河西的一个省级开发区。

罗夫平在观察佐藤雄的脸色变化，观察全场反应。这时，罗安然手上拿着几份材料快步走到他身边，低声说："爸，这次来参加展销和订货会的所有客户都是有实力的，特别是那位佐藤雄经理的国际贸易有限公司，无论是经营湘绣制品的规模和拥有的实力，还是发展前景，都是一流的。如果我们与佐藤雄合作，就可以迅速在萧条的市场中站稳脚跟，未来还会有巨大的发展空间。"

罗夫平翻看着材料，说："佐藤雄是我们的首要目标。今天看样品订货会的关键是蓉兰的表演。蓉兰的表演，关系到能否与佐藤雄建立长期合作关系。你要盯紧点，千万不能出岔子。"

罗安然说："爸，您放心，我安排了潘向云专门照顾她。"

/ 2 /

蓉兰年轻漂亮，如出水芙蓉，亭亭玉立。但因为患有类似美尼尔氏症的病，心里一紧张，全身就会微微颤抖。

潘向云是公司的管理层人员，人长得标致、帅气，脑子灵活，嘴巴甜，会说话。跑政府机关的很多业务，总是他跟在老板屁股后面跑，很是受老板器重。湘绣企业漂亮女孩子多，潘向云特别受女孩子青睐。这段时间他与蓉兰走得很近。他来到大厅后面的更衣室，见蓉兰有些紧张，说："你怎么啦？哪里不舒服？这个重要关头你可千万不能砸锅呀！"

蓉兰怯怯地说："大厅里看我表演的，都是些大老板，我从来没见过这种场面，心底里真有点害怕，怕自己控制不住出差错呀！"

潘向云将一条很时尚的裙子递给蓉兰，说："不要怕，今天可是你一展风采的最好机会，你得抓住呀。公司罗总很器重你。来，快穿上吧。"

穿好了裙子，蓉兰对着大穿衣镜看，见衣镜映出较低的上衣领子处双乳微露，酥胸耀目，有点不好意思。潘向云赞赏道："真是'佛要金装，人要衣裳'。蓉兰，你穿上这条连衣裙，可真像个天使。"蓉兰却害羞地嚷道："哎呀，羞死了，羞死了。我不穿，我不穿——"急忙拿过另一件衣服要换。

潘向云忙拦住她，说："不行，不行。这件表演装，可是罗董事长亲自选定的呢。"蓉兰犹豫地说："可我这都露出来了，那么多人，怎么好意思嘛。"潘向云开导说："你呀，年龄不大，思想封建。省城巨幅广告都是三点式。大厅里都是见过世面、响当当的人物，这又不是在你老家那个穷山沟，董事长是外商，特别看重这一点。"

蓉兰说："向云哥，你真的喜欢我穿这条裙子？"潘向云肯定地点头。蓉兰说："你喜欢，那我就穿。"蓉兰像一块糖，完全溶化在潘向云那杯水里。她顺从地任其摆布，两眼含情脉脉地看着潘向云。潘向云一阵冲动，猛地抱住蓉兰，把头埋进了那鲜荔一样白嫩的乳沟。

冷不丁，门被推开，爆发出一阵笑声。潘向云与蓉兰惊得忙松开，见门口站着季晓玲、黄琴和李燕。

第一章

潘向云一时手足无措，尴尬地溜了出去。

蓉兰却没好气地瞪着她们说："真讨厌。"季晓玲嚷道："你说谁讨厌？"蓉兰说："谁讨厌我就骂谁。"季晓玲气得口吐唾沫，大声"呸"。蓉兰说："你们是不是翅膀长硬了，可以飞上天了，就不把我放在眼里啦，啊？"李燕害怕地说："师父，我可没敢惹您生气。"黄琴想息事宁人，说："晓玲姐，算了。"季晓玲说："你们是她的徒弟，我可不是她的徒弟。你们怕她，我可不怕。凭什么每天朝我吹胡子瞪眼睛？"蓉兰气汹汹地逼近一步，说："我就是瞧着你不顺眼，怎么着？"季晓玲跨上一步相迎，说："你要怎么着我就怎么着！"蓉兰吼叫着，动手去抓季晓玲。季晓玲不示弱地还击，两人叫着抓在一起，扭成一团。黄琴与李燕忙动手劝阻，却被蓉兰使劲掀开。一时房内乱成一团。

忽然一声响，蓉兰身上那件衣服被扯开了。蓉兰忙用手捂住胸口，恼怒地说："好啊，你把罗董事长选的表演服扯烂了，我告你去。"说罢，气冲冲地要夺门而出。

季晓玲拦住门，不让她出去。两人又扭打起来。蓉兰打不过季晓玲，只好向门外走廊跑去。跑过走廊，在拐弯处看见一扇门虚掩着，她想躲在里面把门闩上，季晓玲就抓不到她了。她推开门，却见欧阳芬和潘向云抱在一起亲热。她不相信，潘向云是喜欢自己的，刚才还和自己拥抱，眨眼间怎么又和欧阳芬好在一堆？她顿觉气冲脑门，眼前一阵发黑，忙又跑回更衣室，正好撞在季晓玲怀里。季晓玲抓住蓉兰，挥手一个嘴巴打过去，手还没挨着蓉兰，蓉兰身子往地上倒去。

蓉兰已昏迷不醒。黄琴和李燕慌忙把蓉兰抬到沙发上，季晓玲急得团团转，为蓉兰掐人中、敷毛巾，呼唤道："蓉兰，蓉兰，你醒醒，我还没打你，你怎么就昏了？"黄琴说："蓉兰姐有病，你怎么在这个节骨眼上惹她发病？今天她是主角呀。"李燕也焦急地说："这下全砸了，她的压轴戏是罗董事长精心安排的呀！"季晓玲说："惨啦！都怪我，不该跟她吵架。我没打到她啊！"

罗安然听说蓉兰昏过去了，急匆匆赶来，伸手探了探蓉兰的脉搏，对身后的曹焕然说："你马上去请医生来，一定要想办法保证蓉兰上场表演。"公司内设有医务室。

曹焕然应声火速跑出去。

3

大厅内，两个青年女子展现出一幅彩绸："慧梦湘绣欢迎您"。随着彩灯引路，罗夫平与欧阳子玉微笑着走向表演区，挥着手向观众点头致意。

观众以雷动的掌声回应，佐藤雄却在这时站起来说："罗董事长，贵公司展示的湘绣制品虽然精美，技艺却并非一流。贵公司一流的技艺不亮出来，是不是觉得在座的各位不够资格欣赏？"

罗夫平笑道："您说的是双面绣吗？不要着急，下面我们已特别安排蓉姑娘为诸位表演湘绣的最高技艺——双面绣，相信佐藤先生和诸位会满意的。"

掌声再次响起。

第一章

坐在大厅前排左边的佐藤雄祖上一直在华做贸易经商，主要经营纺织品、绣制品、古董、字画。佐藤雄出生在中国，受其爷爷、父亲的影响，对中国文化有一定的研究，是一个中国通。公司传到他手上时，主要做绣制品生意。苏绣、蜀绣、粤绣、湘绣四大绣制品，都是公司经营的主导产品。近年来，公司湘绣制品贸易的份额逐年增大，这与佐藤雄对湘绣制品有特别的喜爱有关。

佐藤雄站起来说："罗董事长，湘绣技艺从传统的单面绣到今天的双面绣，是巧夺天工，我们真的可以欣赏这一神奇技艺的全过程？"

罗夫平说："能够当场表演从绘画设计到双面绣这一绝活的，只有我们公司能做到。像蓉姑娘这样的湘绣女，不多啊……"

罗夫平示意女主持，女主持报幕了，等了一阵，该蓉兰上场了，却迟迟不见人影。

罗安然和潘向云都不在身边。罗夫平焦急地向厅门口望着，为了稳定情绪，他点燃一根雪茄。

这时，罗安然双眉紧锁地叫他出去，告诉他："蓉兰发病了。"

罗夫平一惊，说："看了医生吗？"罗安然说："看了。医生说，她是'美尼尔氏症'，说发就发，一发就昏迷不醒。"罗夫平说："她可真会选时间，早不病，晚不病，偏在这关键时刻发病，这不是让我卡了脖子喊天吗？"停了停，他又焦急地说："无论用什么办法，要让她马上醒过来。那么多重要客户在等着呀……"

罗夫平脸色不好看，阴沉的，灰灰的。欧阳子玉在一旁劝道："夫平，你注意保重身体，不要急，急也没用。"

罗夫平长叹一声，说："都说'养兵千日，用兵一时'，可这关键时刻，却无兵可用，现在是败走麦城，败走麦城呀！"欧阳芬恨恨地说："废物，这些打工妹全是些废物。"

大厅里，已摆放着双面绣绘画设计所需的工具和材料等物品。客商们有的在喝饮料，有的在抽烟，等待着欣赏精美绝伦的湘绣表演，却迟迟不见表演者上场，连罗夫平也不知哪里去了。佐藤雄更显得不耐烦，道："怎么还不开始？"

这时，罗安然走了进来。

人们的注意力都集中在罗安然身上。

罗安然说："诸位嘉宾，我不得不表示十二万分的歉意，我们安排的绝活表演，由于蓉姑娘突发疾病，现在无法进行……"

大厅里顿时人声鼎沸，一片哗然。

4

欧阳子玉向客户们解释着，欧阳芬也向那佐藤雄赔笑脸。佐藤雄冷笑着说："贵公司若有诚意，怎么会出这种事？是不是你们的实力有问题，或者是不想让我们欣赏双面绣表演，才导演了这场蓉姑娘突发疾病的闹剧？"

几个客商七嘴八舌地附和他。有几个还在交头接耳，窃窃私语。

罗夫平愤愤地说："诸位，罗某不是演员，更没当过导演，也没当过编剧，出尔反尔的闹剧，我是编不出，导不出，也演不了的。佐藤先生，您可以指责我的失误，但您不能怀疑我的人格。"

第一章

正当罗夫平焦头烂额之时,罗安然和潘向云在门口向他招手。他走到门外,潘向云将一个姑娘推到他面前,说:"董事长,让她代替蓉兰表演吧。"

罗夫平说:"她?她是谁?"

潘向云说:"她叫黎秀娟,我的高中同学。她家祖上是刺绣的,母亲的刺绣在我们那远近闻名,她自小跟母亲学刺绣,她的刺绣很不错的。她今天去新华书店买书,顺路来看我。就让她上场试试吧。"

罗夫平一看,这黎秀娟身段窈窕,相貌清秀,穿着朴素,甚至带点乡土气息,但全身显出一种与众不同的特殊气质,与满屋打扮穿着时髦的男女形成巨大的反差。

"你……你,能行吗?"罗夫平疑惑地望着黎秀娟,有点结巴。场子再被人砸了,等于火上浇油,那公司的生意就别做了。

黎秀娟显然经过了考虑,微微笑道:"祖上开过刺绣庄,我自小跟母亲学刺绣,穿针引线还在行。"

罗夫平说:"这……这种场合,你……你经历过?"

黎秀娟如实相告:"没有经历过,只能是试试看。"

罗夫平生气了,说:"试试看?胡闹!今天的闹剧还少高潮么?我们公司能够胜任绝活表演的只有蓉兰,你一个乡下姑娘,砸了场子跑人,我如何收摊?"

罗安然对罗夫平说:"爸,中国有句古话,'没有金刚钻,不揽瓷器活',她既然敢应承上场,必不是滥竽充数之流。这场戏反正已经砸了,不如让她试一试,说不定能峰回路转……"

罗夫平已经是焦头烂额,气急败坏地打断了他的话,朝侍立在一角的保安人员下令说:"快给我把她赶出去。"

跟在罗安然身后的潘向云吓得脸色发白。罗安然拦住保安人员，不让他去赶黎秀娟。

黎秀娟没有挪步。她的倔犟劲上来了，董事长急得像热锅上的蚂蚁，必定是这出戏重要。要赶她，她偏不走，要看看这出戏。

罗夫平道："安然，你也疯了？"

罗安然说："救场如救火。不让她试，一点曙光都没有，大厅里乱哄哄的局面没人能平息。让她试一下，说不定见到曙光，出现柳暗花明哩。我们不能犹豫了。"说罢，充满信心地拉着黎秀娟走进大厅表演区。

他接过黎秀娟肩上的帆布袋，自己背着。"你这袋里是什么？这么重。""书店里买的几本书。"黎秀娟跟在罗安然身后。

厅内本是闹哄哄的，忽然一个纯朴素雅的乡下女孩走进来，人们的眼睛都不觉为之一亮。

罗夫平追进来，欲阻止罗安然。佐藤雄上前拦住罗夫平，挺欣赏地说："哟西哟西。罗董事长，你们中国有句古诗，'清水出芙蓉，天然去雕饰'。你不觉得这位姑娘给我们带来了一股清新气息吗？"

佐藤雄拉住罗夫平，他是希望再次看到"洋相"，在签订贸易合同时好压价。

罗夫平被佐藤拦住，停住脚步，认真地打量黎秀娟，并不由自主地一怔，脸上显现出异样的神情。黎秀娟那张漂亮的脸和她与众不同的外表与气质，不仅给了佐藤雄一种强烈的感觉，他的内心也生生地被触动了。黎秀娟的脸在罗夫平的眼中变化着，变成了当年赵惠娥的脸……罗夫平掏出手绢揩了揩眼睛，

第一章

定住心神。他眼前依然是黎秀娟。

这时，人们的注意力都转向黎秀娟。黎秀娟扫了众人一眼，幽默地说："我想，我是突然被赶进考场的学生，在场的各位都是我的考官，考分高低靠大家打。"

有人为她的出台词发出了笑声。

罗夫平说："你对湘绣知道多少？"

黎秀娟应声而答："湘绣五大要素——画、绣、诗、书、印，缺一不可，而且必须有机结合。诗中有画，画中有诗，书中有印，印中有书。至于绣么，不懂色彩不能绣，不懂光线不会绣，不懂层次不可绣，不懂质感不知绣，还有工艺构造……"

罗夫平露出惊讶的目光，说："你说的倒是很好，希望手上功夫比说的更好。"

黎秀娟笑道："手上功夫由大家评说。"说着，她走向场中桌案，拿起笔来，在已经铺展好的一张纸上开始作画。

一双双眼睛注视着她。她很镇静，神态自若，手中画笔挥洒自如。她的湘绣绘画是她妈妈传授给她的，她不仅向妈妈学到了祖传技艺，还一直在传统技艺研究上致力创新，应该说她是胸有成竹的，胸如一片蓝天，有一群鸟儿飞过，飞过云天，飞过高山，飞向阳光……

"哟西哟西……"佐藤雄的喝彩声一落，厅堂里赞叹声不断。

黎秀娟以素描手法，很快就画出了罗安然的头部肖像。罗安然分明在克制自己的激动。黎秀娟又接着挥笔画起第二幅画来。她盯一眼罗夫平，手中笔轻巧如针。一双双注视她的眼睛，有赞美，有欣悦。

黎秀娟的第二幅画又完成了。她以素描手法画出了罗夫平的头部肖像，按程序用机针将一幅头部肖像戳在一幅缎子上。黎秀娟将缎子翻了个边，用机针将另一幅头部肖像戳在缎子的另一面，在几个女工的协助下，将缎子安装到竖起的棚架上。黎秀娟开始刺绣双面绣，但是只绣眼睛。她用一种色线绣着罗夫平的一对眼睛，用另一种不同的色线绣着罗安然的另一对眼睛。她手中绣针上的色线不断变换……

　　厅堂里几乎沸腾了。罗夫平的脸上流露出克制不住的笑容。这时，黎秀娟的刺绣动作突然停止，歉然一笑，说："诸位想必都看累了吧，这幅双面绣还刚开了个头，因为时间有限，只好就此打住。"

　　黎秀娟已是满头大汗。她长吁一口气，伸手揩抹额上的汗珠。欧阳芬的妹妹欧阳圆也在看，不由得被黎秀娟的技艺折服了，赶紧将一条手绢递了过来。黎秀娟感激地一笑，接过手绢，抹着汗。接着潘向云满脸笑容地送来一瓶矿泉水。黎秀娟又感激地一笑，接过矿泉水喝了一口。

　　客商们发出叹息声、遗憾声。佐藤雄说："我理解黎姑娘的苦衷，这种湘绣绝技是不能完全公之于众的。"

　　黎秀娟说："您误会了。双面绣的工艺已经十分复杂，一只眼睛就需要用三十多种色线，二十四种色阶。如果要全部完成这幅双面绣，至少也得大半年，您不可能在这里看这么长时间吧？"

　　佐藤雄说："我相信黎姑娘说的是实话，而不是托词。"

　　黎秀娟一笑，说："如果您有怀疑，我带来了一幅在家里完成的双面绣，请诸位指教。"说着，她打开带来的布包，拿出一

第一章

幅双面绣。

这是一幅芙蓉图,一面是一百朵大红芙蓉花,另一面是一百朵白色芙蓉花。上面还绣着晚唐诗人谭用之的两句诗:"秋风万里芙蓉国,暮雨千家薜荔村。"另一面也绣着两行诗句:"湘上阴云锁梦魂,江边深夜舞刘琨。"

"好!好!"厅堂赞叹声、啧啧称誉声不断。

罗安然激动地说:"黎姑娘,请你开个价吧,这幅双面肖像刺绣,我买了。"

罗夫平更是兴奋,说:"黎姑娘,无论我儿子出的什么价,我都愿意再增加一倍,请你尽快完成这幅双面绣作品。"

黎秀娟淡淡一笑,说:"谢谢,我要赶班车回乡下,告辞了。"说罢,起身朝门外飘然而去。

所有的人还没反应过来,她的身影已在门外消逝。

/ 5 /

黎秀娟的弟弟黎东在大厅门口见姐姐表演完出来,不慌不忙地走出湘绣大楼大厅,又向大马路走去,跟在她身后,问道:"姐,你怎么急着要走呀?"

黎秀娟回头诡异地一笑,说:"你以为他们会让我走么?"

黎东恍然大悟:姐是欲擒故纵。黎东正在读高中。黎秀娟希望他继续读大学,她要挣到更多的钱,保证家里的生活费和弟弟黎东的学费。今天,姐姐黎秀娟来城里,就是要找工作的。潘向云是黎秀娟的同学,还是她的初恋情人。读高中时,潘向云坐黎秀娟后座,总往她书包里塞纸条,满纸的情话,弄得她心猿意马，课堂里走神。高中毕业，潘向云没考上大学，通过在市政府的亲戚介绍，进了这家外资企业打工，听人说混得不错。黎秀娟一大早带着弟弟进城，想通过老同学揽点活干，以解家庭经济窘迫。凑巧，公司展销会上蓉兰发病，潘向云把她推荐给罗安然救场。黎秀娟明白，这次救场，已是将自己的技艺完全地向大家展示了一番。果然，没走多远，潘向云领着罗安然和欧阳圆追了上来。

罗安然诚恳地说："黎小姐，你今天为敝公司救场解难，我是万分感谢。如果敝公司有什么得罪之处，我向你赔礼道歉。"说着，双腿并立，低下头向黎秀娟鞠了一躬。

黎秀娟一时不知如何是好。欧阳圆很喜欢黎秀娟，热情地说："黎小姐，人生聚会是缘分，我想我们一定前世有缘。我虽然不知道你为什么要走，可也不急在这一时呀，我们先交个朋友吧。"她拉住了黎秀娟的手。

"不。应该由我向黎小姐道歉。"罗夫平追上来说，"黎姑娘，刚才有失礼之处，还请谅解。如果你不反对，请到敝公司接待室一叙，如何？"

潘向云忙在一旁极力怂恿："秀娟，罗董事长亲自邀请，快答应呀。"

"好吧。"黎秀娟点点头，在罗夫平、罗安然、欧阳圆、潘向云的陪同下，形成了众星捧月似的阵势。经过大门，那个先前曾气势汹汹呵斥盘问过黎秀娟的保安和保卫部长彭定坤，看到黎秀娟受到老板们的高规格礼待，立时惊得大张着嘴巴。他们先前对要进公司大门的黎秀娟刁难再三，此刻黎秀娟的荣耀，让他们目瞪口呆。

第一章

黎秀娟冲他们灿烂一笑。

正当她心情爽快之时，蓉兰跑了过来。

当蓉兰醒过来，头昏脑涨要赶去表演绝活。季晓玲说："人家早已散戏，观众都退场了。今天这个高手不仅人长得标致，活也干得精致。从绘画设计到双面刺绣，比我们在座的任何人都强。不要以为没有王屠夫，就要吃带毛猪肉。"蓉兰心里直疑惑：还有谁比我更能？她看见门外一群人，拖住了走在后面的潘向云说："向云哥。"潘向云却像变了个人，使劲甩开蓉兰的手，冷笑一声，赶上黎秀娟。

黎秀娟在罗夫平、罗安然、欧阳圆、欧阳子玉、欧阳芬，还有潘向云的簇拥下来到贵宾接待室。黎秀娟坐在沙发上，在罗夫平的询问下说出了自己的来意，她想在公司揽点刺绣活回家干，挣点钱，妈妈治病要钱，弟弟读书要钱。

欧阳芬显出一副蔑视的神情，嘴唇一撇，说："我还以为是个公主呢，原来是乡下一野丫头，小小湘绣个体户。"欧阳圆说："姐，那又怎么了？人家和我们一样，都是人。今天上场解难的是她，而不是你和我。"欧阳芬白了欧阳圆一眼，提醒她说："你别忘了自己的身份。"欧阳圆说："不就是个公司的董事么。"

罗夫平却仍然兴趣盎然，说："黎姑娘，你再详细谈谈你的母亲，你的父亲，还有……"

黎秀娟显然不高兴了，说："家庭详情就不劳董事长操心了。如能分摊些活给我回家干，既能照顾我多病的母亲，又能增加点收入，我很感激。我会保证绣品质量的。"

罗夫平说："我公司业务不外包，这是铁律。我们不能为你一个人破例，把活拿回家去干，那样会影响我们公司的形象。"

罗安然说："黎姑娘，公司很需要你这样的技术人才，我爸的意思是希望你来我们公司上班。"

潘向云过来说："秀娟，罗董事长和罗总经理最器重人才，你还犹豫什么呀？"

"谢谢你们！"黎秀娟站起来，说，"黎东，我们还要去抓药，母亲躺在床上等我们回去。"

/ 6 /

黎秀娟与弟弟黎东头也不回地走出公司大门。

黎东说："姐，你是真人不露相，露相不真人，你比我棋高一着呀，我真服了你。"黎秀娟不解地说："你什么意思？"黎东说："你今天亮了一手绝活，把那个大公司给征服了，罗董事长和罗总经理请你，你一概拒绝。他们来个三顾茅庐，你才肯出山，你这就是经济头脑呀。"

黎秀娟说："你误会了，我不是在演戏。"黎东说："你不是？你真的不想进那个大公司？"黎秀娟说："今天所见所闻，使我明白了自身的价值。那个大公司也是冲着我们家的祖传绝技，才对我刮目相看的嘛。我与其拿祖传绝技去替别人赚大钱，何不自己干一番事业呢。"

黎东兴奋地说："我懂了，姐，你是要自己当老板。"

黎秀娟说："对，自己当老板。现如今政策开放了，很多人自己办企业当老板。俗话说，'宁当鸡头，不做凤尾'。自己的企业自己做主，自己说了算，这才是当真正的老板。"

第一章

人行道绿树成行，厂区环境优美。冷不丁，旁边传来一阵大笑。黎秀娟与黎东一怔，扭头看去，站在他们身后的是潘向云。

潘向云和黎秀娟是青梅竹马，又是老同学。他见黎秀娟走后罗夫平惋惜的神情，深知黎秀娟现在在罗夫平眼里的重要位置，忙追了出来。

"秀娟，你不肯留在公司上班，原来是想自己做老板。我不怕你见怪，你以为老板好当？老板要想办法出好产品，有了产品要找销路，销出去了还要把钱收回来。做老板一天到晚提心吊胆，觉也睡不安稳！哪有上班吃碗安稳饭好……"

黎秀娟打断他的话说："向云，我还以为你是来送我们的，原来是当说客的呀。"潘向云说："我是来送你们的。"黎秀娟说："如果你真是来送我们的，那就请你不要谈你们公司的事，好么？"潘向云只得点头应允。

黎东知道姐姐和潘向云的关系，挺知趣地说："姐，我先去药店抓药，再去买车票。"黎秀娟点点头，黎东很快消失在二人的视线里。

潘向云见黎东走了，靠近黎秀娟，拿眼睛对黎秀娟上下瞧个不停。黎秀娟说："你眼睛怎么了？老是上下跳，跳得人紧张。"潘向云说："秀娟，你比以前更漂亮了。"黎秀娟心里高兴，嘴里却说："以前几个女同学说，你这张嘴呀，挂着蜜，现在还是那样。"潘向云忙说："我只对你一个人说这话。高中毕业几年了，我就只给你写信，没给其他同学写过信。"黎秀娟说："我又没守着你，谁知道你写没写？"潘向云说："天地良心，我要是说谎……"黎秀娟一笑，说："得得得，你又赌咒发誓，动不动天地良心，良心照样可以假冒伪劣。"

潘向云怔了怔，又动情地说："秀娟，你还记得小时候我们玩过家家吗？"黎秀娟两眼发亮，如同两汪春水。潘向云在她耳边说："秀娟，让我们再回到儿时去，好么？"黎秀娟一抖，轻轻地说："我们都不是小孩子了，回去得了么？"

突然，一辆轿车飞速驰来，经过他们身边，猛地将车头一偏，刹住，横挡在了黎秀娟的跟前。黎秀娟和潘向云吓了一跳。轿车门被推开，佐藤雄从车上下来。潘向云高兴地说："是您，佐藤先生。"

佐藤雄没有理会他，却对黎秀娟笑着说："黎姑娘，你们中国有句老话，'有缘千里终相会'，又见到您，我很高兴。"黎秀娟大方地说："我也很高兴。"佐藤雄问："黎姑娘，您这是要上哪里去？"潘向云抢着回答说："她要回家，我送她去车站。"佐藤雄又没理会潘向云，却拉开轿车门，对黎秀娟说："黎姑娘，请上车，我很荣幸能送您回家。"

潘向云脸色阴沉，显然很扫兴。黎秀娟不失礼貌地笑了笑，说："谢谢。不过，我这人贱得很，一坐小车就头晕想吐，坐大客车反而自在得很呢。"佐藤雄做了个表示遗憾的手势，说："凡是天才都有怪癖，没有怪癖成不了天才。"他掏出张名片说："黎姑娘，有用得着我的地方，打我电话。"

黎秀娟接过了名片。佐藤雄又赞叹说："黎姑娘，您是湘绣天才，您的技艺是登峰造极，巧夺天工……"黎秀娟不安地打断他说："您过奖了。俗话说'艺无止境'，如果我登峰造极我就完了呢。我表演的双面绣只是比单面绣高了一个境界，湘绣还有更高的境界——双面全异绣，那才是让人难以企及，登攀

第一章

无期呢。"

佐藤雄惊讶道:"双面全异绣?"

佐藤雄听祖父讲过"双面全异绣"的故事。元代画家黄公望一生画过很多山水画作品,诸如《九峰雪霁图》《丹崖玉树图》《天池石壁图》《溪山雨意图》等,但他特别钟爱《富春山居图》,临死前要带走这幅画,令子女投入火盆中才咽下那口气。黄公望的侄儿从火盆里抢出《富春山居图》,但这幅画已变成长短两部分,身首各异。经后人修补接拼,这幅长卷成了两幅画。后来其中一幅流入宫廷,乾隆皇帝认为是赝品,遂打入冷库封存。湖南一刺绣工匠把烧断的两幅画通过双面全异绣绝技体现在一幅作品中,一面是《无用师卷》,一面是《剩山图》。这幅绣制品是佐藤雄的爷爷在北京古玩店购得的。他爱不释手,终日带在身边。有一天晚上住旅店遇土匪袭击,旅店起火,佐藤雄爷爷救得性命,但失去了那幅双面全异绣的《富春山居图》。临终前,爷爷要佐藤雄日后去中国时,寻访双面全异绣作品的源头。

好一阵佐藤雄才回过神来,对黎秀娟说:"您能跟我说说它的神奇境界和奥秘吗?"他想考考黎秀娟,进一步证实他选择来湖南的正确与否。

黎秀娟说:"简单地说吧,现在的双面绣固然是过去的单面绣所不可想象的,但从绘画设计到具体刺绣,技艺都受到严格的限制。这一面是什么物体,另一面也必须是什么物体,也即正面是猫,反面也必须是猫。如同今天我创作的两对眼睛,它们虽然分属于两个头部,但毕竟都是眼睛。双面全异绣则截然不同,它两面的两种物体可以风马牛不相及,由简单变得复杂,将缺陷变得完善,而且浑然天成,不露痕迹,那才是湘绣技艺的最高境界呢。"

佐藤雄听得痴迷,似乎看到了一幅又一幅精美的湘绣,不由得失声喝彩赞叹。黎秀娟与潘向云走远了,佐藤雄还站在轿车旁发愣。

潘向云冷冷地朝佐藤雄瞥了一眼,说:"秀娟,真有你的,让他开了眼界。我叫辆的士送你去车站吧?"

黎秀娟说:"你要不想和我这样散步,你回去好了。"

潘向云忙说:"谁说我不愿意?我愿意永远陪伴你走下去,一直走到天涯海角。"

黎秀娟扑哧一声笑了,说:"你呀,说话就爱夸张,让人听了不知该去跳舞,还是该去跳楼。"

第二章

/ 1 /

黎秀娟和黎东坐的最后一趟班车从车站慢慢驶出来。忽然,她听见有人喊。她从车窗里探出头,朝后面挥着手。班车后,潘向云正跑步追上来,将一包刚买的水果和食物从车窗外递给了黎秀娟,并大声喊着:"秀娟,向你妈问好。"

黎秀娟有些感动,朝车后的潘向云挥着手。

班车在如血的残阳下行驶。当夜幕降临,班车在荷叶镇停下。夜色笼罩下的小镇与城市的繁荣气派形成强烈的反差,黎秀娟在夜色中回到家里。

母亲赵惠娥躺在床上,满脸病容,头上敷着毛巾,眼睛半睁半闭。她的容颜很憔悴,比实际年龄显得更苍老。屋里的一切都很简陋。她手拿一张颜色发黄的旧照片,看得出这张照片年代久远。照片上是年轻的赵惠娥和丈夫黎德南,黎德南手里抱着一个婴儿,那是他们的女儿。

那是二十世纪六十年代的一个深夜,明月高悬。在一幢旧式二层楼房子里,翁湘慧疲倦地躺在床上,她身边躺着个才满周岁的孩子。丈夫黎德南神色惊慌,匆匆走进来,喊着说:"湘慧!"翁湘慧惊喜地说:"德南,你回来了。"黎德南过去抱起孩子,深情地吻着。翁湘慧说:"德南,你太忙,难得回家一次，女儿还没名字，你给女儿取个名字吧。"黎德南说："就叫小春吧，冬天过去就是春天……不过……"翁湘慧敏锐地感到丈夫话中有话，问："怎么了？"黎德南说："一场运动即将席卷全国，其迅猛和残酷谁也预测不到。这是所里的一个业务副所长告诉我的。我是资本家的女婿，又是'臭老九'，专政的对象。领导出于保护我，提前把我放到市郊的一个农场，交代不叫我回所里，就千万不要回所里去。今天我是从农场偷偷溜回来看望你们母女的。"翁湘慧安慰丈夫说："那你千万小心，注意安全。"

　　翁湘慧带着小春住在麻石板铺就的一条巷子的深处。这是她祖上留下来的一幢两层楼的旧式住宅。母女俩在这里艰难度日。小孩快满两岁时，黎德南每周回家住两个晚上，天黑进屋，天亮离家。翁湘慧试探性问过丈夫到底发生了什么事，丈夫始终不讲，言左右而不肯回答她。这样相安了一段时间。这天晚上，又是明月高照，清辉洒满巷子。小巷里的狗突然变得躁动不安，疯狂地吠叫着，小春也吓得啼哭不止。翁湘慧将小春紧搂怀中。忽地，门被撞开，脸上有伤、身有血迹的黎德南冲进门来，急切地说："他们把我从农场揪回到街上，给我戴高帽子、让我游街、罚我跪下，还吊着打我，我受不了，我破窗逃出来了。"狗叫声夹杂着人的嘶喊声，渐近，渐清晰，让人毛骨悚然。"黎德南逃跑了！""快抓黎德南……"

　　翁湘慧惊慌地说："他们在抓你，你怎么还跑回来？快跑呀，跑呀！"

　　黎德南说："我这一走，不知什么时候才能见到你们。"他走到翁湘慧身边，低头在小春的小脸蛋上贪婪地亲着。

第二章

外面偶尔传来枪声,呐喊声更近了,翁湘慧急忙推开黎德南,说:"你快跑呀……"

黎德南流着泪说:"保重。"然后毅然转身,从院后门翻过旧宅的围墙,消逝在夜色中。旧宅、小巷、整个城市的嘶喊声、狗叫声、零星的枪声在黎明到来前稍稍宁静下来。

翁湘慧泪流满面,喃喃地说:"德南,你在哪里呀?你是活着,还是死了?活着就给我来封信,死了给我托个梦……"

天天有人上门要黎德南,旧宅待不下去了。母女俩只得隐姓埋名投奔邻县的一个远房亲戚家。据说后来旧宅被一把火烧了,翁湘慧再也没有回过那小巷。二十多年过去了,小春如今出落成一个亭亭玉立的美人儿了,并改名为秀娟,翁湘慧也改名为赵惠娥。因劳累忧伤,视力一日不如一日。她在床上睁开眼睛,但是黯然无神,眼神经一阵剧痛。她抬手按住了眼睛,当手离开时,五个指头变得模模糊糊。她伸手去拿床边椅子上的茶杯,颤抖的手却把茶杯碰翻了,茶杯掉在地下,在一声脆响中摔成碎片。

这时,黎秀娟和黎东回家,见状大步走近床边,惊道:"妈!"黎秀娟随即又吩咐黎东说:"快去请医生。"黎东应声跑出去。黎秀娟从书桌抽屉里找出止痛膏,撕下几块给赵惠娥贴上,又从背袋里取出一瓶药,倒出几片给赵惠娥吃下去,然后替赵惠娥按摩头部。

黎东领着一个老郎中进来时,赵惠娥的病痛明显减轻了几分。老郎中替赵惠娥诊脉,扎银针,赵惠娥的病痛已经止住,安详地躺着。黎秀娟用毛巾替赵惠娥揩脸上的汗痕。邻居何婶进来说:"秀娟,我给你带回一封信。"

黎秀娟道过谢,接信拆开一看,是大学录取通知书。

黎东高兴地说:"姐,你被录取了。太好了!"

黎秀娟却摇了摇头,将那份录取通知书撕碎。

何婶连忙制止说:"秀娟,你疯了?!"

黎东说:"姐,你去读大学,放心去呀,家里有我。"

黎秀娟说:"我不去了。家里这个境况,娘躺在床上,哪来钱读书?今天从外商投资的慧梦湘绣公司回来,我改变了主意。"

黎东说:"姐,你好不容易考上了,放弃可惜了呀。"

黎秀娟说:"想办湘绣厂,弘扬祖传湘绣技艺。"

黎东说:"当老板自然是好,可是没钱呀。你看我们家,里里外外,有哪样东西值钱?"

何婶说:"你们还不知道?镇上要扩建呢!"黎东说:"扩建能扩出钱来?"

何婶说:"当然,镇上计划修一条新街,那条街正好要从我们门前经过,我们脚下的地皮子肯定大涨价,那就是钱呀!"

黎东说:"这还只是一个计划,要等计划变成现实,还不知猴年马月呢。"何婶说:"要想尽快弄到钱急用呀,就和我一样,'入会'吧。"

黎秀娟说:"入什么会?"

何婶说:"入会就是集资,玩骰子,由志愿者拿出相同数量的钱凑在一起,然后以拍卖的方式在出资者中招标,谁出的利息高,谁就首先使用这笔钱,瞄准一笔大买卖,把钱'标'回来,就是让别人'标'了去,利息也要比银行高得多呢。"

黎秀娟说:"入会要多少钱呢?"何婶说:"小会一般是

第二章

五万一股,大会要十万。如果拿不出这么多钱,可以借钱。银行借不动,就到谭庆元那里去借,利息是银行的一倍。"

黎东说:"姐,我们也借钱入会吧。"

黎秀娟思索了一会儿,不知这集资是不是妥当,会不会出什么问题,说:"别急,让我四处打探打探,把情况弄清楚。"

/ 2 /

罗夫平和罗安然带着欧阳圆一起,坐着小车向罗氏别墅驶去。

罗安然对罗夫平说:"爸,有句古话说,'千军易得,一将难求',商业的竞争归根结底还是人才的竞争,我们不应该将黎秀娟这样的人才轻易放走。"

罗夫平说:"谁放走她了?她又不是我们公司的人,她要走,我们能用绳索捆她不成?"

罗安然说:"我们能不能诚心诚意地把她请回来呢?"

罗夫平说:"你想怎么请?"

罗安然说:"刘备三顾茅庐请诸葛亮,我们不妨也来个……"

欧阳圆也喜欢黎秀娟,说:"'精诚所至,金石为开',表哥的话不无道理。"

罗夫平没好气地说:"糊涂,你们简直糊涂到一堆了。你们忘了,我们是什么公司?你们是什么身份?刘备当年被曹操打得无处立足容身,病急乱投医,运气好,碰上诸葛亮而已。公司不需要你们去做什么刘备,只需要你们用制度去进行管理……"

罗安然说:"可这跟礼贤下士、尊重人才并不矛盾。"

罗夫平说:"够了,黎秀娟不是什么诸葛亮,她不过是一个黄毛丫头,仗着有一技之长,就狂妄自大,不知天高地厚。我可以肯定,她正摆足了架子,等着公司去求她呢。我们不要中她的计,不去理睬她,挫挫她的傲气。你们要相信,我们公司对人才的优厚待遇,一定会吸引她乖乖地踏进我们公司的大门。"

罗安然说:"我担心其他公司会赶在我们前面把黎秀娟抢去呀。爸,我们与其坐等,不如主动上门求贤。"

罗夫平说:"你怎么还不明白,我们公司在这里落户也有几年了,才第一次听说黎秀娟。她要真贤能,技艺盖世,这长沙城周围多少个湘绣公司,怎么没有把她抢去呢。"

罗安然还想说什么,欧阳圆见两人要争起来,忙扯了扯罗安然,转移话题,说:"姨爹,表哥,佐藤雄和韩国客商要跟我们谈订货的事,怎么安排呀?"罗夫平说:"安然去谈。"

罗安然和佐藤雄接触了两次,没有一点进展。下午,欧阳圆来到罗安然办公室,掏出两张票说,斯罗门大剧院今晚的文艺晚会据说高价请了不少明星来出演,她好不容易弄了两张票。罗安然没有心情,说:"我不能陪你去。"欧阳圆意外地说:"你不感兴趣?"罗安然说:"我没心思。"欧阳圆说:"怎么了,遇到麻烦事啦?"罗安然叹了口气,说:"跟你说也没用。"欧阳圆不悦地噘起了嘴巴,跟着罗安然来到罗夫平的会客厅。

罗夫平说:"跟佐藤雄卡壳了?"

罗安然说:"本来我与韩国客商谈得还顺利,可佐藤雄提出我们公司缺乏顶尖技术人才,对我们不信任,不肯签协议。他

第二章

的态度又影响了韩国客商。"

欧阳圆说:"我们不是为他们进行了双面绣现场表演吗?"

罗安然说:"没错,佐藤雄说,表演者黎秀娟并不是我们公司的技工。认为没什么可谈的。"

欧阳圆说:"这么说,我们和佐藤雄,还有韩国客商的这两笔大生意,全吹了?"

罗夫平说:"不,佐藤雄是个中国通,也是精明商人,他不会看着银子从眼前流走。他会跟我们公司做生意的。他在压价。"

欧阳圆说:"那他怎么不签协议?"

罗夫平说:"这正是佐藤雄的高明之处。他说我们没有黎秀娟这样的人才,不过是借口,他不肯跟我们签协议,也不过是手段。他的真正目的是迫使我们去求他,把价格压到最低,使他能够赚得更多。现在我们报的价,已经略低于其他公司,难道佐藤雄会去舍低而求高?他不会这样傻。"

罗安然很佩服罗夫平的判断,说:"爸,那我们就来他个稳坐钓鱼台——"罗夫平摇了摇头,说:"不行。既然商场如战场,而战场是瞬息万变的。万一其他刺绣公司得知这一信息,也把价格压低,那我们可就被动了。"欧阳圆说:"那我们快找佐藤雄签协议去呀。"罗夫平朝她挥了挥手,说:"人总是有弱点的,只要攻其弱点,就能攻无不克。至于佐藤雄嘛,据我所知,他喜好女色,可我们公司光明正大,不能干这样下作的事,难办啊……"

欧阳圆一听这话,转身朝外面走去。她想自己也是董事之一,却从未帮姨父解决什么难题。她打定主意,来到佐藤雄住的宾馆。

佐藤雄一见欧阳圆，蓦地两眼放光，兴奋地说："圆圆小姐，芳驾光临，鄙人荣幸之至，请坐。"然后殷勤地倒了两杯酒，递了一杯给欧阳圆，说："法国女士香槟，请。"

欧阳圆抿了一口，说："谢谢。"

佐藤雄的两只眼睛在欧阳圆浑身上下探索着，说："圆圆小姐，你可真迷人呀！恕我直言，你不应该在公司把自己的光彩给埋没了，而应该去当影视明星，让无数观众为你倾倒。"

欧阳圆显得很高兴，说："我做梦都想着那一天呢，要进入影艺圈，而且能走红，得有关系呀，可是我——"

佐藤雄说："凭圆圆小姐的条件和实力，我可以把你推荐到影艺圈，关系我大大地有，没问题嘛。"

欧阳圆说："那，太谢谢您啦。"忽又犹豫地说："不行呀，我姨爹姨妈，还有表哥为我花了不少心血，我离开公司，他们会不高兴的，我得给他们补偿才行。"

"圆圆小姐打算怎样补偿，我可以帮忙吗？"

"嘿，这个忙还真只有您能帮得上呢。喏，我表哥不是要跟您签协议，而您不肯签吗？我姨爹姨妈都在念着这件事呢。只要您帮忙签了这个协议，就是我对他们最好的补偿。"

"哈……"佐藤雄猛地哈哈大笑，"圆圆小姐，这就是你现在来找我的真正目的吧。"

"是呀。"欧阳圆坦率地说，"我们公司报给您的价格是所有刺绣公司中最低的，您签了协议既是帮了我的忙，您自己也有利可图，一举两得嘛。"

"圆圆小姐，"佐藤雄又笑起来，"你这张嘴巴可真会说话

第二章

呀。不过，做生意是讲究回报的，我帮了你的忙，你怎么感谢我呢？"

"您要我怎样感谢嘛？"

"我什么都不要，就要你。"佐藤雄一把抓住欧阳圆的手，拉过来。

"您不要急。"欧阳圆巧妙地推开对方，"我总不能凭您一句话，就相信您一定会帮我的忙呀。"

佐藤雄抓起一支笔，在一张纸上写了一行字，说："这是我保证签协议的字据，这下你总该相信了吧。"

欧阳圆忙拿起字据看了看，高兴地收进了坤包。佐藤雄又色眯眯地过来抱她。欧阳圆说："喂，您先去盥洗间冲个澡呀。"

佐藤雄笑着往盥洗间走去，刚走了几步，又回头说："圆圆小姐，我忘了在字据上写明年月日了，这张字据可只限于帮这一次忙，我得补上日期。"

欧阳圆从坤包里取出字据。佐藤雄提笔在字据上注明了年月日，忽地将字据往身上一收，站起来说："圆圆小姐，这张字据得在你感谢我之后再给你，要不然，等我进了盥洗间，你就趁机溜之大吉，我不就白帮忙了么。哈哈，你慢慢喝酒，等着我吧。"说着，进了盥洗间。

欧阳圆低声骂道："老狐狸，等就等。"说着，从坤包里取出一团小纸包，打开，将白色粉末倒入佐藤雄的酒杯，端起酒杯摇了摇，直到白色粉末完全溶化。

盥洗间的门开了，佐藤雄穿着睡衣走出来。欧阳圆端着一杯酒，向佐藤雄示意了一下，然后笑着抿了一口。佐藤雄嬉笑着一步步逼向欧阳圆。欧阳圆说："佐藤先生，今天我可是豁出去了，为您的慷慨帮忙，干。"佐藤雄欣然端起酒杯，与欧阳圆碰杯。欧阳圆将酒一饮而尽。佐藤雄也将酒一饮而尽，放下酒杯，就要去抱欧阳圆。欧阳圆嘻嘻笑着后退。佐藤雄笑着向欧阳圆追去，追着追着，脸上的笑变了形，头也昏了起来，手忙扶着沙发，摇摇晃晃地倒了下去。

欧阳圆从佐藤雄身上搜出那张字据，戏弄地拍了拍佐藤的脑袋，笑着说："你放心，没事，一点点催眠药，祝你做个好梦。哈……"

她笑着将字据放进坤包，扬长而去。

/ 3 /

罗夫平和罗安然看着这张字据，十分吃惊，上下打量欧阳圆。欧阳圆满脸得意地站在他们面前，说："姨爹，表哥，怎么了，我这不是好好的吗，连一根头发也没掉呀。"

"你怎么可以一个人去找佐藤雄？没人让你去冒这个险呀！"罗夫平埋怨道。

"姨爹，"欧阳圆娇憨地说，"表哥说我不懂，您也说我解决不了问题，我就想去试一试呗。"

"你呀你，明明知道佐藤雄是只色狼，你还要去逞能，万一……"罗夫平觉得下面的话不好说出口来，于是止住。

"爸，圆圆也是一片好心。"罗安然又转对欧阳圆说，"我还真是小看了你，从来不知道你有这种本领呢。"

罗夫平将字据递给罗安然，叮嘱他抓紧与佐藤雄谈判，争取尽快把协议给签下来。罗安然走后，罗夫平对欧阳圆语气缓

第二章

和了许多，说："今后再不准你这么干了，听到了吗？"

欧阳圆点了点头，偷偷一吐舌头，说："我知道了，姨爹。"

看着欧阳圆离去的俏丽背影，罗夫平不由得掏出一张相片。相片由于时间太久，已经发黄，变得模糊不清，隐隐约约的似是一男一女和一个孩子。男的就是年轻时的罗夫平。

门被推开，欧阳子玉走了进来。罗夫平忙抹去泪水。欧阳子玉体贴地说："你又在想她们了？"

罗夫平点了点头。欧阳子玉说："都二十多年了呀，你还不能把自己从思念中解脱出来么？"

罗夫平摇了摇头。欧阳子玉体贴地说："夫平，我理解你的这种感情，虽然，我们都不能够忘记过去，可是，我们也不应该老让过去的阴影如一块沉重的石头压在心中呀。"罗夫平说："子玉，谢谢你的理解。过去给我留下的烙印太深了，在陷入孤独、苦闷或工作不顺心时，就情不自禁地想起过去，想起出生入死逃到香港，和宗元兄在你们家打工……"

那是罗夫平不能忘记的往事。那年，他离开妻子和女儿，偷渡到香港，在欧阳家打工，欧阳子玉的父亲欧阳博和弟弟欧阳琛对他特别器重。内地政治运动波及香港，很多商人外迁。欧阳举家迁到马来西亚，把罗夫平也带到了马来西亚。那一年，新婚不久的欧阳子玉天天沉浸在喜悦之中，不料丈夫却出车祸遇难而去。欧阳子玉喜去悲来，哭得泪人似的。欧阳博怕欧阳子玉出事，把她接回家，见罗夫平心细，要罗夫平守着她，每天给她伺候三餐饭，晚上守在门口。一连伺候了两三个月，失去感情依托的欧阳子玉对罗夫平产生了依赖之情，有一刻未见到罗夫平，便大呼小叫。有一晚上，欧阳子玉在梦里哭叫起来。

罗夫平冲进去。欧阳子玉一见，扑在罗夫平怀里，说"你不要走了，不要走了"，把罗夫平当丈夫拖上床。罗夫平只是安抚欧阳子玉，却不愿与欧阳子玉做夫妻。欧阳家族的人也都反对。虽然两人没做夫妻，欧阳子玉的情绪却意外地一天天好起来。

一天，罗夫平收到了家乡的回信，看完信后不由得嚎啕大哭。欧阳子玉闻声忙赶过来，见他拿着一封信哭得泪眼婆娑的，抽出他手上的信一看，才知罗夫平家被一场大火烧毁了，他的妻子和女儿都葬身在火海之中。罗夫平仰天大叫："老天爷，你为何对我这样不公平！你太狠了呀……"

欧阳子玉看完那封信，走到罗夫平身旁，安慰他说："夫平，你的妻子和女儿不幸死去，我和你一样悲痛。我们两个都是苦命人，只能接受命运的安排，为她们祈祷。你千万千万节哀保重，节哀保重呀！"一边说，一边帮他揩着泪水，想起自己的命运，泪水也忍不住流下来。两人哭着哭着，越哭越伤心，不由得抱在一起哭了起来……后来，欧阳子玉不顾家族反对，和罗夫平举办了婚礼。

欧阳子玉对罗夫平说："你当年到香港安下身，就写信回来寻访妻儿，尽管得知她们不幸死去，这么多年还想念她们，真不容易呀。现在公司业务这么忙，你还安排曹焕然去寻访她们的葬身之地，打算给她们修建两座像样的坟墓，以尽心意，这就更不容易了呀！夫平，你这样做，说明你是个重情重义的汉子，也说明我当年没有看错人。"

罗夫平抓住欧阳子玉的手说："子玉，你能理解我，我很高兴。"

女保姆进来说："曹焕然来了，在客厅里，要见老板。"

第二章

罗夫平将相片塞进口袋,大步走出房门。

曹焕然坐在沙发上,见罗夫平来了,后面跟着欧阳子玉,忙站起来,说:"罗董事长。"

罗夫平急迫地说:"快,你快说查询的情况。"曹焕然看了一眼欧阳子玉,罗夫平说:"没关系,你说吧。"

曹焕然说:"这次去董事长的家乡,我先后找了当地政府和小巷的老人,询问董事长前妻和女儿的葬身之地,得到的结论和上次一样。武斗中那条小巷都在火灾之中。当时死者甚多,都被烧得面目全非了,被集体掩埋了。"

罗夫平说:"这么说,是集体墓地了。那个墓地在哪里?"

曹焕然说:"早几年遇到一场百年未遇的特大洪水,墓地全给冲毁了。"

黎德南当年偷渡去香港后改名罗夫平。梦里时常惊醒,惦记妻子湘慧和女儿小春,常常半夜无法入睡。这次回国选择家乡投资,就是为寻找母女俩,将公司注册"慧梦"亦是释放心中的怀念。

听曹焕然这么一说,罗夫平痛苦地闭上了眼睛。

曹焕然说:"为慎重起见,我让居委会出具了证明。"说着打开旅行包,取出一份材料双手呈过去。

罗夫平急忙接过材料看着,身子不由得一抖,忙克制着自己,一声不吭,转身便向内室走去。

曹焕然说:"罗董事长没事吧?"

欧阳子玉说:"别去打搅他。这块心病压了他很多年了,让他一个人静静吧。"

/ 4 /

罗安然将一份份材料摆在罗夫平的办公桌上,说:"这两份是佐藤雄和韩国客商的订货要求备忘录。由于这两笔生意款额巨大,利润丰厚,其他公司也在跟我们抢客户。我遵照爸爸的意思,跟他们洽谈时一让再让,尽量满足他们的要求,总算达成了协议,把字给签了。"说话间,他显然有点得意。

罗夫平翻看备忘录,说:"这些协议都签了?"

罗安然说:"是呀。"

"糊涂,你真糊涂!"罗夫平皱着眉头说,"这样的协议你也敢签?韩国客商要求的百芍被面、百鸟床单、百鱼窗帘,都属于单面绣,没什么问题;可这千女条屏,要求双面绣,而且必须是绝对精品,交货时间又要求这么紧,我们的实力你不知道吗?"

"我当然知道。韩国客商说,这些湘绣样式他们大量需要,这是第一批,下一步将大批量订购。如果我们这次不接单,他们就会找其他公司,那我们的损失……"

"你想过没有,如果我们不能按期按质按量交货,巨额赔款我们能受得了吗?还有佐藤雄的订货,要求湘绣和服,从式样到内容,从色彩到光线,从质感到层次,要求的都十分苛刻,已经超过了我们的技术能力。"

"佐藤雄的订货,意义非常特殊,是作为给天皇皇妃送的寿诞礼物。质量必须天下第一,时间要求不能更改。"

"你不是一个冒险家。我不需要一个舍己救人的英雄,而是

第二章

需要一个凡事持重、量力而行的总经理。你所做的一切都必须首先考虑公司的利益,为公司负责。"

"爸,您说过,"罗安然不服地说,"公司在竞争中任何时候都不能手软。竞争中固然难免有失败,但是我们首先想到的不应该是失败……"

"这是原则,"罗夫平拍着桌子说,"但是原则不能代替实际。你需要勇气,但是你更需要面对现实。"

门推开了,欧阳子玉走了进来,后面跟着欧阳圆和欧阳芬。

欧阳子玉说:"夫平,发生什么事了?对安然发这么大的火?"

罗夫平拿起桌上的两份协议和两份订货备忘录一摔,吼道:"他自作主张,还要强词夺理,自以为是,乱弹琴,乱弹琴!"

欧阳芬拿着一份订货要求备忘录,焦急地说:"这明摆着是佐藤雄和韩国客商的圈套,骗表哥签一份无法履行的协议嘛。公司这下可得赔惨了,把我们也全给搭进去了……"

罗夫平叹了口气,说:"安然,不是爸说你,生意场上你还嫩了点,要多个心眼呀!"

欧阳子玉手中也拿着一份订货要求备忘录,显得忧心忡忡,但还是替罗安然辩护,说:"安然也不是存心想让公司受损失嘛。"

罗夫平气呼呼地说:"这个损失还小吗?公司将无法履行协议,失去信誉,那样,公司还能够生存下去吗?"

欧阳芬大惊小怪地说:"那可不得了,公司砸了牌子,不垮也得垮呀!"

欧阳圆说:"姐,还没到世界末日呀,你用不着这样悲观嘛。"

欧阳芬反唇相讥:"你什么事都帮着表哥,你心里打什么主意,别以为我不知道。"

欧阳子玉说:"芬芬,你别火上添油。这家公司我拥有最大的股份,你有几股,我赔给你好了。"

欧阳芬连忙换了副笑脸说:"姨妈,您别生气呀。我那几股还不都是您给的。就是表哥全给玩完了,我也只当是潇洒走一回呗。"

罗安然在他们的埋怨和担忧中显得很冷静。欧阳圆似乎看出来了,说:"表哥,你这样做,一定有你的理由吧?"

"当然。"罗安然这才不慌不忙地说,"你们都没给我辩护的机会。这两笔订单该不该接,能不能接,协议该不该签,能不能签,关键在我们的技术力量拿不拿得下。如果我们拿得下,不就赚了吗?"

"你怎么拿下来?公司现有的实力你还不知道?"

"我想立即成立技术攻关小组,由蓉兰负责将她的技术传授给季晓玲、黄琴、李燕,再由技术小组成员分头将技术传授给更多的刺绣工,全面提高公司技术力量……"

"好主意。"欧阳圆拍手叫道,"让所有刺绣工都成为一流高手,再多的订货都没问题。"

"好主意?"罗夫平仍冷冷地说,"蓉兰行吗?这次表演刺绣,你对她抱那么大的期望,在她身上下那么大的赌注,结果怎样呢?"

第二章

/ 5 /

赵惠娥躺在床上,拿着一张发黄的相片看着,听见外面黎秀娟的脚步声,赶紧将相片藏在枕头下,侧过身去,抹掉脸上的泪水。

黎秀娟端着药碗走进来,看到赵惠娥脸上残余的泪痕,说:"妈,您又哭了?"赵惠娥忙摇头。黎秀娟说:"妈,您不要老是想着过去。您要想怎样把今天的日子过好。"赵惠娥叹了口气,说:"可怜你父亲,逃出去这么多年,也没有音讯,怕是不在人间了。"

外面黎东喊叫。赵惠娥说:"秀娟,你有事就去办事吧。这药我自己慢慢喝。"

黎秀娟将碗交给赵惠娥,来到外屋,跟何婶一起去镇上谭庆元家。

谭庆元手拿烟斗一边吸烟,一边显得挺和善地对黎秀娟和黎东说:"你们要向我借钱入会,这实际上是互助合作嘛。喏,看在乡里乡亲的分儿上,我借给你们的钱只收三分利,可你们必须用你们家的地皮房产做担保。"说着,将一张打印的借贷合同递给黎秀娟。

何婶在一旁说:"你们看清楚,这是大事。"黎东说:"用我们家的房产地皮做担保,可以借贷多少钱?"谭庆元说:"十万。"黎东说:"那就借十万吧。"谭庆元将一支钢笔递给黎秀娟。黎秀娟拿着钢笔犹豫着。黎东说:"姐,你快签字呀。"黎秀娟说:"拿我们家的房产地皮做担保,还是和妈商量一下再说。"黎东说："借钱入会就能赚钱,妈会高兴的。"黎秀娟还是放下了钢笔。

谭庆元说："既然你们还没打定主意,那就别借了吧。只是今天就有个'标'钱的机会,你们眼看就白白错过了。"黎东认为机不可失,又催黎秀娟说："你不签,我来签。"他一把抓起钢笔,就在借贷合同上签了名。

谭庆元接过合同,打开保险箱,取出几扎钱,说："这是九万二千五百元,拿去吧。"黎秀娟不解,说："不是借十万吗?"谭庆元一笑,说："借十万,三分利,预先付息,这是规矩。"

黎秀娟与黎东带着那几扎钞票,跟谭庆元到马老三家入会。有人"标"三分二,也有"标"三分三,结果马老三"标"三分五,其他的人面面相觑,不敢再往上"标"了。谭庆元说："还有人'标'没有?还有人'标'没有?没有?没有,拍板。"说罢,从钱堆里数出四小叠,依序交给黎秀娟、何婶几个入会者,说："秀娟,何婶,我们拿的只是半年的息,这样'标'几回下来,我们就都够本了。这里四十多万元钱,马老三也可以拿去投资做生意赚大钱了。"

黎秀娟与黎东满面笑容。何婶也是乐得合不拢嘴。

拿了息钱,黎秀娟就开始在家画图,画了几天,家里有好几幅了。黎东说："姐,等第二次'标'钱,我们一定要把钱'标'过来,这样我们就有钱投资了。等赚了钱,建一幢湘绣大楼,你看是建七层好,还是八层好?"黎秀娟说："七层、八层有什么讲究吗?"黎东说："以前说,要得发,不离八,建楼房要建八层;现在又说,十五只吊桶打水——七上八下,八层不

第二章

好，要建七层呢。"

黎秀娟笑了起来。正笑着，何婶慌慌张张地跑了来，哭丧着脸说："秀娟，糟了，糟了呀。"黎秀娟说："何婶，出什么事了？"何婶哭道："那个马老三'标'了我们入会的钱，都拿去炒股，全赔了。血本无归呀！"黎秀娟大吃一惊。黎东急得跳起来说："什么，你说什么，我们的钱？"何婶说："我们的钱，全都打了水漂呀！"

"怎么会这样？"黎东一屁股坐了下来，双手抱着脑袋。何婶放声大哭，黎秀娟赶紧捂住何婶的嘴，说："何婶，别把我妈吵醒了，她的病受不得惊吓的。"何婶只得忍泪吞声。

这时，谭庆元带着两个汉子来了。黎秀娟忙迎上去说："谭庆元，我们的钱……"谭庆元打断她的话说："别说你们的钱，我的钱也给马老三那混账丢进了茅坑里。我现在手头好紧，秀娟，我想把借给你们的钱收回来。"

黎秀娟说："不是说好一年的吗？我一年的利息都付给你了。"

谭庆元说："是呀，我收了你一年的利息。但是，情况是在不断地变化，我急等钱用，就要收回，利息可以还给你嘛。"

黎秀娟说："我们签过合同的，不能反悔。"

谭庆元说："秀娟，这年头不要把合同太当一回事。我只是要回我的钱，利息也不算，这可是天下最公平的了。"

黎秀娟语塞。黎东走过来，说："我们让马老三坑了，钱都被他骗走了，我们拿什么还你？"

谭庆元说："那我不管，我只找你们要钱，没钱还，就把你们的房产地皮抵押赔给我吧，你们也不吃亏嘛。"

黎秀娟说:"不,我们不能用房产地皮来赔。"

谭庆元加重语气说:"我把话说在前头,给你们半个月的期限,到时候还不出钱来,我可就要得罪了。"说完,手一挥,领着两个汉子扬长而去。

黎东和何婶急得围着黎秀娟,问怎么办。黎秀娟脑子里乱糟糟的,一时也理不出个头绪,她把前因后果连起来想一想,感觉这是一个骗局。她把想法一说,黎东说:"那我们告他们去。"何婶也说:"找镇长去。"

黎秀娟兄妹来到镇长办公室。熊镇长说:"你们呀,怎么能把钱交给马老三那种人?他在玩你们的'仙人跳'呢。"黎秀娟说:"熊镇长,我借了谭庆元的钱,谭庆元要来收我的房子抵债。"熊镇长说:"他是鬼精灵。镇上要修新街,你们家就是临街的房子了,最起码也值二十万呀。他这是要抢在修新街前逼债占房呀。"黎东说:"那是不是谭庆元和马老三串通好了,来讹我呀?"熊镇长说:"这事得有证据才行。你们去找派出所和法院吧,这事应该通过法律途径解决。"

黎秀娟兄妹到镇上法庭。法官说:"你们说是欺骗讹诈,那属刑事犯罪,要公安局先侦查,之后立案,移交检察院,检察院提起公诉后我们才能审理。假如是经济纠纷,告到法庭来,我们才能受理。"黎东说:"我们的案子怎么办呢?"法官说:"你们这事是别人骗你们钱财,要公安局定性。你们找公安局去吧。"

黎秀娟兄妹又到镇派出所报案。所长说:"你们说对方是犯罪,不能光凭嘴巴说,得拿出确凿证据来。"黎东说:"这明明是诈骗罪,还要什么证据?"所长说:"没有证据,我们能随便

第二章

抓人吗？你们的事叫欺骗也行，说借钱不还也行，总得用证据说话呀。"

"我们有合同呀。"黎东说。

"合同公证了吗？"干警问。

兄妹俩哑口无言。

/ 6 /

潘向云从慧梦湘绣公司大门走出来，脚步轻快，嘴里哼着歌曲。蓉兰从树后迎面走上去，喊道："向云哥。"潘向云一怔，说："有事吗？"蓉兰说："向云哥，我在这里等你好久了。"潘向云说："等我？我正忙着呢。"说罢就走。

蓉兰拦住他说："你怎么啦？我们相好几年了，你说过要天天和我在一起的，怎么现在老躲着我？"潘向云说："我现在正忙。蓉兰，这样吧，明晚我们在老地方见吧。"说着，避开蓉兰，匆匆走了。

潘向云是跟欧阳芬有约。欧阳芬是个独身女人，是公司董事、股东，又是罗董事长的姨甥女。来公司后发现潘向云英俊潇洒，对她也唯命是从，不由得对他有了好感，今天特意约他到彼岸喝咖啡。潘向云认定和蓉兰好，没有前途。巴着欧阳芬，如同攀大树居高枝，登高望远，前途远大。潘向云没考上大学，进了城后特别向往权力和金钱。

看看时候不早了，潘向云叫了一辆的士，来到彼岸咖啡馆门前。欧阳芬正站在大门外，见潘向云从的士里出来，亲热地迎上前，挽着潘向云的手往门内走去。

又一辆的士驶来，的士里坐着蓉兰。蓉兰看见潘向云和欧阳芬挽在一起，气得发抖，对司机叫道："停车，快停车！"

蓉兰下了车，冲向彼岸咖啡馆，吼叫着："潘向云，你骗我，你骗……"她还没抓住潘向云，眼前发黑，身子倒了下去。

罗安然赶到医院时，蓉兰躺在病床上，还处于昏迷中，脸上戴着氧气罩，正在输液。季晓玲、黄琴、李燕默默地守在病床边。罗安然听医生介绍了蓉兰的病情，不由得着急起来。欧阳圆也很焦急，说："技术小组还没成立，蓉兰就发病了，客商的订货怎么办呀？"罗安然走向病床，问季晓玲、黄琴和李燕她们跟蓉兰学技术学得怎么样。

季晓玲说："她哪里肯把技术教给我们呀，总是藏着掖着。"

罗安然说："客商的订货要求，你们都知道了，敢不敢担起这副重担呀？"

季晓玲摇头。黄琴和李燕也摇头。

欧阳圆说："那天要是把黎秀娟留着就好了。"罗安然说："我们现在去请黎秀娟，也不迟。"欧阳圆说："姨爹会同意吗？"罗安然说："不同意，难道等着佐藤雄和韩国客商来罚我们吗？马上把潘向云叫来，要他带路，一定要把黎秀娟请来。"

第三章

/ 1 /

已是深夜,荷叶镇黎秀娟家的门猛地被踢开。两个汉子闯进门来。

睡在床上的赵惠娥惊慌地坐起来,问:"你们要干什么?"一汉子说:"赵老太太,这间房子和地皮,黎秀娟和黎东已经抵押赔给我们谭老板了。"赵惠娥大吃一惊,说:"你们别胡说。"一汉子说:"赵老太太,你就别装糊涂了,快点搬家吧。再过几天,我们谭老板就要搬进来了。"赵惠娥说:"房子是我的,产权书上写的是我的名字。我没同意抵押。出去,你们给我出去!"

两汉子笑着不动。赵惠娥下床来赶他们,两汉子骂着吼着将赵惠娥乱推。赵惠娥被推倒在地,昏了过去。

黎秀娟和黎东赶回来,惊呼着扑向躺在地上的赵惠娥。黎东抓起一根扁担,怒不可遏地向两汉子头上劈去。两汉子被打得抱头逃窜。黎东不解恨,挥着扁担又追了去。

黎秀娟将赵惠娥抱到床上,盖好毯子,猛地往地下一跪,哭着说:"娘,女儿不孝,害得您受罪。"哭着,连连磕头,一下又一下,额头磕出血来。

黎秀娟见赵惠娥不醒,找了一把刀,跑到谭庆元家。

两个汉子正跟谭庆元说着什么。黎秀娟突然大步闯了进去，把谭庆元吓了一跳。谭庆元笑着说："秀娟，坐，坐。"黎秀娟说："谭老板，你心肠也太毒了，以为我们好欺负，和马老三合伙来诈人。"谭庆元拉下脸来说："秀娟，话可不能这么说，我也被马老三坑苦了呀。"

黎秀娟说："收起你这一套吧，你存心不让我们活下去。"谭庆元说："说话要凭良心，借钱还钱，无钱拿房产抵押，这天经地义。哼，你有种就再告我呀。"黎秀娟说："我也不告你了，今天就和你同归于尽。"说着，猛地从身上抽出一把刀来。谭庆元大惊。两汉子赶紧护住谭庆元，摆出白手夺刃的擒拿架势。黎秀娟说："你们人多，我伤不了你，那我就在你们谭家闹一桩人命官司，让公安局来查你。"说着，掉转刀口，对准自己的心窝就要刺下去。

谭庆元吓得心惊肉跳，忙大喊一声说："慢！"

黎秀娟挥刀在半空中停下来，说："这是你逼的。你还有什么话说？"

谭庆元说："不就是十万块钱的事吗？用、用得着你拿命来相逼吗？"

黎秀娟说："我死在你家里，你也没有好结果。"

谭庆元说："把刀放下吧。有话好商量，好商量。"

黎秀娟说："你要我放刀可以，把我的合同拿来。"

谭庆元说："这，这……"

黎秀娟见谭庆元向前，又把刀一举，说："你们不要向前，你们向前，我就……"谭庆元不理，黎秀娟把刀刺进胸脯，一股鲜血从胸前冒了出来。谭庆元与两个帮手顿时呆了，停顿片

第三章

刻，欲上前扶秀娟。黎秀娟把刀拔出，一股鲜血喷射而出。黎秀娟说："你们要我死在你家，就上来，我再补上一刀。"

谭庆元吓得膝盖发软，说："别、别、别这样，有话好好说……"黎秀娟说："把房产抵押合同拿来。"谭庆元说："你先上医院……"黎秀娟说："你不拿，我死在你家！"谭庆元说："我拿，我拿……"

谭庆元慌慌张张跑进里屋，翻出那张合同，颤抖着交到黎秀娟手上。

这时，罗安然和潘向云在黎东的带领下，冲进谭家，直奔黎秀娟。

黎秀娟鲜血越流越多，把攥在手上的合同染红了，身子渐渐有些不支，双脚软了下去。

潘向云大步向前，抱起秀娟，并大声叫着："秀娟，秀娟！"黎东摇着黎秀娟的脑袋说："姐姐，你怎么这样，怎么这样呀！"黎秀娟望望潘向云，又看见黎东、罗安然，渐渐地，三个人头在她眼里模糊起来。

罗安然说："快！快送医院！"潘向云转过身，向呆在一旁的谭庆元怒斥道："让开！让开！"

谭庆元和他的两个帮手仓惶避开。潘向云抱着黎秀娟，大步冲出门去。

/ 2 /

医院抢救室外，黎东捂着脑袋坐在椅子上。罗安然坐在旁边，拍着黎东的肩膀安慰他说："不要着急，有医生。"潘向云焦躁不安地在门口张望。有个护士出来，潘向云马上上前询问，护士摇摇头去了，潘向云又在门口掏出烟来，欲点燃，见"禁止吸烟"的牌子，只好把烟撕碎闻着。手上的烟揉碎了，他又掏出一根烟揉碎在鼻子上闻，烟丝又纷纷掉在地上。

夜晚的医院静寂无声。做完手术，黎秀娟躺在病床上仍然未醒，床边吊着一个输液瓶。黎东坐在床边，默默地望着沉睡的黎秀娟。

病房外。潘向云很气愤地对罗安然说："这该死的谭庆元，还是邻居，乡里乡亲的，把秀娟逼成这个样子，我要给他点厉害尝尝。"

罗安然说："荷叶镇不管，我找市领导去。小潘，你和黎东就在这里看着，我回去了。"黎东说娘一个人在家，还不知怎么样。潘向云说："那你回去照顾你娘吧，这里有我，你放心。"

送走罗安然和黎东，潘向云悄悄地走进病房，坐在黎秀娟的病床边，看着黎秀娟有些苍白、仍清秀可人的脸，禁不住轻轻揉摸着黎秀娟的手，在黎秀娟的额上轻轻吻了一下，然后坐着，静静地望着黎秀娟，慢慢地趴在床边睡着了。

当晨光透过窗户，照进病房，照在了黎秀娟的脸上，黎秀娟慢慢睁开了眼睛，发觉自己的右手动不了，侧目一看，原来被潘向云双手握着。黎秀娟脸上露出一丝感激和幸福。潘向云醒来察觉了，忙抬起头，松开手，然后双手擦着自己疲倦的双目。

黎秀娟轻轻地说："你辛苦了。"潘向云说："我没关系。你醒了，太好了。能在你身边守一夜，是我最大的幸福。"黎秀娟微微一笑。潘向云说："你好些了吧？"黎秀娟点点头，说：

第三章

"还可以,你们怎么赶来了?"潘向云说:"是我们公司罗总要我带他来的。本来说是请你去公司上班,没想到……秀娟,我没想到你这样发猛,把那个老不死的吓得像只呆鸭子。"黎秀娟微微一笑,说:"看你说的,出此下策,那是被逼得没办法。罗总呢?"潘向云说:"他回市里去了。听说你被骗没人管,罗总很气愤,他要向市里领导反映。"

下午,熊镇长和一个镇干部在黎东带领下,来到黎秀娟的病房。

黎秀娟仍然在打着吊针,潘向云在给黎秀娟喂鸡汤。黎秀娟见镇长一行进来,欲起身,却不能动。熊镇长忙上前按住她,说:"别动,你动手术不久。哎,秀娟,你怎么这样?吃这么大的亏。"黎秀娟心情十分激动,但又有气无力,说:"熊镇长,我、我没有别的法子,让、让谭庆元逼急了……"熊镇长说:"你不要说话,我都知道了。事情再大,找我呀。这个谭庆元尽给镇上捅娄子。你放心,市里也来电话过问此事了,听说是一个外商反映的情况,市里要我们成立专门的调查组,严肃处理此事,你放心养伤吧。"

黎秀娟说:"这个外商是?"熊镇长说:"听说姓罗,是一家外资企业的老总。"

/ 3 /

一个星期后,黎秀娟出院回家。路上,潘向云试探黎秀娟以后的打算,说:"我认为你还是去慧梦湘绣公司上班好。"黎秀娟说:"乡亲们都想自己干,他们都看着我呢。"潘向云说:

"老板不是那么好当的。你一无资金,二无场地,怎么搞得起来?罗总对你又那么器重,在那里你不用操心,就凭你的技术,可以放心拿工资了。"黎东也说:"姐,罗总他们公司也有困难,他们也正好需要你。"

回到家,赵惠娥听见声音,迎出门来。母女二人相拥而哭。

黎秀娟擦干眼泪,又帮赵惠娥擦,说:"妈,我很好,没事啦。"赵惠娥说:"没事就好,急死我了。你再也不要做那种发财梦了。"

何婶进来说:"秀娟回来了,回来了就好,回来了就好。"

赵惠娥说:"何婶,我说,我穷惯了,不想秀娟和黎东去赚什么大钱,也不要他们拿什么好东西孝敬我,只要不挨冻受饿,平平安安过日子,我就心满意足了。你说我这想法对吗?"

何婶说:"嫂嫂说得是。"潘向云也趁机上前说:"秀娟,伯母的话很有道理。你一个女孩子,想做老板闯世界,确实不容易。很多人想当老板,赔了老本不说,还背了一身债,像罗总这样的老板,那是靠着他的家业。他父亲是大老板,他才当上总经理,要是他和我们一样,没有靠山,能行吗?"

赵惠娥说:"秀娟,那个罗什么来着?"

黎秀娟说:"罗安然。"赵惠娥说:"对对对,那个老板可是个好人。他说你不该冒那个险,吃那么大的亏。为了你的事,他找市长和镇长,还来看我。听说他们公司遇到一个难题?黎东,是什么难题?"黎东说:"客商催他们交货。"

赵惠娥说:"是呀,自己的事都急得不行,还为了别人的事四处奔波。这样的人真好。那个贼老谭,想不到他是个吃肉不吐骨头的东西。那个合同,秀娟呀,那个房产抵押合同上都是

第三章

你的血呀。"

黎东从橱子抽屉里翻出那张房产抵押合同。黎秀娟接过猩红的抵押合同，不禁感慨万千，泪水唰唰地流了出来，使劲将抵押合同撕得粉碎。

晚上，黎秀娟坐在床上冥思苦想。赵惠娥从隔壁摸过来，说："秀娟，你还没睡呀？已经很晚了，你刚出院，要注意休息。"

黎秀娟说："妈，我就睡。"赵惠娥又说："我看，你不要东想西想了，那个罗老板人很好，你到他那里做事不会吃亏。"黎秀娟说："妈，你睡吧。"

赵惠娥说："女大母心忧呀。好，睡吧。"

黎秀娟把灯关了，躺在床上仍然辗转反侧，不能入睡。她想坐起来又怕惊醒妈妈，只好看着暗夜中的天花板，眼前闪出谭庆元凶神恶煞的面孔，说："借钱还钱，无钱拿房产抵押，这是天经地义。"一会儿，眼前闪现出潘向云："老板不是那么好当的……"他们公司正需要我，我到底该不该去帮帮他们？

/ 4 /

罗夫平又接到佐藤雄的电话，名义上是问那批货进行得怎么样，实际是在打招呼，表示有话在先：既然签了合同，就要讲信誉。罗夫平说当然要履行合同，请佐藤雄放心。放下电话，罗夫平眉头一皱，叫秘书把罗安然喊来，并把上次与佐藤雄和韩商签的订货备忘录也带来，然后点燃一根烟，吸了一口，凝目深思，尽量抑制住自己的焦虑和不安。

罗安然推门进来，说："爸，您找我有事？"罗夫平翻着备忘录，又背靠椅子吸烟，深深吸了一口气，说："唉，安然，你还年轻啊。刚才，日商又催我们了。我们还没有开始加工，你说，这事该怎么办？"

罗安然说："爸，原来有个方案，让蓉兰担任组长辅导大家，一起来完成这个项目。"

罗夫平说："蓉兰蓉兰，这个蓉兰已经塌了一次台，你还想让我再栽在她手里？"

秘书进来说："罗总，有人要找您。"罗安然很不高兴，说："没看见我有事吗？"秘书说："那叫她在外面等您？"罗安然忽然又叫住秘书，说："谁找我？"秘书说："黎秀娟。"罗安然眼睛一亮，说："快，快请她进来。"

黎秀娟在秘书的带领下走进办公室。

罗安然显得十分热情，罗夫平也很高兴，说："欢迎你到我们公司来。"黎秀娟倒显得有些局促不安。然而，当他们一谈起公司的困境，黎秀娟马上像是对待自己家里事一样用心并投入，而且办法竟也和罗安然的有些趋同。

当天下午，罗安然迫不及待地召集会议，罗夫平、欧阳子玉、欧阳芬、欧阳圆等董事出席，潘向云、曹焕然，还有公司的刺绣女工参加。罗安然宣布公司正式成立技术小组，组长由黎秀娟担任。

潘向云热烈鼓掌。女工们感到意外：原来不是传说要蓉兰担任么，怎么突然冒出一个黎秀娟？大家面面相觑，继而才象征性地鼓起掌来。

蓉兰呆坐着，傻了眼，脸色十分难看。

第三章

黎秀娟腼腆地站起来，向全场鞠躬，然后坐下。

罗安然接着宣布，技术小组副组长，由蓉兰担任。女工们一面鼓掌，一面还在交换眼色。

蓉兰脸上总算有笑了，但笑得很勉强。

李燕对黄琴悄悄说：“不是说蓉兰担任组长吗？怎么没她的份了？”蓉兰的脸又变了，拉得很长。黄琴说：“组长？她这个样，到时一发美尼什么？对啦，美尼尔氏症，自己都管不了，还能当组长管别人么？嘿嘿，原来是山中无老虎，猴子称大王，现在山中有了老虎，猴子就要靠边喽。”李燕和黄琴很开心，得意地笑。蓉兰气得双目怒睁，望着黎秀娟不由得暗暗地咬牙切齿。

/ 5 /

夜色中，蓉兰在花圃的林荫小道上踽踽而行。快要走到大路时，蓉兰看见潘向云朝这边走来，忙站在树影下，朝走过来的潘向云叫道："向云哥。"

潘向云吃了一惊，待看到是蓉兰时，说："你怎么不去上课，在这里？"

蓉兰满腹愁闷，说："向云哥，你好久没有陪我了。你有了那个欧阳芬，就不理我。她会要你吗？她和你只不过是逢场作戏，只有我对你是真心的。"

潘向云说："蓉兰，你别胡思乱想。你忙你的去吧，我有点事。""向云哥。"蓉兰抓住潘向云的双臂，充满激情地偎在潘向云的怀里。潘向云无奈，应付式地抱着蓉兰。

蓉兰偎在潘向云怀里片刻之后，与以往一样，仰起脸，希望得到潘向云的吻。潘向云心不在焉，拍了拍蓉兰，说："好啦，今天我有事，以后再说吧。"蓉兰看着潘向云离去，怏怏地回宿舍。走了几步，她忽地转过身子，尾随潘向云来到公司。

潘向云在公司大楼外花圃旁边等候着，观望着。原来公司大楼里在举办讲习班，由黎秀娟讲授刺绣。潘向云来到这里，难道欧阳芬也在听课？

等了一会儿，下课了，学员们一个个谈笑风生、嘻嘻哈哈地走出大楼。罗安然与黎秀娟交谈着走出来。

罗安然说："湘绣的五大要素中包括了诗中有画，画中有诗，而审美历史告诉我们，往往是人如其诗，诗如其人，或者人如其画，画如其人。这么说，诗品的好坏，画品的优劣，也就取决于人品的高低。而集诗、画、绣、书、印于一体的湘绣工艺制品，特别是其中的精品，是不是更要强调制作者的人品呢？"

黎秀娟的眼睛中显露出由衷的钦佩，说："罗总说得是，你这是给我上课呢。"

罗安然风趣地说："学生能够得到老师的夸奖，当然开心喽，可是，老师还没有对学生的提问给予解答呢。"

黎秀娟说："老实说，我没有回答这个问题的把握，不过，我祖先曾经说，学艺者先学做人。如果没有屈原的爱国境界，能吟得出千古传颂的《离骚》吗？如果没有范仲淹忧天下的胸襟，能写得出脍炙人口的《岳阳楼记》吗？我们要创作出一流的湘绣工艺品，就不能只有工匠和艺人的档次，还必须在锻造自己的人品上下功夫。"

罗安然和黎秀娟说说笑笑地经过花圃，这一切都让潘向云

第三章

看见了,他不由得皱起了眉头。

黎秀娟笑着说着,突然止住笑,说:"罗总经理,我该回宿舍去了。"罗安然说:"我送你回去吧。"黎秀娟忙说:"不不不,我可不敢要你送呢。"罗安然说:"怎么,怕我会吃了你?"黎秀娟又一笑,说:"我这么个大活人,还怕你吃?是我不敢让老板送。"罗安然说:"什么老板不老板的,我是学生送老师。"黎秀娟说:"就算学生要送老师,现在老师作出决定,不让学生送,行了吧。"罗安然笑了笑,说:"学生只好听老师的。"

黎秀娟从花圃往宿舍去了。罗安然看着黎秀娟的身影消逝在夜色中,这才转身离去。当黎秀娟快到宿舍门口时,一封信伸在了黎秀娟的眼前。潘向云闪出来,说:"你家里来信了。"

黎秀娟笑着把信拆开,看着不觉一怔。信笺上只有三个大字:"我爱你"。黎秀娟眼睛发亮,忙抬头寻找潘向云。潘向云躲在一株树后,黎秀娟轻轻地呼唤着:"向云,向云。"潘向云突然从树后钻出来,顺势把黎秀娟一拉,黎秀娟就倒进了潘向云的怀里。

蓉兰在另一棵树后躲着。她看见了这一切,咬牙切齿地说:"黎秀娟,你处处跟我作对,抢走了我的组长职位,又来抢我的男朋友。黎秀娟,哼,你等着。"

/ 6 /

车间里,黎秀娟教邬芳设计绘画,教李燕、黄琴配置线的色彩,忙得不可开交,蓉兰却无所事事,见邬芳休息了,把她拉到一边低头说着什么。邬芳说:"不对吧。"黎秀娟闻声赶了过去。蓉兰尴尬地退至一旁。

下班后,她们钻进了女工浴室。浴室因为水蒸气而变得朦朦胧胧。黎秀娟与季晓玲、黄琴、李燕站在龙头下淋浴。季晓玲说:"秀娟姐,瞧你这身材,有线条,又均匀,明星一样,是个美人坯子哩。"黎秀娟说:"求求你,别把我这个打工妹捧上天,飘飘然,都不知自己姓什么了。"女工们哄笑起来。黄琴也逗乐子,说:"秀娟姐,不知姐夫是哪一方的贵人,怎么就舍得不来看你,不怕你被大款给拐走?"黎秀娟幽默地说:"你们的姐夫还在我婆婆肚子里没出世呢。"女工们又哄笑起来。

李燕调皮地说:"秀娟姐,你保密呀?我知道,公司的小白脸可想死你啦。"黎秀娟说:"别胡扯。公司的制度那么严,不准过早结婚生孩子,否则就要被开除。我们呀,都是当女光棍的命。"李燕说:"谈恋爱总不犯法吧。"黄琴一戳她的额头,说:"傻丫头,谈恋爱是第一步,有了第一步就会有第二步、第三步。"

这时,蓉兰拿着换洗衣服进了浴室,因为雾气蒙蒙,没有人注意她。季晓玲感慨地说:"秀娟姐,我可真没见过你这样的师父,都说'师父教徒弟,必须留一手',可你是有什么就教什么,一点也不保留呀。"黄琴说:"是呀,以前我们也请教过别人,这个人呀总是藏藏掖掖,像防贼一样防着我们,生怕我们偷了她的宝贝似的……"李燕说:"这个人是谁呀?"黄琴笑说:"远在天边,近在眼前。"李燕说:"你说我呀?我打死你,打死你。"黄琴嘻嘻笑着说:"哎哟哎哟,你别自作多情,你有什么本事?你一不是组长,二不是副组长,有什么能耐?真是老鼠上秤钩,自称自。"李燕说:"你这张寡嘴,我扭了你的。"

第三章

两人在水雾中打打闹闹。蓉兰在一旁脸色骤变,气得手舞脚踢。脚踢倒了斜在墙上的拖把,发出一阵清脆的响声。

黄琴和李燕停止了打闹,看着响声之处。所有的女工都朝响声处望去。大家看到的是蓉兰一张充满怒意的脸。

蓉兰发现潘向云不仅和欧阳芬关系密切,好像与黎秀娟之间也有什么瓜葛,那天晚上看见潘向云与黎秀娟在树下不三不四,于是又多了个心眼,看看潘向云与黎秀娟到底是什么关系。

几天后,黎秀娟执笔进行绘画设计,蓉兰和技术小组的成员们在旁边看着。罗夫平、罗安然还有欧阳子玉、欧阳芬也在旁边看着。黎秀娟完成了一幅百子被面的绘画设计,征询众人的意见。众人纷纷表示满意。黎秀娟将笔交给了蓉兰。蓉兰按照订货要求画一幅百鸟床单。她画完后,黎秀娟显得很高兴。众人也纷纷表示赞赏。黎秀娟将笔交给季晓玲。季晓玲似乎胆怯。黎秀娟给她讲述、指点,季晓玲终于大胆挥笔作画。一幅百鱼窗帘完成了。黎秀娟带头鼓掌,众人跟着鼓起掌来。黎秀娟再将笔交给了黄琴。黄琴画千女条屏图。一幅千女条屏的绘画设计集众人之力完成了,而且正因为是集体作画,更使这幅图集多种风格于一体。

黎秀娟有条不紊地给姐妹们分配任务,还剩下湘绣和服,她说由她和蓉兰共同完成。罗夫平满意至极。

这时,其他的女工俱已离去,剩下黎秀娟与蓉兰在试画湘绣和服的图案。她们头上冒出了汗珠。罗夫平对罗安然说:"安然,你给她们车间安装一个空调。"黎秀娟望了望蓉兰。蓉兰不阴不阳地说:"这下好了,绘画设计出来了,空调也要装上了,大功告成了。"说罢,便往外面走去。

蓉兰躲在树荫下，果然看见潘向云来了。他见黎秀娟出来，又递上一封信，说："秀娟，你家里来信了。"但他这次没有悄悄溜开去。黎秀娟也没有像上回那次忙着将信拆阅，而是笑着说："这信我不看也知道内容。"潘向云摇头说："我不相信你具有特异功能。"黎秀娟说："我看见了，只有三个字。"潘向云却认真地说："我敢打赌，肯定不止三个字。"黎秀娟说："如果你输了呢？"潘向云说："由你处罚，可要是你输了，就，就让我……"

黎秀娟一怔，说："这么说来，又增加新内容了？"旋即将信往潘向云一递，说："劳驾你念一下，我想听你亲口说出来。"潘向云接过信，拆开来，抽出信笺照着念："姐，我之所以急着给你写这封信，是因为今天有一件喜事要告诉你，谭庆元和马老三受到了应有处罚。市里领导听了罗安然先生的反映，要求有关部门予以重视，成立了专案小组。经调查，马老三他们以不法手段骗取了乡亲们的钱，并逼人以房产抵押，差点造成人命，已构成犯罪，现已被逮捕。姐，你受的威逼之气终于有了结果。"

黎秀娟禁不住从潘向云手上抢过信笺，睁大了眼睛看着，眼中涌出了激动的泪水。她喃喃自语："该死的，不是不报，是时辰未到。报应来了，坏人终于受到了惩罚。"忽然，潘向云在她脸上热烈地一吻。黎秀娟吃了一惊。

躲在树荫后的蓉兰也大吃一惊。

第四章

/ 1 /

罗安然在办公室就保安部存在的问题责问彭定坤时,外面有人敲门。门被推开,黎秀娟手上拿着那封信走进来。罗安然眼睛一亮,忙站起来,说:"是你,快进来,坐,坐。"

黎秀娟进来,向彭定坤点点头,将那封信递过去,说:"我弟弟来信了,那个骗子谭庆元依法受到了制裁。我是来向你致谢的。"

罗安然接过信来,对彭定坤说:"你先去吧,按我刚才说的去落实。"待彭定坤出去,罗安然边看信边说:"好,坏人就是要惩罚。不过,你不应该感谢我,而应该感谢你自己。你太有个性了,你那次敢毛遂自荐,在那么多贵宾面前大胆表演,为公司救急。这次为了正义,不惜血溅谭家,更是令人敬佩。"

黎秀娟说:"请你别说了,我一个弱女子,迫不得已才那么干,真是不好意思。"

罗安然说:"不,有句话说,'蝼蚁尚且贪生,为人岂不惜命?'强者因为怕死,就不成其为强者,弱者连死也不怕,还有什么可怕的呢?所以从另一种意义上来说,你才是真正的强者。"

黎秀娟说:"罗总,我自己都讲不清,你却分析得这么透彻。你把弱者与强者互相转换的哲理说得这么透彻，看来，我才是'听君一席话，胜读十年书'。"

罗安然说："喂，不要给我戴高帽子呀。我可受不了喽，你这是挖苦讽刺我呢。"

罗安然说着，忍不住笑了起来。黎秀娟也跟着笑了。

罗安然和黎秀娟说说笑笑，被彭定坤在门外听见了，他知道潘向云和黎秀娟是同学，还知道潘向云喜欢黎秀娟。彭定坤是潘向云推荐进公司的，对潘向云言听计从。这天上班，彭定坤对潘向云说："云哥，我发现，好像罗总经理对黎秀娟挺有意思呢。"潘向云说："你别乱说。"彭定坤说："谁乱说了？在总经理办公室，我是亲眼看见的，罗总对黎秀娟亲热得不得了哇……"

潘向云心里很不舒服。这时，彭定坤又指指窗外，窗外花圃旁，罗安然与黎秀娟亲切交谈着，两人还不时相视一笑，显得十分亲热。

第二天，潘向云到刺绣车间，在门口，就听见里面几个姑娘叽叽喳喳地说笑。

李燕说："罗总是不是喜欢上了秀娟姐呀？"季晓玲说："那还用问，一个男人是不是喜欢一个女人，只要看他的眼睛就知道了。你们注意罗总看秀娟姐了吗？那眼光真是，真是万语千言，说不出来，只能够感觉。"

黄琴说："秀娟姐本来也长得好，又聪明，人见人爱，我要是个男人，也会爱上秀娟姐的。"李燕说："可是，罗总喜欢秀娟姐，那秀娟姐喜欢罗总吗？"季晓玲说："罗总是老板，人又好，谁不喜欢他？要是罗总看上我了，我二话不说，马上答

第四章

应。"黄琴说:"你呀,是个小骚包,等不得了,赶快到马路上贴个招郎启事。"姑娘们哄笑起来。

李燕说:"哎,说正经的,秀娟姐爱不爱罗总?"黄琴说:"我看呀,秀娟姐没有不爱罗总的道理。"季晓玲说:"这个恐怕只能让秀娟姐自己来回答了。"

冷不丁,响起黎秀娟的声音说:"那我就来回答吧,不可能。"

姑娘们一见黎秀娟来了,马上喊着围上来。黎秀娟说:"好呀,你们在背后嚼我的舌根,说我的闲话。"黄琴说:"我们嚼舌根可是一片好心,说闲话也不是说坏话呀。"黎秀娟一笑,说:"我也没怪你们。"黄琴说:"你说怎么'不可能'?"黎秀娟说:"明摆着嘛,罗总是什么身份,什么地位?我又是什么身份,什么地位?"

季晓玲说:"不是说爱情没有国界,爱情不分贫富嘛,王子爱上灰姑娘的故事多着呢。"李燕说:"是呀,老戏里相府千金王宝钏还爱上了叫化子薛平贵呢。"黄琴说:"做人呀就得这样,敢爱敢恨,才不算白活了一场呢。"

黎秀娟听到这里,不由得受到触动,不再作声,只是微微笑着。

潘向云听到这里,觉得黎秀娟一定是动了心思。这些姑娘们说得有道理,做人就得敢爱敢恨,才不算白活了一场,秀娟没有不爱罗安然的道理。秀娟也是个姑娘,也是敢作敢为敢爱敢恨的姑娘。

晚上,潘向云吃了饭,往床上一躺,陷入沉思,耳边却回响着女工们的议论和嬉笑声。朦朦胧胧中,他似乎步入一个喜气盈盈的大厅里，婚礼主持人和宾客济济一堂。突然，鞭炮声大作。主持人高声吆喝："吉日良辰，拜堂成亲，有请新娘出堂。"两个伴娘搀扶着新娘打扮的黎秀娟走出来。宾客们欢笑喝彩。婚礼的喜庆乐曲声悠然响起。主持人又高声吆喝："有请新郎出堂。"潘向云打扮得潇洒英俊，从左侧走进来，刚挽上黎秀娟的手，西装革履的罗安然从右侧走过来，要从潘向云手上把新娘抢过去。宾客们面面相觑。潘向云与罗安然四目瞪视。潘向云说："今天我是新郎。"罗安然说："今天我是新郎。"潘向云说："黎秀娟是我的。"罗安然说："黎秀娟是我的。"潘向云与罗安然吼着扭在了一起。黎秀娟在一旁不知如何是好。赵惠娥说："秀娟，你到底是跟哪个拜堂成亲呀？"黎东说："姐，我姐夫到底是哪一个呀？"黎秀娟说："我，我也不知道呀。"潘向云冲向黎秀娟，抓住黎秀娟的一只手往一边扯，说："秀娟，快跟我拜堂成亲。"罗安然也拖住黎秀娟说："秀娟，快跟我拜堂成亲。"黎秀娟被拉扯得东倒西歪，痛得大声叫喊……潘向云拖住罗安然就是一拳打去，罗安然对几个保安叫道："给我打！"几个保安对潘向云一顿拳打脚踢，潘向云左躲右藏。蓦地，桌上的小闹钟骤响。潘向云大喊着惊醒过来。他满头大汗，猛地坐起，自言自语说："秀娟是我的。我不能输，我要赢，我要赢。今晚我和黎秀娟约会，她等一下会来。我要抓住机会，不能输，我一定要赢。"

黎秀娟真的来了，而且还带来一些花生米、小花片、灯芯糕。公司里只有她和潘向云是同学，有些心里话只能与潘向云说。潘向云是公司的中层干部，有单间宿舍。黎秀娟她们是集体宿舍。潘向云多次发出邀请，今天她高兴，自然就很随意地

第四章

来到潘向云的寝室。

黎秀娟不知道，在她向潘向云寝室走去时，她的身后跟着蓉兰。蓉兰本是想去潘向云寝室的。她已多次去过潘向云寝室了。以前都是潘向云约她，而这段日子里潘向云不约她了。她怀疑潘向云是与欧阳芬好上了。她几次看见潘向云和欧阳芬上街，有几次跟上去，发现两人进了服装店。等到他们走出来，潘向云换了一身笔挺的西装。潘向云显得很高兴，对欧阳芬更是唯唯诺诺，拥着欧阳芬进了酒店。蓉兰想，欧阳芬是个寡妇，比潘向云大七八岁，据说还有个五六岁的男孩，潘向云怎么会喜欢她？欧阳芬是潘向云的上司，她喜欢潘向云，也不过是大姐姐喜欢小弟弟呀。潘向云讨好欧阳芬，不过是巴结她，一定不会喜欢她，更不会与她谈婚论嫁，最多也不过是逢场作戏。可黎秀娟不一样，黎秀娟与自己年纪差不多，又长得比自己好，人也聪明能干，还是潘向云的同学，自己若稍一松懈，潘向云就会被黎秀娟抢了去。她这么琢磨，觉得不可大意，必须找潘向云问个究竟，没想到在这里遇上黎秀娟。她躲在花圃的树后，瞪着前面。前面确实是黎秀娟的身影，她正匆匆走进潘向云的房间。蓉兰忙躲在一棵树下，盯着潘向云房间的窗户。她要看个究竟，看黎秀娟与潘向云到底有什么关系。

潘向云高中毕业进了慧梦湘绣公司，城里灯红酒绿，公司美女如云，他早把初恋过的黎秀娟忘到脑后了。可自从那次黎秀娟为公司救场解难，他又把黎秀娟提到心心念念的层面了。这次罗氏父子招她进公司，女工中又传出罗安然喜欢黎秀娟。而黎秀娟在众多美女中又如鹤立鸡群一般，这让潘向云有了先下手为强，把米煮成饭的念头。眼下，潘向云见黎秀娟来了，不由得心中暗喜，说："秀娟，今天你高兴，我也高兴，我们是同班同学，酒从欢处喝。你看，我这里正好有几瓶啤酒，来，庆贺一下。"

黎秀娟也不推辞，说："喝就喝，我心里高兴，正想乐一乐呢。"潘向云马上给黎秀娟倒上一杯酒，两人一碰，一干而尽。黎秀娟心情好，也回敬潘向云。这么一来二去，喝了几杯，桌上的食物少了，多了几个空酒瓶。黎秀娟端着一杯酒，略带醉意地说："向云，我来公司上班，你帮了不少忙，在公司领导那里美言了我，我很感激。来，这杯敬你，谢谢，我先干为敬。"

潘向云又给黎秀娟的杯子倒满，说："唉，这世道真是，有人高兴就有人忧哟。"黎秀娟说："什么事让你担忧了？"潘向云说："有段戏词不知道你听过没有，我唱给你听听。"说着便哼唱起来。"昔日老虎去学道，遇着猫儿把道教；看看道法教齐了，老虎起意要伤猫；猫儿一见事不好，翻身一纵上柳梢；对着老虎叹口气，无义之人谁与你交。怎么样，听戏的有钱给钱，无钱就拍掌捧个场嘛。"他笑着自己替自己鼓起掌来。黎秀娟听出了他的弦外之音，带着酒意嚷说："好呀，你是在骂我传授湘绣技艺是傻猫师傅，还骂我的女弟子们是母老虎呀。"潘向云说："秀娟，防人之心不可无嘛。我看你那样慷慨，将技艺都教会了别人，心里真替你着急呀！你就不想想，一个黎秀娟是全公司第一，可是有了两个、三个和更多的黎秀娟，就不知道谁是第一了，而且谁都可以将第一取而代之，那时你算老几呀？"黎秀娟摇摇头，说："有句话说得好，'人善人欺天不欺，人恶人怕天不怕'。我就不信，我会好心没好报，不过——你，你能这样替我想，我很感动。"潘向云笑说："别感动了，还是为我

第四章

的一片好意干一杯吧。"说着，举起了杯子。

两只酒杯相碰。两杯酒又倒进了两张嘴里。黎秀娟不胜酒力，一阵头昏。潘向云却又拿起酒瓶斟满了两只酒杯。黎秀娟摇着手说："我可不能再喝了，你别把我灌醉了。"她说话时舌头有点打卷。潘向云说："酒逢知己千杯少嘛。何况这是爱的琼浆……"黎秀娟说："你别跟我谈什么爱不爱。有人说女人为爱变得聪明，扯淡。其实，女人一恋爱就变蠢。我可不想做蠢女人。"潘向云说："这杯酒我绝对不让你喝了。因为这杯酒是我祝你妈妈，也许是我未来的丈母娘健康长寿的，所以这两杯酒全由我包了。"说着便伸手去端黎秀娟的酒杯。但是黎秀娟却拨开了他的手，说："祝我妈妈——记住，不是你的丈母娘——健康长寿，我能不喝吗？我必须喝。"她抢过酒杯，泪水盈盈地叫着："妈妈，祝您健康长寿！"

"当啷"一声响，黎秀娟的酒杯落地。她醉了。

潘向云忙上前扶住了她，跟着趁机将她紧紧抱住。黎秀娟挣扎着，但力不从心。潘向云扑在黎秀娟的身上，嘴唇压在了黎秀娟的嘴唇上……

/ 2 /

在楼下的花圃树荫下，蓉兰看见潘向云房间的灯忽地灭了，往日曾是她躺的怀抱，现被黎秀娟抢去了，她绝望地离开了花圃，仓惶地奔向马路。

拐弯处，一辆轿车驶过来，蓉兰猝不及防，被撞倒在地。

佐藤雄从车上走出来，扶起蓉兰，关切地问："小姐，小姐，你没事吧，没事吧？"

蓉兰缓缓地抬起头。看得出，她并没有负伤，只是神情沮丧。

佐藤雄说："噢，你不是慧梦湘绣公司的蓉姑娘吗，怎么回事？"

蓉兰说："对不起，是我不好。"

佐藤雄说："哎，怎么是你不好？是我的车撞了你嘛。应该是我向你道歉，对不起，蓉兰姑娘。你没事就好，哎，这样吧，已经这样晚了。蓉兰姑娘如肯赏光，我们一起去吃宵夜。"

蓉兰说："不，不去，我没有兴趣吃。"

佐藤雄说："蓉姑娘是不是有什么心事？这样吧，我们就喝杯咖啡，如果蓉姑娘有什么困难，我可以想办法帮帮你。"

蓉兰望了望佐藤雄满是热情的笑脸，没有拒绝，随佐藤走进路边的咖啡屋。

咖啡屋的音乐声悠扬而舒缓。佐藤雄问蓉兰生产湘绣和服的进展，蓉兰吞吞吐吐讲了进展顺利时，佐藤雄不由得心里一愣，但不露声色地说："好啊好啊，贵公司能生产湘绣和服，这是件好事，蓉兰姑娘立下汗马功劳，我可以按时提货，天皇皇妃如期穿上经蓉姑娘手绣的和服，贵公司可以发财，蓉姑娘也可以得红包，这可是件大喜事呀，蓉姑娘应该高兴才是。"

蓉兰低着头不语。佐藤雄说："蓉兰姑娘有什么心事？你说出来，看我能不能帮你。"蓉兰说："那和服不是我绣的。"佐藤问："不是你，难道还有高手？"蓉兰说："这……这……"佐藤说："噢，我明白你的意思，这个黎秀娟与你过不去，本来是你当组长，她来没两天就夺了你的位子，把你的功劳都记在她

第四章

一个人身上,是吗?这个黎秀娟……"

蓉兰不由得抽泣起来。佐藤雄走过桌子,坐在蓉兰身边,抚着蓉兰的肩说:"不要激动,不要激动,有事想办法吧。"待蓉兰平静下来一些,佐藤雄说:"蓉兰姑娘,这个黎秀娟这么狠毒,你何不'以毒攻毒'?"蓉兰抬起头说:"怎么'以毒攻毒'?"佐藤雄说:"你们中国有句话,叫做'他不仁我不义',耶稣还说过'以牙还牙',你就不能报复她一下吗?"蓉兰说:"报复她?怎么个报复法?"佐藤雄附向蓉兰的耳朵,轻轻地耳语。

蓉兰听着听着,脸色越来越紧张,听得心惊肉跳,说:"这……这……"

佐藤雄说:"蓉姑娘,我知道你是有些担心,你想想,你和黎秀娟都是打工的,倘若是欧阳芬小姐和你过不去,她是公司的董事,可她黎秀娟算什么?你还怕她?"

蓉兰说:"只是,只是……"

佐藤雄说:"只是什么?只要你下决心,我帮你。"

佐藤雄掏出几张钞票递给蓉兰,说:"去买台好点的相机。这是买相机的钱,算我帮你的。"

/ 3 /

黎秀娟醒过来,发现自己赤身裸体躺在潘向云怀里,不由得用手抓住被子,捂住身子。当她发觉潘向云也是赤身裸体时,意识到一切的补救都是徒劳,不由得双手捂着脸,嘤嘤地哭泣着。

潘向云显得有些慌乱和懊悔，说："我忍不住，秀娟，我太爱你了。在高中时我就喜欢你，你也知道。"黎秀娟没吱声，潘向云又把黎秀娟搂过来，心里说，罗安然，秀娟在我身下了，看你能如何；口里却说："你不要怕，我们是同学加恋人，我们有感情作基础。"黎秀娟不知是害羞还是害怕，把贴身的内衣往身上穿。潘向云拉住她说："我们是生米煮成熟饭了，别穿啦，来吧，再睡一会儿。"

黎秀娟在中学时，就对潘向云有好感，进公司前后，潘向云对她也特别关心，今天事已至此，也就顺水推舟，说："我给了你，是你的人啦，你可不能负我。"潘向云说："放心吧。我你还不知道吗？我一定对你好，好一辈子，爱一辈子，让你一辈子幸福……来，来……"潘向云又把黎秀娟往怀里抱，黎秀娟半推半就，又偎在了潘向云怀里。黎秀娟说："我们还没结婚，这是偷果。"潘向云说："结婚只是形式。只要我们有情，共度人生最美好的时刻，怕什么呢？何况，我会对你好的。"

那以后，潘向云不断地约黎秀娟去他寝室。黎秀娟明知尚未结婚，这样不好，却鬼使神差地一次次去了。这天，黎秀娟向公司大楼走去。潘向云从树后钻了出来，说："秀娟，我们好久没在一起了，今天是星期天，你请个假，到我那里去。"黎秀娟说："这一向都在忙着赶任务。再说，我们没结婚，老在你房间里，不好。"潘向云不依，拉着黎秀娟往怀里抱。

黎秀娟不从，眼睛左顾右盼。正在这时，季晓玲、黄琴、李燕来了。黎秀娟说："有人来了。"潘向云才松手。

季晓玲走过来说："秀娟姐，难怪你吃了饭就往车间跑，原来是抓紧时间在这里约会呀。"黎秀娟说："别瞎说，老同学说

第四章

许久没见了,相互握手问好。是路上遇见的。"

黄琴、李燕走过来。李燕说:"秀娟姐,你知道潘大哥为什么喜欢握你的手?"黎秀娟说:"为什么?"黄琴:"我知道,嘻嘻,因为秀娟姐的手巧呢,嫩呢,握着舒服呢。"黎秀娟笑着要打黄琴,说:"你这张臭嘴,吃多了臭豆腐。"

她们说笑着一起向车间走去。黄琴说:"秀娟姐,蓉兰今晚又不来。请假。"黎秀娟说:"是身体不舒服,上医院看病去了?"黄琴说:"上医院?上医院怎么穿那么漂亮?""是呀,她这两天有些特别。"黄琴说:"什么不舒服,是想男人的病。"季晓玲和李燕笑了起来。

/ 4 /

佐藤雄和韩国客商在罗夫平父子陪同下走进接待室。佐藤雄和韩国客商显得有些焦躁不安。罗夫平叫人泡上茶,说:"对不起,让两位久等了。"佐藤雄说:"没关系,关键是我们订的货,不能让我们等。"韩国客商忙附和说:"是呀是呀。"

罗安然很自信地说:"这个,请你们二位放心,我上次代表公司与你们签了合同,到时就一定会把货送上。"

"噢,那就好,那就好。"佐藤雄显得很高兴,"我还有一个小小的要求。"

罗安然说:"什么要求?"

佐藤雄说:"我向贵公司订购的湘绣和服,至关重要,现在天皇皇妃已经知道我向贵公司订了这件货,并将以此作为她的寿诞礼物,十分高兴。我们已经没有退路,务必如期奉上这件旷世珍品。万一贵公司在质量上和工期上达不到我们的要求，我们将会使天皇和皇妃失望。那将是我们莫大的耻辱，所以，我们要求贵公司予以进一步的担保。"

罗安然反问说："难道佐藤先生怀疑敝公司的信誉？"

佐藤雄摇头说："不不不，如果像罗总说的那样，我就不会来找贵公司了。我是担心万一，不怕一万，只怕万一嘛。万一贵公司有什么困难，或者质量和产品的纯洁度不能达到我们的要求，不妨明言，以便我另外联系……"

罗夫平说："如果敝公司达不到佐藤先生的要求，我敢断言说，当今世界再没有人敢接您的订货单。"

"那好，请你们看看这份材料——"佐藤雄诡秘地从包里抽出一份材料递给罗夫平，接着说，"这是我修改了的协议，上面规定，我方将订货款在原基础上增加百分之五十，而贵公司如果没达到我方要求，比方说，产品的纯洁度等等，贵公司都要承担赔偿责任，赔偿金也必须在原数额上再翻一倍。"

罗安然一惊。会客室静寂下来，只有从吸烟者嘴里喷出的烟在室内缭绕。罗夫平接过协议看完后，一言不发，拿出笔来，在协议上签字处写下了三个苍劲有力的字："罗夫平"。

送走佐藤雄，罗安然叫上两个服务员，端着木盒子，赶到刺绣车间。

车间里黎秀娟与季晓玲等几个刺绣姑娘正在赶制湘绣和服。黎秀娟看了一眼走进来的罗安然，又低头忙着刺绣。季晓玲放下手中针线，说："罗总，您这么晚了还不休息呀？"罗安然笑着说："距离交货时间只差一周了，你们日夜加班，辛苦了，给你们送来一点面食，有小笼包、银丝卷，还有椰子奶，美容的。

第四章

慰劳你们。"

两个服务员放下木盒子,打开,端出热腾腾的面点。黄琴叫了起来:"呀,罗总,你太好了。"忙走过去,又回头喊道:"秀娟姐,快来呀!"

罗安然说:"秀娟姑娘,休息一下,吃点宵夜吧。"黎秀娟却问:"罗总,其他姐妹都有吗?"罗安然笑着说:"我都安排了,凡是加班的,享受同等待遇。"黎秀娟似乎在反胃,张嘴想要呕吐,却没有吐出来,摇摇头,说:"我不饿。"罗安然又取出红包,说:"这是加班费。"黎秀娟又问:"蓉兰和其他姐妹都有吗?"罗安然盯着黎秀娟,说:"你放心,加班的都有。"说着,又给蓉兰、黄琴等都发一个。

黎秀娟这才将红包塞进口袋,又集中精力刺绣,可她绣着绣着,又想呕吐。

季晓玲走到黎秀娟身边,说:"秀娟姐,你怎么了?是感冒了吗?"黎秀娟说:"不知道。"季晓玲摸了摸黎秀娟的头,好像不烧,说:"秀娟姐,你到医院检查一下,如果不是感冒,是其他什么毛病,那就麻烦了。"

黎秀娟猛地一震,其他毛病,会是什么毛病呢?可第二天,还要加班,她没去看。她想等这件湘绣和服交货后再去医院。

黎秀娟和蓉兰在结束湘绣和服的最后一针一线。终于,竣工了。黎秀娟靠在椅子上,疲倦而又兴奋地说:"谢天谢地,总算完成了。"

蓉兰双手拿起和服在身上比试着,自豪地说:"谁穿上它,谁就成了皇妃呀。也只有皇妃和公主什么的才配穿呢。"

黎秀娟也说:"真好看,要穿在身上,会更好看。"

蓉兰从她的黑色的坤包中取出一个照相机，说："秀娟姐，这件衣服是全世界第一的，可它是出自我们之手，我们何不穿上它，照个相留作纪念呢？"

黎秀娟兴趣盎然，说："你还真有心呀。"

蓉兰说："来，秀娟姐，先给你照。"说罢，跑过去将门上了闩，接着返回来帮秀娟解衣脱裙。黎秀娟被蓉兰脱得只剩下贴身小衣，忽地张开嘴呕吐起来。蓉兰说："秀娟姐，你没事吧？"黎秀娟摇摇头，拿起和服心虚地遮掩住肚子。蓉兰装作不在意，说："来，我帮你穿上。"她帮黎秀娟束腰带时，故意使了一下劲。黎秀娟骤然受到刺激，忍不住又想呕吐。待黎秀娟不吐了，蓉兰拿起照相机给黎秀娟拍照。

突然，响起敲门声。季晓玲、黄琴、李燕在外面喊着。黎秀娟惊得手忙脚乱，在蓉兰的帮助下脱下衣服，穿上了自己的衣裙。

/ 5 /

光彩夺目、华贵无比的湘绣和服被潘向云和一个职员撑着展开来，溢光流彩、绚丽万分的千女条屏双面绣被曹焕然和一个职员抬着移动，还有百鸟床单上的鸟儿似乎在飞翔，百鱼窗帘上的鱼儿仿佛在跳跃。看着这一切，韩国客商忍不住连声喝彩。佐藤雄在一旁也赞叹不已。

罗夫平和罗安然微笑着听取客户们的恭维声，欧阳子玉、欧阳芬和欧阳圆也在应酬客商们。韩国客商将一张巨额支票交给了罗夫平，说："我希望与贵公司再签协议，订购下一批产

第四章

品。""行啊。"罗夫平满口答应。

韩国客商和其他客商都走了,只剩下佐藤雄,他似乎一点也不着急,指挥两个手下人将湘绣和服抬走。

罗安然说:"佐藤先生,您就这么走了?"佐藤雄说:"还有什么事吗?"罗安然说:"关于湘绣和服,佐藤先生过目了,而且表示满意。原定的余款,是在交货时一并付清,佐藤先生,您还有一笔余款应在今天付给我们。"

佐藤雄显得十分惊讶,说:"什么?你还要余款?"

罗安然说:"这是合同上签订的,我们要讲信誉。"

"信誉?你们还跟我讲信誉?"佐藤雄显得气愤至极,从公文包中抽出一张相片,像甩出一张王牌一样甩在桌子上说,"信誉,请你自己看!"

罗安然和罗夫平探头一看,是一张黎秀娟穿着湘绣和服的照片,照片上的黎秀娟粲然微笑,显现出青春的活力和风采。佐藤雄仍然怒气冲天。罗安然和罗夫平两个张口结舌。罗夫平望了望罗安然,满目疑惑。罗安然不得其解,目瞪口呆。

佐藤雄望了望罗家父子的狼狈相,更加气焰嚣张,说:"这件湘绣和服,是我们定做奉献给天皇皇妃的生日礼物,不是给这个黎秀娟小姐穿着照相的。她这样做,使这件和服的纯洁度受到严重损害,天皇皇妃怪罪下来,我担当不起啊。按照合同上的条款,你们违反了协议,我完全可以向法庭控告你们,让法庭来判决你们对此事的赔偿,弥补我们的损失。按照双方签订的协议,应是翻倍赔偿。考虑到我们的业务关系,我不再在法律上追究你们,这是大大地便宜了你们。"

说到这里,佐藤雄又掏出一份合同复印件,往桌子上一甩,甩得桌上的照片飞扬起来："如果你们的合同不见了，我再给你们一份，好好看看吧。"佐藤雄说完，很得意地扫了一眼罗家父子，扬长离去。

罗家父子又是目瞪口呆。

第五章

/ 1 /

总经理办公室,罗夫平气急败坏地大骂:"这是怎么搞的?给公司捅了这么大的娄子?要把公司整垮吗?"罗安然看着桌上的照片,十分生气地说:"这是胡闹啊。产品的使用权属于订货的客户,黎秀娟怎么敢穿湘绣和服照相呢?"

蓉兰追随着罗安然的目光,小心翼翼地说:"我劝过她别这样,她不听,我也拿她没办法,她是组长嘛。"罗安然想起什么,问:"这照片谁给她拍的?"蓉兰说:"那还有谁呢?她,是她自己要拍的。她拍完后叫我帮她冲洗。"罗夫平吼道:"把黎秀娟给我找来!"

蓉兰急忙出去了。

黎秀娟这时正和潘向云在一起。她大白天来到潘向云的宿舍,使潘向云感到十分意外。他开始以为黎秀娟是耐不住寂寞找他亲热的,当听黎秀娟说"肚子里有了",潘向云一惊,说:"你有了那个?"一屁股坐了下来,嘴里失声说:"这怎么办呢?"

黎秀娟说:"向云,我们回去吧,回去结婚,把孩子生下来。"潘向云跳了起来,说:"回哪里去?回那个鸟不屙屎的穷山窝吗?"黎秀娟一怔,说:"那,那我们就在城里举行婚礼。"

潘向云冷笑道："说得轻巧。拿什么结婚，就凭每个月的这点打工费？笑话。"黎秀娟生气地说："不结婚，孩子怎么办？"潘向云用手挠着脑袋，皱眉思索，忽然说："你肚子里的孩子，是我的吗？"黎秀娟简直不敢相信自己的耳朵，委屈而愤恨地望着潘向云。潘向云说："你可以和我上床，也可以和别人上床，罗总对你也那么好，谁知道你怀的是哪个的孽种？"黎秀娟气得一个耳光打去。潘向云猝不及防，被这个耳光打得呆住了。

黎秀娟从潘向云的寝室走出来，碰上蓉兰。蓉兰说罗总找她有事，叫她快去。黎秀娟走进罗总办公室，罗夫平与罗安然坐在办公桌后面，欧阳芬从沙发上站起来，恶狠狠地盯着她，那阵势，有点像审讯犯人。

罗夫平指着照片说："你知道你这样做的后果吗？它会葬送公司的信誉和前途，日本客商可以把我们送上法庭。这不是一般的和服，它是日本天皇皇妃的寿诞礼物，你怎么可以穿呢？你穿一下不说，还拍成照片，你以为这就了不得吗？你就是皇妃吗？如果皇妃知道它已经被别人穿过，还会要它吗？要是日商坚持，我们公司就要赔偿一百多万。一百多万啦，你拿什么来赔？"

黎秀娟低头不语。

罗安然也愤愤地说："黎秀娟，你这么聪明的人，怎么做这种愚蠢的事？太出乎我的意料了，这真不像是你干的事。"黎秀娟一抖，又想要呕吐，但竭力克制着。罗安然指着照片说："这张照片怎么到了佐藤手上？"黎秀娟说："我，我不知道。"欧阳芬说："黎小姐，你平常不是伶牙俐齿的么，今天怎么哑口啦？这张照片是不是你送给佐藤的？"

第五章

黎秀娟说:"不,不,不是……"

欧阳芬说:"不是?你是不是想做佐藤的太太?听说佐藤雄很喜欢你,你送他这张照片,认为穿件和服照个相就身价高了,佐藤雄就会看上你?是不是?你也想得太简单了,攀龙附凤也不是这么个攀法嘛。"

黎秀娟说:"没,没有……"

欧阳芬说:"没有?那这张相片是自己长翅膀了?它自己飞到佐藤手上?你敢做就要敢当嘛。你给公司造成这么大的损失,怎么否认也否认不了。"罗安然说:"秀娟,你就如实告诉我们,到底怎么回事?"欧阳芬说:"姨爹,跟这个骚货说也没用,把她开除算了。"欧阳子玉说:"开除她也不能把那一百多万追回来呀。"欧阳芬说:"留着她,那一百多万就追回来了?她是个倒霉鬼、扫帚星,留在公司,公司还会倒霉的,不如现在就叫她滚。"

黎秀娟酒后失身。在潘向云的甜言蜜语攻势下,他们又有过几次云雨之欢。她没有正常来"例假",有时想呕吐,她强忍着。在欧阳芬尖刻语言的刺激下,她"哇——"地吐了。她借势说:"好,我滚,滚……"拔腿出门。

欧阳子玉思索片刻,说:"这张照片怎么到佐藤雄手上的呢?黎秀娟不肯讲,是她觉得自己理亏不讲,还是受了委屈不讲?"

欧阳芬说:"怎么会是受了委屈?姨妈,肯定是理亏。"

罗夫平说:"蓉兰给你的那台相机呢?"

罗安然说:"还在我这里。"

罗夫平说:"蓉兰说是黎秀娟的,你把这台相机还给黎秀娟。"

罗安然说:"爸,您这是?"

罗夫平无语,独自沉思。

/ 2 /

罗安然走进女工宿舍。季晓玲、黄琴、李燕、邬芳忙站起来。罗安然说:"请你们都出去一下。"

待季晓玲她们出去后,罗安然从包里拿出相机,对黎秀娟说:"秀娟,你的相机。"

黎秀娟说:"这不是我的。"罗安然说:"不是你的?那是谁的?"黎秀娟说:"是蓉兰的。"

罗安然说:"哦,你怎么知道是蓉兰的?"黎秀娟把那天的前后经过说了一遍。

罗安然似乎明白了什么,但这是黎秀娟的一面之词,他还不能完全肯定。

季晓玲、黄琴、李燕正在外面窃窃私语,忽听说罗总喊她们进去,一个个诚惶诚恐地进去了。寝室里顿时鸦雀无声。罗安然说:"季晓玲、黄琴,你们仔细看看,这个相机是谁的?"邬芳接过相机看了看,说:"这不是蓉兰的吗?"罗安然说:"你再仔细看看。"

黄琴也围上去看了看,说:"是蓉兰的。那天,她把相机放在床上,我拿起来看看,她就生气了。瞧,这里还有个印子,她还怪是我搞的。"

罗安然说:"黎秀娟有相机吗?"季晓玲说:"没有。"罗安

第五章

然说:"你们能肯定吗?"黄琴和李燕说:"没见她有过。"季晓玲说:"秀娟姐平时很节俭的,不会花钱去买相机。这一向公司加班加点,她一心扑在湘绣和服的刺绣上,哪有时间上街买相机呀。"罗安然心里很清楚了,说:"好,你们把蓉兰叫来。"

这时已是黄昏,蓉兰做贼心虚,正趴在窗户下悄悄地听着,听季晓玲她们说那台相机是她的,脸色骤然大变,正急得发呆时,季晓玲过来说罗总叫她去一下。蓉兰吓了一跳,心中有愧,神色慌张地走进屋,看了看满屋子的人以异样的目光看着她,更加手足无措。

罗安然说:"蓉兰,你的相机,拿去吧。"蓉兰说:"不,不是我的。"罗安然说:"你拿着,仔细看看。"蓉兰说:"不是,这,这个相机不是,不是我的。"黄琴说:"怎么不是你的?你自己看看,那上面还有一个印子,你还怪是我搞的,你仔细看看那个印子。"

蓉兰心惊肉跳,手中的相机掉了下来。罗安然说:"蓉兰,究竟怎么回事,你给我说清楚。"季晓玲、李燕也催促说:"蓉兰,你今天不说出来,我们都不会答应。我们不能让秀娟姐背黑锅。"蓉兰嘴唇嚅动着,目光慌乱,在大家的催促下,彻底崩溃了。

"我说,我说,这都是那个佐藤雄的主意,是他要我这么干的呀……"蓉兰低垂着头,哭个不停。

"果然是这样。"罗安然生气的样子有点吓人,他训斥道:"为了争风头,你就用这样卑劣的手段陷害黎秀娟,欺骗公司,制造假案,给公司造成巨大的损失。你知道你这种行为的性质吗?你知道你要承担什么后果吗?"

蓉兰双手掩面，双眼发黑，整个房屋在她眼中摇晃，她终于站不住，往地上倒去。

/ 3 /

罗安然安排人把蓉兰送去医院，接着把这件事的前因后果告诉罗夫平和欧阳子玉。欧阳子玉说："没想到蓉兰被佐藤雄利用。我真弄不明白，就算佐藤雄再怎么狡猾，蓉兰也不应做出这样丑陋、肮脏的事呀。"罗夫平很愤怒，说："佐藤雄真混账，不是个东西。公司有制度，决不能姑息养奸，必须给蓉兰严厉惩罚。"欧阳子玉说："我们误会了黎秀娟。你得撤销那天对黎秀娟的处分。"罗安然说："蓉兰现在又发病了，现在处分她也不是时候。"罗夫平说："她发病了吗？现在处分她，也不能挽回公司损失呀。眼下最重要的是，我们不能打掉牙齿往肚里吞，对付佐藤雄，要以牙还牙。安然，你有什么主意吗？"罗安然说："爸，我考虑了，决不放过佐藤雄这只老狐狸。"

罗安然叫来潘向云，有点神秘地吩咐了一番，待潘向云出门而去，他拿起话筒，拨通了佐藤雄的电话。佐藤雄说，已买了今天下午的机票，要护送湘绣和服去日本，吃饭，那就以后吧。佐藤雄确实准备下午回日本，他的两个手下正在给那件湘绣和服装箱。罗安然说："佐藤先生，我和我爸不仅仅是为了给您饯行，更是为了向您致歉，请您务必赏脸呀。我们来日方长，还要合作的嘛，您不赏脸可就不够朋友喽……"

佐藤雄不知是计，觉得拒绝罗安然是不太妥当，说："好吧，既然你们这么有诚意，我就恭敬不如从命了。"佐藤雄搁下

第五章

话筒，吩咐两个手下人说："你们尽快收拾，马上把这件湘绣和服送往机场，办好手续，不可出任何差错。你们要明白，这件献给天皇皇妃的礼物，比你们的生命还重要。"两个手下人连连点头。

佐藤雄来到湘雅大酒店，罗安然父子已在包厢里等他。罗安然父子和佐藤雄客套了一番，对服务员说上菜。不一会儿，鲍鱼、龙虾等山珍海味端上了桌。罗安然端起酒杯说："我代表我爸，敬佐藤先生一杯，为敝公司给佐藤先生造成的影响，表示歉意。"佐藤雄看着一桌丰盛的菜，很高兴地将酒一饮而尽。

罗安然又端起酒杯，说："我还要为佐藤先生的宽宏大量，不追究敝公司的责任表示感谢，再敬一杯。"

佐藤雄挺神气地又将酒一饮而尽，放下杯子，说："这件事属于昨天，而昨天已经过去，我们可以把它忘记，开始新的合作。"

罗安然打断他的话说："不不不，在新的合作之前，必须先解决昨天的问题，因为您可以忘记这件事，我们不可能忘记。"他提过一口皮箱，打开。

皮箱里面是满满的钞票。佐藤雄不解。罗夫平不动声色，说："这是您订购湘绣和服的订金，现在全部退还给您，请收下。"

佐藤雄说："你们这是？"

罗安然说："我们也请佐藤先生帮个忙，体谅敝公司的苦衷，把那件湘绣和服退还给我们。"

佐藤雄一惊，旋即笑着掩饰，说："我已经说过了，不要求贵公司赔偿损失，也不再追究贵公司的责任了嘛。这又何必呢？"

罗安然说："您的大度，我们很钦敬。可是，我们不能原谅自己，让一件纯洁度损坏了的产品离开公司，让一件被女工穿着拍了照的湘绣和服，再穿到尊贵的天皇皇妃的身上。这是决不能容许的，对吗，佐藤先生？"

佐藤雄有些不安，说："贵公司真是认真，一丝不苟，佩服佩服。不过，那件湘绣和服我既然已经收下了，就由我来处理吧，贵公司就不必操心了。"说着，把那口装满钞票的皮箱盖上，推向罗安然。

罗夫平一直没做声，这时似笑非笑地说："佐藤先生，您能说说打算怎样处理那件湘绣和服吗？我想，您决不会让纯洁度损坏了的湘绣和服出现在天皇皇妃的寿诞上，更不会让它穿到天皇皇妃的身上的，对吗？"

佐藤雄支支吾吾。

罗安然说："佐藤先生，虽然日本各大媒体都已大事宣传，说天皇皇妃将穿上当今世上独一无二的湘绣和服，但由于敝公司收回了不配穿在天皇皇妃身上的产品，届时将使皇妃未能如愿。对此，我们深表遗憾和歉意，还请佐藤先生向尊贵的天皇皇妃转达敝公司的歉意。"

佐藤雄瞧瞧罗夫平，又瞧瞧罗安然，冷冷地说："这么说，你们是一定要收回那件湘绣和服？"

罗夫平说："敝公司视质量和信誉为生命，相信佐藤先生能够理解。"

佐藤雄忽地狂笑起来，笑了一会儿，说："罗董，罗总，你们父子俩就不要再演戏了，什么质量信誉，什么道歉赔礼，说

第五章

得真动听呀,实际上,你们是掌握了日本新闻媒体的报道,天皇皇妃届时必须穿上湘绣和服,你们便以收回和服来进行要挟,这一手,真可谓釜底抽薪,高明,高明呀!"

罗安然说:"佐藤先生误会也罢,理解也罢,总之,敝公司是一定要收回那件湘绣和服的。"

佐藤雄冷笑说:"这么说,是没有商量的余地了?哈,我倒是很愿意成全你们,不过可惜,可惜呀,只怕是爱莫能助了。实不相瞒,我的手下已将湘绣和服运往飞机场,先行护送去日本了。此时此刻,那件和服正在空中飞越茫茫东海喽,哈……"

"哈哈哈……"罗安然也突然头一仰,大笑起来。

门被推开。佐藤雄脸色突变,大睁着眼睛望着门口。大门处,潘向云领着佐藤的两个手下,捧着湘绣和服包装箱走了进来,后面还跟着彭定坤和几个保安。

佐藤道:"怎么回事?"

罗夫平向罗安然使了个眼色。罗安然从包里取出蓉兰的那台相机,送到佐藤雄手上。

佐藤雄脸色又一变,说:"这,这是什么意思?"

"佐藤先生,这相机想必您是熟悉的了。现在完璧归赵。"

"你们,你们想怎么样?"

"对不起,"罗安然不卑不亢地说,"佐藤先生,今天得罪了。我们也是受佐藤先生所迫,无奈之下才出此下策,目的是维护敝公司的利益,绝不想与佐藤先生为难,说实话,敝公司还真不想得罪您这位大客户呢。"

佐藤雄的脸色缓和下来。他知道,罗家父子棋高一着,自己的伎俩被罗家父子识破了,与蓉兰所做的一切都穿帮了。但罗安然父子对他显然是很宽容，他们把钱退回来，与自己断交，也是情有可原。现在，他们不追究他的卑劣手段，已是对他很客气了，只是他们退了钱，把湘绣和服收回去，他怎么交差呢？佐藤雄满脸愁容，说："唉，我，我，不瞒你们，皇妃诞辰之日穿湘绣和服已经宣扬出去，没有湘绣和服，我，我……"

罗夫平走了过来，说："如果佐藤先生同意，敝公司仍然愿意将这件湘绣和服交给您，没有哪个公司愿意将产品积压在仓库里。至于佐藤雄应付给敝公司的余款，我们只收一半。如何？"

"真的吗？"当佐藤雄证实罗家父子的意图后，笑了，说，"你们真是，真是宽宏大度，我已无话可说，佩服之至，佩服之至。"说着，掏出支票簿，随即写好交给罗安然。罗安然接过支票，佐藤雄又说："罗总刚表示希望与我继续合作，为表示诚意，我再向贵公司订购一批全新的产品，没问题吧？"

罗安然说："好啊，一定尽力，不知佐藤先生需要什么？"

佐藤雄说："我要订购的是一幅一米四宽、二米三长的双面全异绣湘绣工艺制品。"

"双面全异绣？"

罗安然一怔，罗夫平也一怔。

罗夫平读大学时听说过双面全异绣，但没见过。结婚后听妻子翁湘慧说过翁家祖上湘绣的辉煌。湘绣的最高境界是双面全异绣，翁家祖上的刺绣达到了这个境界。妻子说，翁家刺绣绝技只传儿子、儿媳，不传女儿、女婿。翁湘慧的父亲膝下无子，但双面全异绣的绝技，父亲也不肯传给唯一的女儿。翁老先生患病卧床时，断断续续给女儿讲了一些，但不全面，且关

第五章

键点没讲出来就西归了。根据妻子记录下来的，罗夫平在湘绣科研所准备申报一个科研项目。后出逃香港，一切就中断了。罗夫平回湘投资，一是寻找妻子和女儿的下落，另一个目的是攻克难题，研创双面全异绣。这一点，他一直埋在心里没有向任何人讲过。佐藤雄怎么会突然提起双面全异绣呢？制品之大，难以想象。他们慧梦湘绣公司目前能完成双面绣的技术力量还不够，到哪里聘请双面全异绣的技术人才呢？茫然中，罗夫平听到儿子和佐藤雄在对话。

"双面全异绣，"罗安然说，"它两面的图案截然不同，是湘绣技艺的最高境界，还没有实际生产成功的先例。"

"不错，"佐藤雄说，"湘绣和服，不也没有先例吗？贵公司成功了。相信贵公司不会让客户失望。"

/ 4 /

黎秀娟还是当年那个纯真的黎秀娟，她并不知道潘向云早已不是当年给她递纸条的潘向云了。潘向云穿戴得整整齐齐，哼着歌曲，准备出门。黎秀娟走了进来，潘向云不觉一怔。黎秀娟说："不要再拖下去了，为了孩子，我们赶快结婚吧。"潘向云不由得窝着一肚子火，不以为然地说："结婚结婚，你怎么就只想到结婚呢？你把孩子打掉，不就没事了。"黎秀娟说："那是我们的孩子呀，是我们爱情的结晶呀！"潘向云一声冷笑，叫道："什么爱情的结晶？我没有爱，没有情，哪来的结晶？"

黎秀娟气得又挥起手臂，一个耳光打去。潘向云有了上次的教训，一把抓住了黎秀娟的手腕，使劲将她一掀。黎秀娟站脚不稳，倒下地去。潘向云扬长而去。黎秀娟盛怒之下，举起一只手打自己的肚子，骂道："孽种！孽种！祸根……"

黎秀娟回到宿舍，罗夫平派人来叫她去办公室。黎秀娟猜测一定是穿湘绣和服照相的事，想起肚子里的孩子不知该怎么弄，两件事堆在一起，令她不由得更加恼火。

来到办公室，罗夫平没有怎么责怪她，说："上次的事，虽说你是中了蓉兰的圈套，可你试穿了，也是违反了制度，本应严肃处理，但考虑到你给公司作的贡献，决定再给你一次机会，将功补过。"

黎秀娟失声说："将功补过？"

"对，你继续领导技术小组，来完成一件新绣品：双面全异绣。"罗安然说，"这件产品如果试制成功，公司将提高你的待遇，你有什么要求，可以提出来，公司将尽量满足。"

黎秀娟感到心中翻腾，想要呕吐，她很难受，说："我现在干不了。"

罗安然大感意外。罗夫平说："你拒绝接受任务？"

黎秀娟胃里的东西往上涌，难受地说："我真的干不了。"

罗夫平说："给你一个将功赎罪的机会，你怎么拒绝？"

黎秀娟张了张嘴，忙又咬住，忽地跳了起来，转身就冲出门外。

"黎秀娟，黎秀娟……"但黎秀娟的身影已在门外消逝，罗夫平愤怒地叫着，"岂有此理，岂有此理！"

"爸，"罗安然说，"我看黎秀娟的举止和情绪很反常，一定有什么原因。"

第五章

"我不管，"罗夫平说，"不管她什么原因，我们当务之急，是要尽快将双面全异绣的试制付诸实施。只有出了新绣品，公司才有高效益。"

这时，蓉兰小心翼翼地走了进来。罗安然似乎感到意外，说："蓉兰，你的病好啦？"

蓉兰说："董事长，总经理，我在医院里睡不着觉，吃不下饭，真恨自己辜负了你们对我的信任。我要将功折罪，发挥一技之长，报答你们的大恩大德。"

罗夫平阴沉的脸忽然舒展开来，说："你真有这个想法？"蓉兰点了点头。罗夫平说："有这个想法就好。我问你，双面全异绣你会绣吗？"

蓉兰说："我可以试试。"

"有把握吗？"

"有董事长的支持，我一定试出来。"

"好，我就要你这句话。你只要愿意试，并有信心试好，以前的事不追究。你先回去休息，把身体养好，等候通知。"

蓉兰鞠着躬，退了出去。

罗夫平瞧着罗安然说："我看，试制双面全异绣的任务可以交给蓉兰。"罗安然说："爸，这样重要的工作交给蓉兰，我不放心。"罗夫平说："论湘绣技艺，只有蓉兰与黎秀娟不相上下，现在黎秀娟不肯干，你不交给蓉兰，还有谁能干？"

罗安然一时语塞。

第二天，罗安然和罗夫平在办公室里为双面全异绣的事争执不下，蓉兰又来了。罗安然说："你不好好休息，来做什么？"罗夫平拦住罗安然，说："你来有什么事，对我说。"

蓉兰想开口，又不说了。她见罗夫平鼓励她的目光，说："罗董，罗总，我听说董事长叫黎秀娟试制双面全异绣，她没答应。"

"是呀，她没答应。"

"我想，我必须这么做。"

"你有什么想法？"

"你们上次问我有没有把握，我来是想向你们表示，公司的难处就是我的难处，我一定想办法试制出来。"

"你有把握吗？"

"请董事长和总经理放心，我一定会全力进行试制，保证成功。"

"你知道黎秀娟为什么不答应吗？"

"这个，这个我不好说。"

"你说，没关系。"

"我听说，黎秀娟怀孕了。"

/ 5 /

黎秀娟怀孕了，罗夫平气得暴跳如雷，公司怎么能容忍未婚怀孕的人呢？几个月以来，罗夫平询问了黎秀娟好几次，黎秀娟也不肯说出肚子里孩子的父亲是谁。这更引起了罗夫平的愤怒，心想，也许，她接触的男人太多了，无法说出是哪一个，这样道德败坏的女人，怎么还能留在公司呢？

罗夫平不顾罗安然的劝说，作出了开除黎秀娟的决定。

黎秀娟伏在床上哭泣。季晓玲和几个女工愤愤不平地围着

第五章

她七嘴八舌。李燕说:"秀娟姐,你为公司立了那么大的功,怎么一脚就把你给踢了?你别走,我们找罗总说理去。"

蓉兰说:"董事长问秀娟姐那个男人是谁,秀娟姐不说,董事长就生气了。我劝你们不要去找了。罗总得听董事长的,看董事长那个样子,找董事长也没用的。"

黎秀娟说:"算了,你们不要怪董事长,只怪我自作自受。"

李燕说:"是哪个男人作的孽,敢做不敢当,这哪像个男子汉?秀娟,你说出来,我们去教训他一顿,替你出这口气。"蓉兰说:"这事你们不要逼秀娟姐了。"李燕说:"秀娟姐,你怎么不说呢?"

蓉兰把李燕拖到一边,悄悄说:"你怎么这样傻?你叫秀娟姐怎么说?能说,还等现在?"李燕说:"我怎么傻啦?"蓉兰说:"如果男的太多了,她知道是谁的?不知道,怎么说?"李燕说:"噢,如果是这样,还真不好说,我怎么没想到呢?"几个女工过来,听蓉兰这么一说,投向黎秀娟的目光多了许多惊讶和鄙夷。

黎秀娟提着行李走出宿舍。到哪里去呢?回家?家里的人看见她的大肚子,她怎么跟家人说?她想现在只有叫潘向云承认,只要他承认了,一切都好办了。可他会认吗?

门外下起了大雨。她来到潘向云的寝室,敲门,喊了一阵,没人答应。她发现门上了锁,潘向云不在。她疲倦地坐在了台阶上。

轰隆隆,电闪雷鸣,骤雨哗啦啦越下越大,寒风飒飒,呜呜地吹着,黎秀娟冷得双手抱着膝盖,缩成了一团。

而此时,潘向云与欧阳芬在夜总会跳迪斯科。舞池里,灯光时明时暗、热烈奔放、震耳欲聋的迪斯科舞曲掩盖了外面的风雨雷电声。一个个舞者疯狂地扭动腰肢，摇来摆去，跳得昏天黑地。潘向云搂着欧阳芬跳得十分来劲，非常投入。每跳一曲，他们就坐在包厢里喝酒。几曲下来，潘向云与欧阳芬都有了明显的醉意。

欧阳芬醉醺醺的了，她抚摸潘向云的脸颊、下巴，还有一头乌黑的头发，笑嘻嘻地说："你真可爱，就像我的宠物，那条叭儿狗。"

潘向云显出几丝不满，但马上又满脸堆笑地说："芬芬，你真的喜欢你的叭儿狗？"欧阳芬笑起来，拍了拍潘向云的脸，说："当然啊，这么可爱，我怎么会不喜欢呢，嘻嘻……"潘向云又依然是一脸的笑，说："喜欢，你真的喜欢？啊，那我就做你喜欢的叭儿狗吧。"

欧阳芬爆发出刺耳的大笑，说："好啊好啊，我的狗狗，狗狗……"潘向云一抖，旋即装出甜甜的笑，说："芬芬，我真想每天这么陪着你，做你的狗狗，让你这样开心。可我现在这工作，太缺乏灵活性了，真是抱歉得很呢……"欧阳芬捏了一下潘向云的脸，说："别跟我讲得那么好听，你是想让我给你说话，让你提升提升吧？你当我真酒醉了？我心里清醒得很呢。"

潘向云嬉皮笑脸地说："那你帮不帮我呀？"

欧阳芬卖关子，说："那就要看你乖不乖了，你若乖，我就去跟姨妈说，先提你个部门经理。姨妈拥有公司最大的股份，只要她说话，姨爹没有不照办的。"

潘向云欣喜异常，在包厢暗暗的灯光中，搂着欧阳芬，见欧阳芬向他仰着头，闭上眼睛翕动着嘴唇在期待着，笑着腑

第五章

下身子,将嘴唇贴了上去。欧阳芬大潘向云七八岁,并有一个五六岁的孩子,与她相处的感觉自然不如才二十出头的黎秀娟和蓉兰。黎秀娟和蓉兰不会改变他的命运,只会拖累。而欧阳芬可以改变他的命运,虽然欧阳芬的口里有股让人作呕的臭味,但他强忍着,仍然满怀激情地迎合欧阳芬,不让欧阳芬看出他有半点敷衍的迹象。潘向云心里想,即使欧阳芬口里有狗屎,他也要去接着。那里有地位、权力和金钱的诱惑。欧阳芬在潘向云的怀里十分沉迷,已完全陶醉在潘向云的爱抚中。

潘向云回到寝室时,黎秀娟仍在苦苦等待之中。雷电交加,风雨不停,一辆的士远远开来,车灯光柱穿透层层雨帘。的士停在门前,车门开处,下来了醉醺醺的潘向云。他趔趔趄趄地走过来。黎秀娟希望能感化她爱过的人,忙站起来,如在大海里游累了忽然看见漂来一只可依靠的船,忙迎上去喊着:"向云,向云!"

潘向云正沉浸在对未来美好的憧憬中,忽见眼前一个女人,以为是欧阳芬,忙赔着笑脸说:"你还念着你的宝贝?"却听对方喊他向云,定睛一看,站在门口的是黎秀娟,随即粗暴地推开了她,掏出钥匙开了房门,走了进去。

黎秀娟跟了进去。

潘向云冷冷地说:"你还来干吗?"黎秀娟委屈地说:"我……"潘向云冷漠地拿出五百元钱,往黎秀娟手中一塞,说:"拿去吧,去医院做了,再别来烦我了。"

黎秀娟气得发抖,她恨不得把潘向云撕碎,一点点吞下去。她近似疯狂地扇潘向云的脸,没有扇到。一个趔趄,险些摔倒。"给我几百元钱?你这畜生……"她将五百元钱撕碎砸向潘向云。

碎碎的纸币甩在了潘向云的脸上,散开来,被门外涌进来的风一吹,飘飘扬扬,满屋子飞舞。潘向云似乎还没反应过来,黎秀娟已哭着冲出了门,冲进了无边的黑夜和风雨雷电之中。

/ 6 /

潘向云在餐馆里闷头喝酒。彭定坤坐在桌子对面,看着潘向云说:"云哥,你有什么心事?"潘向云不语,又喝了一杯酒。

彭定坤诡异地说:"云哥,昨天我看见黎秀娟挺着个大肚子出了公司,她来这儿才多久呀,你可真有本事,就把她的肚子给弄大了。"潘向云说:"这种事你可别乱说。"彭定坤说:"云哥,咱哥们可是喝了鸡血酒的呀,你这还瞒着,太不够意思了吧。"

潘向云说:"哥们,我也是不得不小心呀。我们来公司干了这么久,还没熬出头来。看似中层管理干部,手上丁点权力都没有。屁大的事要看罗氏父子的脸色。我现在时来运转,攀上了欧阳大小姐这棵大树,就要当部门经理了。我要是上了,你们不是也沾光了吗?我让黎秀娟怀孕的事,不能让人知道,特别是欧阳大小姐,要是让她知道了,我不是前功尽弃了吗?"

彭定坤说:"你说得对,我们的前途全都指望你,你可不能失去欧阳小姐呀。得想个万全之策,不让欧阳小姐知道。"潘向云说:"你有什么万无一失的办法吗?"彭定坤说:"我捉摸着,只要黎秀娟不去告诉欧阳大小姐,别人也不会来管这个闲事。"潘向云说:"谁能保证黎秀娟不去找欧阳大小姐告我?"彭定坤

第五章

说:"这,这,除非黎秀娟死了。"

潘向云一怔,说:"死了?"彭定坤说:"只有死人才不会说话。"潘向云摇摇头,说:"不,我不想手上沾血。"彭定坤说:"嘿,量小非君子,无毒不丈夫嘛。"潘向云犹豫地说:"可是,黎秀娟毕竟是因为我才怀的孕呀。"

彭定坤说:"你下不了手,哥们帮你,要等到黎秀娟找了欧阳小姐,可就迟了。"

两人商议了一阵,就搞了一台无牌照车开出来,在街上找黎秀娟。

黎秀娟正在街上无意识地游荡着。她走来走去,又来到潘向云的住处。当她脑中浮现出潘向云狰狞的面容,一跺脚,又转身而去。

车里的潘向云看着黎秀娟说:"坤哥,不出我所料吧,黎秀娟没脸回家,也没处可去,必然又来找我了。"

彭定坤说:"哥们今天帮你一了百了。"潘向云说:"就看坤哥的了。"说完便出了车门。彭定坤加大油门,朝黎秀娟加速驶去。黎秀娟回头瞧见有车冲过来,大惊,忙往边上躲。车却又向一旁继续追着黎秀娟。黎秀娟丢下行李,跌跌撞撞地朝人行小道跑着,极力躲着那疯狂的车子。

罗安然正心不在焉地开着车驶过来。他刚才为罗夫平开除黎秀娟争吵了一番,罗夫平见他坚持要把黎秀娟留在公司,很恼火,说:"这个公司还是我说了算。我可以让你坐上总经理的位子,也可把你从总经理的位子上拉下来!"

突然,黎秀娟从前面转弯处跑出来。罗安然大惊,急忙猛打方向盘,车从黎秀娟身边擦过。

黎秀娟惊魂未定，只知道不停地跑。彭定坤从转弯处的另一侧冲了出来，见罗安然的车冲过来，急踩刹车，却还是撞上了。罗安然昏倒过去。彭定坤挣扎着出了车门，连看都没看罗安然一眼，就急忙逃走了。

第六章

/ 1 /

欧阳子玉见罗夫平父子为开除黎秀娟的事吵得翻脸,罗安然生气地跑出去了,对罗夫平说:"夫平,安然不同意你开除黎秀娟,我看也有一定的道理,你得想个办法转转弯子。"罗夫平感到意外,说:"你刚才不是表态支持我么?怎么又……"欧阳子玉笑道:"刚才你和安然针尖对麦芒,面红耳赤的,我还能给哪一方火上加油呀?当然只能和稀泥喽。可仔细想一想,开除黎秀娟的道理不足,人心难服呀。"

罗夫平说:"女工未婚不准怀孕,这是公司的既定制度,你又不是不知道。"欧阳子玉说:"我知道,可是制度也是人制定的,合理的就坚持维护,不合理的也可以修改变更嘛。"罗夫平说:"我看这条制度没什么不合理。"欧阳子玉说:"安然说得对,女人怀孕是天经地义的事,湘绣工人大都是女人,不可能不怀孕嘛。"罗夫平说:"女工要结婚才可以怀孕生孩子,才可以向公司请假,而黎秀娟,是未婚先孕,这有伤风化的啊。"

欧阳子玉一抖,冷冷地说:"你这是在说我吗?"

罗夫平自知失口,欧阳子玉当年也是非婚先孕,忙解释说:"子玉,你别误会,我怎么会说你呢?你当年未婚先孕也是情有可原……"

欧阳子玉站起来,愤愤地说:"不用解释了,你说的是事实，女人怀孕就要遭罪，而男人就没有责任了？"

欧阳子玉来到阳台，看着空旷的街道，想起当年她在马来西亚的那段不堪回首的日子。

她怀孕了，也是未婚先孕，弟弟欧阳琛苦口婆心地劝她："……姐，去打胎吧。我已经安排好，秘密进行人工流产，这样对你、对我们家族都没有影响，我求求你答应吧。姐……"欧阳子玉反感地说："你竟然要我去杀死自己的孩子，亏你说得出口。""姐，这也是为了你，为了我们这个家呀……"欧阳琛说，泪水流了下来，"你难道还真打算在这里跟谢宗元结婚呀？你就是不顾自己，也不能不替爹地想一想呀。我们姐弟从小就失去了妈咪，是爹地又当爹又当妈，给了我们全部的爱呀。你要是一意孤行，会把爹地活活气死的呀，姐……"

欧阳子玉身子抖了一下，勉强地说："如果一个母亲杀死自己的孩子，那么这个母亲天地万物都不会容她。可是，我也是爹地的女儿，一个做女儿的怎么能气死自己的爹地？走吧，按照你的安排办吧。"说着，强迫自己往外移步。

欧阳琛似乎还想确认一下："姐，你同意打胎了，真的同意了？那，我送你去。"

房外，黎德南在粉刷墙壁，听到里面姐弟传出来的声音，冷不丁挡在了门口，说："不，小姐不能去打胎。"欧阳子玉一怔。欧阳琛愤怒地说："走开，你别拦着路。"黎德南说："小姐的脉象早就告诉了我，她已经超过了打胎的期限，如果强行打胎，有生命危险，难道你要害死你的亲姐姐吗？"弟弟呆住了，一时间不知道说什么才好。欧阳子玉却痛苦地说："我知道，可是，为了爹地，我……"弟弟忙拉住欧阳子玉，惶恐地

第六章

说:"姐,怎么办,那该怎么办呀?"黎德南恳切地说:"你要真的为了你姐姐,为了你姐姐腹中的孩子,也为了你们这个家,唯一的办法就是让小姐和谢宗元结婚,只要你同意了,你的爹地也终归会同意的。"

欧阳琛浑身无力地坐在了椅子上。他想,也只有这样了。正当他打定主意要去说服他爹,突然,电话响了。电话那边是医院,说谢宗元发生了车祸,正在抢救。欧阳子玉在一旁大惊,这个消息如一声惊雷,轰在她头上,她顿时昏过去了。

当欧阳博、欧阳子玉、欧阳琛、黎德南急急赶到医院,气息奄奄的谢宗元躺在急救室的病床上,头上缠满了纱布。欧阳子玉哭喊着"宗元",扑向床边。黎德南惊呼着"宗元兄",靠近床边。

谢宗元眼含泪水,望着欧阳子玉,气息微弱,说:"子玉,我对、对不起你……"欧阳子玉泪如雨下。谢宗元挣扎着说:"德、德南弟……"黎德南忙凑过去,说:"宗元兄,我在这里。"谢宗元用力抓住他的手:"你,要替我,照顾子玉,和,孩,子……"黎德南含着泪水,嘴唇嚅动着,说不出话。谢宗元说:"你,答应我,答,应我。"黎德南点点头。谢宗元露出一丝笑容,手却垂落下来。欧阳子玉大恸,又昏死过去……

欧阳子玉正在阳台上想着自己未婚先孕的往事,罗夫平站在欧阳子玉身边,说:"你别误会,请你千万别误会,我不是说你,是说黎秀娟……"欧阳子玉回过神来,说:"黎秀娟是女人,我也是女人,只有女人才会真正理解女人呀。"罗夫平说:"你要是觉得这一条制度不妥,那就按照你的意思加以修改吧。"欧阳子玉为之开颜,说:"夫平,你真的同意了?"罗夫平点了点头。

这时，曹焕然快步走来说："董事长，夫人，公司里来了好几位客商，我请他们先在贵宾室里休息。"罗夫平说："你快通知罗安然去接待客商，进行洽谈。"曹焕然说："你们还不知道呀，罗总刚才出了车祸，送到医院里去了。"欧阳子玉几近瘫倒，罗夫平扶住她，说："你快详细说，安然现在怎么样？"曹焕然："医院说，罗总经理没什么危险，也没受什么大伤，只是头部受到震荡，还在昏迷之中。"罗夫平说："我们快到医院里去看看安然。"欧阳子玉慢慢缓过来，说："你还是去公司接待客商吧，我和曹焕然去医院就行了。"

/ 2 /

黎秀娟站在街边，头发凌乱，脸色憔悴，衣服也皱巴巴的。前面的保姆市场，几个人在一群想当保姆的女人中询问着，挑选着。她来到街边卫生间，拧开水龙头，双手接水往脸上使劲洗着。她似乎又恢复了原来的美丽，走到了保姆市场。黎秀娟挨着一个显然也是等待被挑选当保姆的女人身边坐下。一个女人的眼光落到了黎秀娟的身上，与黎秀娟交谈起来，当两人谈妥，那女人满意地叫黎秀娟跟她走。可黎秀娟刚刚站起来，却又想要呕吐，而雇主看见了她的肚子，生气地训斥了几句什么，拂袖而去。黎秀娟被众人注视着，呆呆地瞧着那女人的背影，双手掩面哭了起来。

"姑娘，你怎么怀了孕还出来当保姆呀？作孽哟。"几个等着当保姆的女人七嘴八舌地说了起来，"你丈夫怎么回事？怀了

第六章

孩子还让你出来干活,天下还真有这样狠心的丈夫呀!""城里的女人怀了孩子就大三级,在家里像菩萨一样被供着,我们乡里女人,命苦哟。""喂,姑娘,你是自己跑出来当保姆的吧?你丈夫知不知道呀……"

黎秀娟只是不停地流泪。几个男人站在边上对着黎秀娟指指点点。黎秀娟猛地站起来,跑了出去。她的这一举动令那些多事的男女愕然。但黎秀娟不管不顾,低着头在街上疯跑。

忽然,前面一辆出租车驶过来,黎秀娟来不及躲避,司机吓得紧急刹车,但她还是被撞倒了。

车里坐着欧阳圆和曾佩佩。小佩佩是欧阳芬的儿子,刚与欧阳圆下了飞机,想着要与妈妈见面了,笑得十分开心。

一个女人突然从车前跑过去,那女人被撞倒在地,脸色发白。司机推门出来,指着黎秀娟大骂。一些路人围上来看热闹。欧阳圆一看,这个女人正是黎秀娟。欧阳圆又惊又喜,伸手扶起黎秀娟,关切地说:"是秀娟。你伤了哪里没有?"黎秀娟摇了摇头,充满歉意地说:"对不起……"欧阳圆为黎秀娟拍去身上的尘土,亲切地说:"应该是我们说对不起呢。对了,你怎么会在这里?"黎秀娟欲语又止。

后面响起汽车喇叭声,出租车把路给堵了。欧阳圆对黎秀娟说:"这里说话不方便,走,上我家去说。"黎秀娟连忙摇头。小佩佩拉着黎秀娟说:"阿姨,去嘛,去嘛。"黎秀娟看着小佩佩,眼中满是温柔。望着那双充满期待的眼睛,她也喜欢这个小男孩。后面喇叭响得更厉害了。欧阳圆不由分说,将黎秀娟推上了出租车。

黎秀娟坐在前排,低着头,一声不吭。小佩佩打开一包吃的，取出些递给欧阳圆，说："姨，吃。"欧阳圆笑着接住了。小佩佩又取出些给黎秀娟，说："阿姨吃，阿姨吃……"黎秀娟在想心事，没听见。欧阳圆说："秀娟，小佩佩请你的客呢。"黎秀娟扭过头来，朝小佩佩一笑。小佩佩稚声稚气地说："阿姨笑起来真漂亮。"欧阳圆笑着说："秀娟，还记得我们第一次在公司见面时，我就对你说过，人生聚会是种缘分，我想我们一定有缘，我还说我们交个朋友。你瞧，今天小佩佩一看见你就喜欢上你了，这也是缘分呢。"小佩佩说："姨，缘分是什么东西？"欧阳圆笑答说："缘分呀，是佛学中的一个概念，是人生际遇的宝贝呢。"黎秀娟没说话，直直地看着前方。

到了别墅，欧阳圆从挎包里取出钥匙去开门。黎秀娟朝欧阳圆说："欧阳小姐，谢谢你。"说完便转身要走。小佩佩又拉住了她，不让她走。欧阳圆走到她面前，说："秀娟，我们三个人的缘分，我很珍惜，小佩佩也很珍惜，难道你就一点也不珍惜吗？"黎秀娟这才说："欧阳小姐，谢谢你。我们也许有缘无分。"欧阳圆说："怎么呢？"黎秀娟说："我被公司开除了。"欧阳圆吃了一惊，说："公司怎么会将你开除？什么原因？"黎秀娟又想吐，忍着，低头看着自己的肚子。欧阳圆明白了，说："就因为怀孕？怀了孕就要被开除，这也太不公平了。表哥怎么会这样？不行，我得找他评评理。"黎秀娟忙说："不是总经理，是董事长决定的。"欧阳圆一怔，说："是姨爹。不管他，即使公司开除了你，我们照样是朋友嘛。"突然，欧阳圆的手机响了，欧阳圆按了手机接听，说："是姨妈吗？什么，表哥出事了？在哪？……我马上就来。"

黎秀娟一听，也急了，忙问："罗总怎么了？"欧阳圆焦急

第六章

地将钥匙塞给黎秀娟,说:"我也不清楚,请你帮忙照看小佩佩,我去医院。"

欧阳圆说完急忙钻进的士,探出头来:"秀娟,佩佩就拜托你了啊。"黎秀娟点点头,看着车子远去,转身牵着小佩佩进门。

欧阳圆赶到医院,欧阳子玉正在安然的床边,罗安然向她甩着胳膊说:"我没事,妈,您看,我真的没事。圆圆也来了。"欧阳圆上前关切地问:"表哥,你真的没事?"

罗安然又向欧阳圆甩着胳膊说:"你看,没事,没事。"欧阳子玉笑着说:"还逞能,快别动了。你平安无事,我就谢天谢地了。"

欧阳圆抚着自己的胸口说:"我一听说表哥出车祸了,这心都快跳出来了。表哥,既然来了,我就陪你再做一个全面检查,好吗?"罗安然说:"不用做,没事,没事。"曹焕然走进来,说那辆撞罗安然的车是修理厂的,是被人偷开出来的。偷车的人还不知道是谁,已向公安报了案。

罗安然说:"我让你去找黎秀娟,有下落吗?"

曹焕然说:"罗总说在出事前看到黎秀娟从车前跑了过去,我到那一带打听过了,没人看见黎秀娟。"欧阳圆忙说:"表哥别急,黎秀娟在我家里呢。"

罗安然意外而又惊喜地说:"什么,黎秀娟在你家里?太好了。"说着就跳下床往外走。

曹焕然说:"罗总,您还有什么吩咐?"罗安然说:"哦,公司已决定让潘向云到贸易部担任副经理,你去告诉人事部门。"曹焕然答应一声便走了。罗安然就向门外走,边走边说:

"圆圆,黎秀娟既然在你家,我们到你家去看看她。"

3

欧阳芬喊潘向云去见她儿子。潘向云说:"你还有个儿子?"欧阳芬说:"是呀,这有什么奇怪吗?"潘向云阴阳怪气地说:"芬芬,我还以为你的事我全都知道呢。我没想你还有个孩子……"欧阳芬眼一瞪,说:"你不知道是不是?我跟前头那个分了手后,就要了这个孩子,一直寄养在我姑爹那儿,欧阳圆把我儿子接来了。你有什么想法?"

潘向云内心酸酸的,甚至有些恼怒,表现在脸上却是呆滞。是呀,自己又能怎么样呢?自己的命运都攥在她手上呢,她就是有两个、三个孩子,他也无法主宰她呀,倒是自己要靠她才能有前途,才能有未来。像遇上一阵风,潘向云脸上的那一堆阴云很快被吹散了,不见了,代替的是满脸灿烂的阳光,可亲可爱的笑意:"我也没说怎么样嘛。"欧阳芬冷笑道:"谅你也不敢怎么样。"潘向云说:"我会怎么样?嘿嘿,我只是说,你早告诉我,我好做点准备,也不至于两手空空去见你的宝贝儿子。"

黎秀娟和佩佩玩了一会儿,两人很熟了。正玩得欢,忽听得门外有人喊佩佩。佩佩一听,就放下玩具,不顾黎秀娟了,高兴地喊着"妈妈",从房内跑了出去。进来的果然是欧阳芬。欧阳芬抱着佩佩叫道:"我的小宝贝,我的小皇帝……"在佩佩脸上亲个不停。潘向云眼睛左看右看,却见房内坐着黎秀娟,不觉大吃一惊。黎秀娟也看见了潘向云,两人四目相对,僵持住了。欧阳芬朝潘向云叫道:"你还傻站着干什么?还不过来参

第六章

拜我的小皇帝。"潘向云怔了怔,走上前,冲着曾佩佩做了个手势,说:"你好,小皇帝。"小佩佩稚声稚气地说:"我不是小皇帝,我是曾佩佩。"欧阳芬咯咯咯地笑着说:"还不叫叔叔。"曾佩佩听话地叫了声叔叔。潘向云忙答应,又伸出双手说:"来,叔叔抱。"小佩佩站在原地,回头看着黎秀娟。

这时,欧阳圆和罗安然进来了。

欧阳圆对罗安然的情意,欧阳子玉早就看出来了。欧阳子玉曾惋惜地对欧阳圆说:"圆圆,我看你跟安然挺般配,可惜……"欧阳圆的脸一下子红了。欧阳子玉叹着气说:"可惜你们只能是'有缘无分'呀……"欧阳圆拉着欧阳子玉的手说:"姨妈,我知道,我和表哥是血缘太近了,按照优生学,注定只能当牛郎织女的。"欧阳子玉点了点头,说:"你知道就好。"

但欧阳圆还是对罗安然特别亲切,见罗安然要去她家,马上陪他来到别墅。

潘向云见里屋的黎秀娟盯着他,本是很尴尬,这时又见罗安然进来,更是手足无措。罗安然转眼看见潘向云,奇怪得很,说:"你怎么在这里?"潘向云不知如何回答,瞟着欧阳芬。欧阳芬忙接下话茬说:"表弟,是我叫他来的。"接着对曾佩佩说:"快叫舅舅。"曾佩佩顺着母亲的引导喊罗安然舅舅。

罗安然笑着应声,上前几步双手抱起曾佩佩往空中举了举,曾佩佩被举向空中,高兴得直笑。罗安然放下曾佩佩,对潘向云说:"小潘,公司决定让你担任贸易部副经理。"

潘向云喜出望外,说:"谢谢罗总栽培,谢谢……"他眼睛瞥了一下欧阳芬,却没敢当着罗安然与欧阳圆的面说出谢谢欧阳芬的话来。

罗安然说:"希望你不要辜负公司的信任。你要抓紧熟悉业务。这里没什么事了,你快去准备接手吧。"潘向云诺诺连声,说:"是,我这就去,我这就去。"可他仍然瞟着欧阳芬,不敢挪步走。欧阳芬也煞有介事地催促了一句,说:"公司的业务要紧,快去呀。"潘向云这才应声,兴冲冲地朝客厅门走去。临出门时,他又回头看了一眼欧阳圆的房间,只见门已紧闭,不见黎秀娟。

罗安然与欧阳圆意味深长地看着潘向云的背影,相视笑了笑。他们当然明白潘向云和欧阳芬之间的那种关系,因为欧阳芬年长于他俩,是他俩的姐姐,他们不好说什么。罗安然见潘向云已走,转移话题,问欧阳圆:"黎秀娟呢?"欧阳圆指着自己的房间说:"在我的房间。"欧阳芬很意外,站起来问欧阳圆:"你说什么,黎秀娟在你的房间?"

罗安然已上前敲门。

黎秀娟在房间里坐立不安,竖耳听着门外客厅的动静,见有人敲门,诚惶诚恐地把门拉开,在门内看了一眼罗安然,赶紧低下了头。罗安然似乎有点激动,说:"黎秀娟。"黎秀娟没吭声,后退几步,让罗安然进了房间。

客厅里,欧阳芬见潘向云被支走,生气地说:"黎秀娟,还真在这里呀。不行,让她马上离开……"

欧阳圆忙过去将房间门关上,转身对欧阳芬说:"姐,你小声点好吗?"欧阳芬生气地说:"你别跟我打马虎眼。你还不知道,黎秀娟已被公司开除了。"欧阳圆平静地说:"我知道。"

欧阳芬说:"那你还让她进屋。"欧阳圆说:"这屋又不是金銮宝殿,她进了屋就会塌呀?开除了又怎么了,还有个合不合

第六章

理嘛。"欧阳芬说:"你没看见她隆起的大肚子?一个女人未婚先孕,丢人现眼的,这种人谁愿意理睬?"

欧阳圆也生气了,说:"我们谁也不是圣女。你说话干吗这样损人?是不是还要我提醒你,你以前生下曾佩佩时,跟我那位姐夫结婚才四个月?"欧阳芬一时僵住,气得发抖。曾佩佩在玩玩具,听到欧阳圆提到他的名字,扭过头说:"姨,叫我呀?"欧阳圆忙说:"没有,你去玩吧。"

/ 4 /

黎秀娟低头不语,耳边却响着罗安然的声音。罗安然说:"我再次请你留下来,不要走。虽然我现在没有权力改变我爸的决定,但我有一种预感,时间和事实会迫使我爸改变他的决定,我们公司需要你,绝对需要你。"

黎秀娟感到气氛中弥漫着难得的温暖,缓缓抬起头来看着罗安然,但旋即又低下头去,瞧着自己的肚子。罗安然明白了她的心思,说:"就因为你怀孕而将你开除,这是不合情理的。我想你现在应该和那个使你怀孕的男人结婚,使你的怀孕合法,也使你的孩子能够在爸爸妈妈的爱护下生下来。"黎秀娟不吭声,却把头垂得更低了,那泪水成串往下落。

罗安然猜测道:"是不是经济有什么困难,缺乏成家的必要条件?这个问题不必担心,公司可以,不,这样,我个人可以借一笔钱给你,你们先成家,把孩子生下来。"黎秀娟显然又受到感动,抬头看着罗安然,但却又摇了摇头,然后再把头低了下去。

罗安然意外地说："你不打算结婚？"黎秀娟赶紧又摇头。罗安然说："那个男人不愿意结婚？"黎秀娟点了点头，泪水随之滴落下来。罗安然完全明白了是怎么一回事，说："这个男人是谁？这样不负责，简直不是东西！"

黎秀娟低声地说："他也有他的难处。"罗安然因黎秀娟轻轻一句话而受触动，良久注视着她。黎秀娟因罗安然的沉默而感到奇怪，抬头看着罗安然。罗安然缓缓地问："能告诉我，那个男人是谁吗？"黎秀娟一抖，欲言又止，低下头去不吭声。罗安然感慨地说："我真为那个男人感到惋惜呀！"

欧阳芬和欧阳圆在客厅里为收不收留黎秀娟争执不休，欧阳圆好说歹说，欧阳芬就是不同意。正在相持不下时，罗安然从欧阳圆的房间里出来了，并随手将门带上。罗安然压低音量对欧阳芬和欧阳圆说："我跟你们商量一件事，黎秀娟现在没地方去，我想让她就在你们这里住，行吗？"

欧阳圆说："我就是这么打算的。"欧阳芬冲动地说："这事没商量。"

罗安然赔着笑脸对欧阳芬说："芬芬，用你今天劝过我的话来说，你何必反对呢？喏，我们三个人，我和欧阳圆同意，你是少数，二比一嘛。"

欧阳芬蛮横地说："你们联合起来对付我，我也不干。"罗安然又说："芬芬，你是不是考虑一下……"欧阳芬冲动地说："没什么考虑的。"罗安然显然也生气了，说："那我就收回今天的任命，不让潘向云担任贸易部副经理的职务。"欧阳芬一时磕巴，说："你、你为了一个外人，竟然这样？"罗安然说："黎秀娟对你我来说都是外人，潘向云也一样。既然你不愿留一个

第六章

外人在家,我又何必去任命一个外人当副经理。"欧阳芬说:"姨爹不会答应你。"罗安然说:"那让他在我和潘向云两人之间选一个,实在不行,我辞职。"

欧阳圆道:"表哥,你可千万不能辞职呀。姨爹和姨妈都那么大年纪了,你要是卸担子,还有谁能够顶替你?一个潘向云算什么嘛,他又不是自家人,姨爹和姨妈还会真的向着他?你哪里犯得着为他辞职?"

欧阳芬软了下来,口气也缓和了,说:"表弟,我哪能不给你面子,让一个黎秀娟住下来倒也没什么,我是怕姨爹知道了,那时……"罗安然说:"那你就不用管了。"欧阳圆说:"姐,你这个担心是多余的,我们都不去说,姨爹怎么会知道。"曾佩佩突然嚷起来说:"我要尿尿。"欧阳芬忙说:"别尿在裤子里。妈带你去洗手间。"

罗安然与欧阳圆相视一笑。罗安然说:"圆圆,黎秀娟就拜托你关照了,谢谢啦!"欧阳圆斜视了罗安然一眼,眼光中有些不满的成分,说:"表哥,你从来没有对我说过感谢,今天为了黎秀娟,你第一次对我说了这两个字。"罗安然怔了怔,两手一摊,耸耸肩,不知道该说什么。

欧阳芬带着佩佩从卫生间出来,不断地埋怨着:"你这个小皇帝,真难伺候。"出了门,又对欧阳圆说:"圆圆,你看着佩佩,我得赶快上街去。"欧阳圆说:"姐,这时候上街做什么?"欧阳芬说:"得赶快给他找个保姆。这个小皇帝,难伺候,不找个保姆不行呀。"黎秀娟走出房间,说:"圆圆小姐,让我来干吧。"欧阳圆说:"你怀了孕,应该休息。"黎秀娟说:"让我干吧。什么事都不要我做,我不习惯的。"欧阳圆又说:"带曾佩佩的事,我姐会请个保姆,你就多保养吧。"黎秀娟说:"如果你们让我住在这里白吃饭不做事,我就离开这里。"欧阳芬说:"你干得了吗?"黎秀娟朝曾佩佩伸出手,说:"曾佩佩,阿姨帮你洗澡,好吗?"曾佩佩朝黎秀娟跑过去,说:"好呀,我要黎阿姨给我洗澡。"欧阳圆见小佩佩喜欢黎秀娟,问欧阳芬:"姐,你看怎么样?"欧阳芬说:"既然佩佩喜欢,那就试试吧。"

/ 5 /

　　黎秀娟虽然留下来做保姆,但欧阳芬对黎秀娟仍然是心存芥蒂和鄙视的。这天,欧阳芬吃了晚饭,洗完澡,准备出去。她从衣柜里找衣服。她拿出一件又一件衣裙对着大穿衣镜在身上比对着,而一件件没被她挑上的衣裙又被丢在了床上。当她终于穿上了一件她满意的衣裙后,就坐在化妆台前化起妆来。

　　梳妆台丢着一沓钞票。欧阳芬化完妆,起身朝外面走去时,又打开一只抽屉,要将那沓钱锁进去,想了想,忽又拿起一支笔在每张钞票的背面画上记号,将钞票放在了书桌上。

　　欧阳芬化了妆,扭着腰来到客厅,对欧阳圆说:"圆圆,今晚我请姨爹、姨妈和表弟吃饭,你也一块去。"欧阳圆答应着走向厨房,对黎秀娟说:"我和我姐出去吃饭,锅上炖的鸡汤和电饭煲里的饭,都是给你准备的。你等下自己吃好了,要是想吃酸的,冰箱里有酸泡菜,你尽管拿吧。"黎秀娟显得很感激,眼中盈满了泪水,不知如何表达才好。

　　欧阳芬见欧阳圆对黎秀娟如此关怀,显得不可理喻似的,

第六章

喊着:"圆圆,走吧!"

屋里只剩下黎秀娟和佩佩。黎秀娟带佩佩吃了晚饭,就又带佩佩进浴室里洗澡。黎秀娟帮佩佩擦身子时,佩佩调皮地将水拂在黎秀娟的脸上。黎秀娟轻轻搔着小佩佩的胳肢窝。小佩佩开心地笑着直往黎秀娟的怀里钻,逗得黎秀娟也露出了久违的笑容。

洗完澡,黎秀娟又带曾佩佩玩了一会儿,直到他玩累后,黎秀娟安排他睡了,然后用拖把拖完地,又蹲下来搓洗着那一脚盆衣物。当黎秀娟在阳台上晾衣时,听到外面有动静。她说:"欧阳小姐,你回来了?"她一语未终,惊得一抖,房间门边出现的不是欧阳芬或欧阳圆,而是潘向云。黎秀娟瞪着潘向云,一时僵住了。

潘向云走进房来,说:"秀娟,是我。"黎秀娟说:"大门是锁上了的,你怎么进来的?"潘向云说:"你别管我是怎么进来的,快跟我走。"

黎秀娟说:"跟你走?什么意思?"潘向云说:"我包了一辆车,送你回家去。"黎秀娟心里有些温暖,说:"你同意带我回家?"

潘向云马上纠正说:"是送你回你老家。你这身子,住在别人家里不方便,何必寄人篱下,受人白眼,听人家的闲话。"黎秀娟说:"你怎么突然对我又关心了?我在这里妨碍你什么了?"潘向云说:"我是为你好。"他从口袋里取出纸和笔,说:"你给欧阳圆写张留言条子,告诉她你走了,免得她回来又兴师动众地去找你。"

黎秀娟说:"为了送我回去,你考虑得这么周到,还准备得这么充分？"潘向云叹了口气，说："秀娟，我们毕竟有过非同一般的关系。可是，我们都生活在现实中，要想活得光彩，像个人样，就不能陷在感情的漩涡中不能自拔。所以，我们的关系不能不结束。你还年轻得很，回去后把孩子打掉，从头开始，今后的路还长得很。"黎秀娟愤怒地说："你还是想要杀死我的孩子。你滚，滚出去！"潘向云说："秀娟，你听我说嘛……"黎秀娟愤怒地说："我不想听。告诉你，我的孩子跟我姓，与你无关，用不着你再来想方设法杀死他。从此以后，我不认识你，你快滚吧！"

潘向云沉默了一会儿，眼光无神地在屋内扫视着，发现桌上那一沓钞票。潘向云说："我完全同意你的建议，可你不听我的建议，会后悔的。"黎秀娟不理睬他，拿起一件衣裙撑在晾衣架上，转身挂进衣柜里。潘向云迅疾地向桌上那沓钱伸出手，抓了几张钞票，塞进口袋。黎秀娟再转过身来时，眼前已经没了潘向云的身影。黎秀娟追到房间门口，见潘向云走出客厅大门，顺手将门带上了。黎秀娟"哇"的一声哭了起来。

/ 6 /

罗安然等人进来时，欧阳芬又抢先去开门开灯。可随着灯光照亮房间，欧阳芬脸上的神色变得诧异起来。她原来丢在床上的一件件衣裙已经不见，十分凌乱的房间，此刻已变得一尘不染，井然有序。倏地，欧阳芬又发出一声惊呼，书桌上的那一沓钱，明显少了好几张。

欧阳圆轻轻敲了敲黎秀娟的房门，见没有反应，她又轻轻

第六章

将门推开一道缝,见黎秀娟侧卧在床上,似乎睡着了。欧阳圆轻轻地将门关上,突然听见欧阳芬的喊叫:"有贼呀!这个屋里有贼呀……"欧阳圆一怔,赶紧跑到欧阳芬的卧室。欧阳芬挥舞着手上的那沓钞票,冲着走进来的欧阳圆和罗安然嚷道:"我早就说了不要收留黎秀娟,你们偏要收,这下可好了,引狼入室,请了个贼来供着。"

罗安然不悦地说:"芬芬,你把话说清楚。"欧阳芬指点着手上的钞票说:"再清楚不过了。我出门前,将两千块钱放在桌上,可现在回来一数,少了五百。肯定是黎秀娟偷了。"

欧阳圆反问欧阳芬:"姐,你凭什么这样肯定?"欧阳芬说:"事情明摆着,今晚只有她一个人在家,不是她偷了,难道钱自己飞走了么?"欧阳圆说:"姐,你放东西从来没首尾,钱也喜欢乱丢,会不会是你记错了?"欧阳芬将钞票上她画的记号给罗安然与欧阳圆看,说:"哪能呀。我不仅认真数了数,还在每一张钞票上都画了记号,就是为了防备。没想到这下她露出了真面目。我们去搜搜黎秀娟,肯定人赃俱获。"

罗安然拦住了她,说:"随便搜人家的身,是侮辱人格,这是侵犯人权的违法行为。"

欧阳芬不服地说:"抓贼还犯法?等到从黎秀娟身上搜到了钱,我还要把她送去法办呢。"说着,又要往外走。

欧阳圆又拦住了她,说:"姐,如果黎秀娟真的偷了你的钱,不用你开口,我会马上让她离开。可是,在你还没有证据下这个结论时,你不能去侵犯她。你侮辱我的朋友,就是侮辱我。"欧阳芬又怒又气,说:"我真不明白,你们干吗要这样袒护黎秀娟?她是贼呀!"欧阳芬暴跳起来,说:"我,我现在就去找黎秀娟,搜出钱来给你们看!"她吼着,第三次要冲出门。

罗安然说:"我无论如何也不相信,黎秀娟会是贼,偷你的钱。就算你丢了钱吧,拿着。"他从口袋里掏出一沓钞票,往欧阳芬手上一递,说:"这里算是给你补上了。你不要闹了。"

欧阳芬怔住了。

"不,如果我真偷了钱,你没理由替我偿还赃款。如果我不是贼,你们更没有必要替我遮掩,息事宁人。"黎秀娟一手提着简单的行李,另一手提着一个塑料袋,突然来到他们面前,看着惊讶的欧阳芬说:"欧阳小姐,我的东西都在这,你搜吧。"说着,将简单的行李往地下一掷,将塑料袋倒在地下,塑料袋里面倒出的除了口杯、牙刷、牙膏、毛巾,其他全是刺绣方面的书籍和两本笔记本。

欧阳芬说:"你?"黎秀娟浑身不停地发抖,说:"要我脱衣服?"欧阳圆说:"秀娟,你别这样。"黎秀娟愤愤地说:"我不愿意背黑锅。"

罗安然语重心长地说:"别人不应该侮辱你,可你要保护自己。"欧阳圆蹲下去拾地上之物,将口杯、牙刷等物件又一一装进塑料袋里。

欧阳芬显然十分生气,瞪着黎秀娟说:"你说,我的房间是不是你收拾打扫的?"

黎秀娟:"进了房间,帮你打扫了。"

欧阳芬说:"这么说,你承认进了我的房间。放在书桌上的钱你不会没看到吧?"

黎秀娟:"看到了。"

欧阳芬说:"你也承认了,好。那少了的五百块不是你拿了

第六章

还有谁？交出来吧，我可以考虑不送你去公安局。"

黎秀娟克制着自己，说："进了你的房间，看到了钱，不等于就会偷你的钱。我可以随你怎么搜都行，可是如果你没有证据证实你对我的指控，我会依法告你诽谤。"

欧阳芬一怔。罗安然赞许地点了点头。欧阳圆将地上的杂物全都收拾到袋子里。欧阳芬不甘心地瞪着黎秀娟说："那你说，今晚上是不是只有你一个人在家里？"黎秀娟摇了摇头。欧阳芬说："不是？还真有别的人到了我家里？"黎秀娟盯着地板，点了点头。"谁？"欧阳芬问，"这个人是谁？"罗安然注视着黎秀娟。黎秀娟抬起头看了下欧阳芬，又低下头去。欧阳芬催促说："你说呀，那人是谁？……"黎秀娟本想回敬一句"母狐狸一身臊味，能不惹公狐狸来吗"，但她忍住了，不吭声。

罗安然对欧阳圆说："你送她去休息吧。"欧阳圆拉着黎秀娟就走。黎秀娟忙从欧阳圆手中接过自己的行李，走进了那间客房。

欧阳芬瞪着黎秀娟的背影，直到客房的门被关上，才疑惑不解地说："表弟，你说黎秀娟是不是有病？既然有人今晚上来这里，她又不愿说出来。说出来就证明了自己的清白，她为什么不说呢？"

罗安然思索片刻，说："也许，她也没把握证明那个人偷了钱，或者，有什么难言之隐吧。我也说不清楚呢。"

欧阳芬忽又冷笑说："也许，压根儿就没有什么别的人来过，所以她才说不出来。"

罗安然摇摇头，说："我看她的神情不像是撒谎。这事迟早会弄清楚的。"

第七章

/ 1 /

电视里在播什么滑稽节目,欧阳芬看得忍不住笑起来。欧阳圆走了出来,将电视机的音量调小了一点,说:"你不怕吵别人,也不怕吵醒佩佩?"

欧阳圆转身往里面走去时,欧阳芬叫住了她,说:"圆圆,你刚才没向黎秀娟问问清楚,她到底怎么回事?"

欧阳圆说:"等过两天,她心情平静了,我再问她吧。姐,你看这家里,都被她打扫得干干净净,那么多衣服都被她洗了,我们不能真的将她当保姆使唤。现在佩佩来了,你打算怎么安排?"

欧阳芬说:"安排什么,就让他在家里玩呗。"

欧阳圆说:"那可不行呀。"欧阳芬说:"你怕累着黎秀娟?"

欧阳圆说:"我怕耽误了佩佩的成长。你让他只会玩,把时间都白白浪费了,不如送到幼儿班去,让他认几个字,长点知识。"欧阳芬点点头表示同意。

电话响了,欧阳芬顺手拿起了话筒,脸上便溢出了笑容,说:"向云,你现在在做什么?你少给我灌蜜糖,谁知道你的话有几句是真的?明天上彼岸吃饭后,陪我和我的小皇帝逛商场。

第七章

好了,就这样。拜拜。"她笑着搁下了话筒。

欧阳圆盯着她说:"姐,你和那个姓潘的,是认真的,还是逢场作戏?"

欧阳芬点了点头,说:"当然是认真的。"

欧阳圆说:"你了解他吗?他靠得住吗?他年纪比你小啊……"

欧阳芬自信地说:"一个脚上还有泥土味的娃,我叫他往东,他不往西,我叫他往西,他不往东。"

欧阳圆站起来,不想听。欧阳芬一把拉住她,说:"你不是和表弟好么?"

欧阳圆挣脱她的手,说:"无聊。"拔腿就走。

欧阳芬说:"我早就看出了,你对表弟一往情深。我奉劝你一句,别对表弟动真格的,你别忘记了,我们和他有血缘关系,是近亲。"

欧阳圆整个僵住了,那感觉,像掉进了冰窟里。

欧阳芬与潘向云还是打得火热。这天,他们一起牵着佩佩上街,逛商场,进公园,俨然一家人在过周末。

他们来到一家大商场。时装部犹如衣的海洋,颜色鲜艳、款式新颖的衣服挂满了一排排的立式衣架,其间还有身穿时装的模型,穿得时髦洋气,像迎宾的小姐和先生。欧阳芬一路挑着。潘向云牵着佩佩跟在后面,小佩佩手上拿着件玩具,摆弄得很开心。

欧阳芬在一件高档时装前站住了。她毫不犹豫地取下这件衣服,走进了试衣间。少顷,她已穿着这件高档时装走出试衣间,整个人也增添了色彩。

欧阳芬问佩佩："妈妈漂亮吗？"

佩佩说："漂亮。"

潘向云在一旁也连声称赞。

欧阳芬脸上笑得像绽开了一朵花。欧阳芬对售货小姐说："我要了。"

售货小姐熟练地开出购货单，递向欧阳芬，说："请小姐去收银台交款。"但欧阳芬并不伸手去接，却将目光瞟向潘向云。

潘向云会意，忙接过售货单，说："我去交款，就作为我向你致谢的一件礼物吧。"说着，转身将售货单递进了收银台，从口袋里掏出钱包，盯着收银台里的小姐。

收银台里的小姐看了看计算单，礼貌地说："先生，一千一百元，还差四百五十元。"

潘向云有点难堪，为了掩饰，用手在身上衣服和裤子口袋里乱摸着。

欧阳芬让售货员将她换下的衣裙打包，瞧着潘向云的困窘，不禁觉得好笑，拿着挎包走过去，笑着说："忘记带钱了吧。还差多少？"

潘向云急于摆脱难堪，一只在口袋里乱摸的手突然抓住了什么，抽出一看，正是几张钞票。他高兴地说："有了。"将几张钞票递向收银台。

那几张钞票背面有明显的记号。欧阳芬盯着钞票，脸色骤变，一把抢过钞票，仔细辨认记号。

潘向云先是莫明其妙，继而想起这几张钞票是在欧阳芬房间拿的，不由得紧张起来。

欧阳芬瞪着潘向云说："你昨天晚上到过我家里？"

第七章

潘向云不由自主地点了点头。

欧阳芬明白了，立时怒气勃发，说："你这贼！"一扬手，将那几张钞票劈面砸向潘向云。

钞票打在潘向云的脸上，飘落在地。潘向云慌忙捡起钞票，递进收银台，再转头时，只见欧阳芬牵着佩佩快步走向电梯。潘向云在后面喊着："芬芬，你听我说，芬芬……"从下移的电梯上往下跳着，引来不少好奇的目光。

潘向云追出大门，拉住欧阳芬说："你听我说嘛，我这样做的原因就是四个字，恨她，爱你。"

欧阳芬一怔，停了脚步。

潘向云又说："这儿不便说话，我们到那边咖啡屋去吧。"

咖啡屋乐声的旋律似乎充满希望而又惆怅。

欧阳芬、潘向云与佩佩在一张桌子旁边坐下。潘向云点了两杯咖啡，一杯牛奶，几碟点心。佩佩一直在弄他的新玩具。

潘向云对欧阳芬说："那个黎秀娟是我中学同学，她能够进公司，全靠我帮忙。可她进了公司后，自恃有技艺，就瞧不起我，忘恩负义，你说我能不恨她吗？"

欧阳芬说："这么说，你偷钱是为了对她报复，嫁祸于她？"

潘向云连连点头。

欧阳芬说："这和爱我有什么关系？"

潘向云一脸真诚地说："你明明知道黎秀娟是被罗董事长开除的，还要收留她，你姨爹能不怪罪你吗？你要是因此倒了霉，我也就完了呀。虽说这是欧阳圆的主意，可你是做姐姐的，责任该你负呀。你要是以她偷钱为理由将她赶走，不就没事了。唉，我这片苦心，你哪里知道。"

他说时，似乎因为担心和委屈，眼眶里涌出了晶亮的泪水。

欧阳芬凝视着潘向云，似有所思地点点头。

/ 2 /

潘向云和欧阳芬在商场争吵后，一直忐忑不安，很担心欧阳芬从此不理他，他继续升职之梦随之破灭不说，刚到手的经理位置也很不保险。正当他担忧时，欧阳芬给他打电话，叫他赶快过去。潘向云喜出望外，忙穿戴得整整齐齐，还拿起一瓶香水往身上喷了喷。

刚要出门，蓉兰走了进来。潘向云不由得一怔，忙往外面看了看，埋怨道："你到我这里来做什么？现在我是经理了，没事不要来找我，别人看到了不好。"

蓉兰说："我俩都有那种关系了，别人又不是不知道，有什么不好？"

潘向云说："以前是以前，现在是现在。以前的事早过去了，你忘了它吧。"

蓉兰说："你在我最困难的时候帮我出点子，使我赢得了老板的信任，又当上了技术小组的组长，我以为你还像以前那样爱我，可你……"

电话响了，潘向云拿起话筒一听，是欧阳芬的，忙笑着说："对不起，对不起，我马上来，我马上来。"放下话筒，对蓉兰说："你走吧，我还有重要的工作要去忙呢。"

蓉兰妒忌地说："你的重要工作是去讨大小姐的欢心吧。"

潘向云："你别胡说八道。去吧去吧，别耽误了我的时间。"

第七章

说着话,将蓉兰推出门,将门关上,扬长而去。

蓉兰瞪着潘向云的背影,哭着愤愤地叫道:"潘向云,你才当几天副经理,就了不起啦?你等着瞧!"

蓉兰想了想,跟在潘向云身后,来到欧阳芬家对面的面馆里,坐在窗边,观望着。

乌云一点点遮住了圆月,走在街上的行人也夹紧了衣服,加快脚步。

蓉兰终于看见潘向云扶着醉醺醺的欧阳芬下了车,用钥匙打开大门。欧阳芬跨进大门时,用手拉着潘向云。潘向云似乎不敢进大门。欧阳芬说:"进来呀,到我的房间去。"潘向云显得迟疑。欧阳芬说:"你放心吧,小宝贝和黎秀娟已睡。"潘向云这才进了大门。

蓉兰咬牙切齿地说:"潘向云,你果然是去讨大小姐的欢心了。哼,我要你的美梦做不成!"

蓉兰狠狠地走向公用电话处。

欧阳芬与潘向云走进卧室,脱了外衣就迫不及待地抱在一起。这时,电话铃骤响,把欧阳芬和潘向云吓了一跳。欧阳芬说:"讨厌。早不来,迟不来,这个时候来电话。"抓起话筒吼着说:"谁呀?"

蓉兰在电话里说:"大小姐,你知道黎秀娟肚子里怀的孩子是谁的吗?"欧阳芬说:"谁的?"蓉兰说:"是潘向云的。"欧阳芬说:"你胡说。"蓉兰说:"如果你不相信,可以问季晓玲、黄琴、李燕,她们都能够证明。"欧阳芬说:"真的吗?"蓉兰说:"我说的句句都是实话。"

欧阳芬使劲搁下话筒,一张脸因愤怒而扭曲了。潘向云仅穿着背心短裤，靠在床头吸着烟，等待着。欧阳芬却如河东母狮般怒吼道："潘向云，你给我滚下床来！"

潘向云并没有滚下床，却如丈二和尚摸不着头脑。冷不丁，屋外空中响起了雷击。欧阳芬怒不可遏地指着潘向云说："你说，你跟黎秀娟是什么关系？黎秀娟肚子里的孩子是谁的？你不跟我说实话，当心我剥了你的皮！"

窗外又是一声雷鸣，接着便是宛若金蛇狂舞的闪电。

潘向云惊得手中香烟一松，落在床上，他手忙脚乱地捡起香烟，放进烟缸里。

这时欧阳芬像一个泼妇，叫道："我给你钱花，让你潇洒，你却背着我和黎秀娟好，还把她的肚子弄大！我帮你当上部门副经理，还要帮你再往上爬，你却骗我，你，你为什么要骗我？"

潘向云吓得真的从床上滚了下来，跪在欧阳芬跟前，双手使劲打着自己的耳光，连声说："我该死，我该死……"

窗外骤雨倾盆，哗哗直响。欧阳芬怒火更炽，一边骂，一边抬腿一脚踢去。

潘向云被踢倒在地，跟着又爬起来，抱着欧阳芬的腿，苦苦哀求说："芬芬，饶了我这一次吧，是黎秀娟勾引我的呀。我是真心爱你的呀……"

潘向云直哭得涕泪俱下。欧阳芬的两只手像摇鼓一样摇打着他。突然，潘向云停止了啼哭，欧阳芬也停止了摇打。他们都怔怔地瞪着门外。

门外，黎秀娟正一言不发地瞪着他们，眼神十分复杂，双手微微颤抖。

第七章

狂风折磨着路边的树木，大雨疯狂地拍打着窗户，突然一声惊雷，黎秀娟大笑起来，笑得近似疯狂，情绪激烈如同变态，但她笑着笑着，却哭了起来。欧阳芬盯着黎秀娟高高隆起的大肚子，一步步逼过去，吼道："你这不要脸的东西！你这贱货！"吼着，一个耳光抽过去。

黎秀娟顿了顿，回手一个耳光，欧阳芬几乎摔倒。欧阳芬被打得火冒三丈，说："你，你竟敢打我。我跟你拼了！"她一脑袋猛向黎秀娟的肚子撞去。黎秀娟的肚子被撞中，痛得往后倒去，脑袋撞在台阶上。

黎秀娟昏死过去，血从她的大腿间渗出来，染红了地毯。

欧阳芬呆住了。潘向云也傻了眼。猛然间响起一声惊呼，是穿着睡衣的欧阳圆从她房间里跑出来了。

欧阳圆抱起黎秀娟的头，又急又气地冲着欧阳芬和潘向云大喝说："你们要闹出人命来吗？还不快打电话，叫救护车呀！"

欧阳圆抱着黎秀娟："秀娟，你没事吧？你醒醒啊，醒醒！"

/ 3 /

佐藤雄给罗安然打来电话，要求他们确定双面全异绣的交货日期。罗安然见佐藤雄催得很紧，召集刺绣女工开会，还没讲几句话，突然，他的手机响了。

电话是欧阳圆打来的，她告诉罗安然，黎秀娟正在医院抢救，还没脱离危险。罗安然问明是什么医院，马上关了手机，转对众人说："你们先研究吧。"急匆匆走了出去。

罗安然赶到医院，听欧阳圆介绍了情况，脸色阴沉恐怖。

急诊室的门开了，罗安然和欧阳圆迎上去问情况。医生看着罗安然说："你是病人的丈夫吗？怎么这样不注意，差一点就是两条生命。"罗安然有点尴尬。

欧阳圆急着问："医生，请问病人怎么样了？"医生回答说："总算万幸，大人脱离了危险，孩子也保住了。"

罗安然和欧阳圆有种如释重负的感觉。几个医务人员推着黎秀娟走出来。

罗安然与欧阳圆迎上去，看着黎秀娟，轻声地叫着秀娟的名字。

医生说："刚给她打过针，睡得很熟，几个小时内是不会醒来的……"

欧阳圆对罗安然说："表哥，你回公司忙去吧，我在这里守着。"

罗安然说："圆圆，你也有事，不能老守在这里。还是雇个人来照顾黎秀娟吧。"刚说到这里，他住了口，因为病房门口站着季晓玲、黄琴、李燕她们。

原来罗安然匆匆走了后，季晓玲她们也很焦急。季晓玲说："我们也去看看秀娟姐吧。"

蓉兰说："现在是上班时间。要去，下了班再去。"

黄琴说："蓉兰师父，你没听见电话里说秀娟还没脱离危险么？"

蓉兰说："黎秀娟有医生在抢救治疗，你们去了顶什么用？"

李燕说："这种时候，谁还有心思坐下来研究嘛。"

蓉兰生气地说："黎秀娟又不是你的老板，你们别忘了自己

第七章

的事吧。"

季晓玲冷冷地盯着蓉兰，再也忍不住，说："你还把黎秀娟当眼中钉、肉中刺呀。她被公司开除了你还不满意，还想把她开除出地球是不是？"

蓉兰怒道："你胡说八道！"

季晓玲说："我不说了，不说了。我怕你，你要是又去街摊上买个照相机，给我照几张什么相，拿到老板那里告我一状，那我会给害死的。"

几个女工被她夸张的神态逗得笑了起来。

季晓玲说："罗总经理，让我来照顾秀娟姐吧。"

黄琴和李燕也抢着要照顾黎秀娟。

欧阳圆很感动，对罗安然说："表哥，你就答应她们吧。"

罗安然想了想，说："你们用不着全都守在这里，可以轮流来。佐藤催着要货，你们的任务也很重，不能停下来呀。"

/ 4 /

躺在病床上的黎秀娟已经睡醒，她不停地揩着泪水。由于生活压力大，黎秀娟体质差，怀孕期间营养不够，突然受外力撞击，母子生命危险。医生告诉她，幸得送医院及时，保住了孩子。季晓玲也陪着流泪，安慰她说："秀娟姐，你想过没有，孩子生下来没有父亲，怎么办？你现在又不在公司上班，没有收入，将来日子怎么过？"

黎秀娟说："这孩子几经磨难，仍然在我肚子里活着，也许是我前世欠这孩子的债，他来讨债的。我即便卖血讨饭，也要把孩子生下来，养大他，偿还前世的孽债。"季晓玲还想说什么，一位医生和一位护士推门进来查房，季晓玲连忙起身，站到一边。

医生给黎秀娟检查了一下，说："黎秀娟，你的预产期虽还有一个月左右，鉴于你目前的身体状况，经医生会诊，为保母子平安，建议你尽快做手术把孩子生下来。对啦，把你的准生证交给护士去登记一下。"

黎秀娟一时语塞。季晓玲忙说："对不起，忘了带。"

医生说："没有准生证不行的啊，明天一定得把准生证拿来，否则，我们违规是要受处罚的。"

黎秀娟说："医生，如果准生证来不及拿，怎么办？"

医生说："上面有严格规定，反正是没有准生证，医院不能接待生产。"

黎秀娟一惊，待医生与护士出去了，挣扎着坐起来，要下床。

季晓玲忙过来说："秀娟姐，你这是要做什么？"

黎秀娟小声说："我要离开这里。"

季晓玲不解地说："到哪里去？"

黎秀娟说："我没有准生证啊！我得找个地方把孩子生下来。"

季晓玲说："你想去什么地方？"

黎秀娟摇了摇头，说："不知道。"说着，又要下床。

季晓玲扶住黎秀娟，叹了口气，说："秀娟姐，你这样子能走多远？你硬要离开这里，给我点时间，我替你安排一下。"

黎秀娟感激地抓住季晓玲的手，说："那就拜托你了。"

第七章

季晓玲出去了一会儿,一名护士又问黎秀娟要准生证。

黎秀娟说取去了。那护士说:"那得抓紧取来呀,不然,你是无法上产床的。"护士出去后,黎秀娟挣扎着爬起来下床,恰好季晓玲匆匆从外面走进来,忙扶住黎秀娟,说:"秀娟姐,你别急,我安排好了。"随即,她贴着黎秀娟的耳朵,声音小得旁边的人无法听清。

医生和护士们下班后,值班室里,只有护士在吃饭。值班室门外,季晓玲朝她身后做了个手势。

黄琴走进了值班室,向值班的护士询问着什么,用身子挡住了值班护士的视线。季晓玲又朝前面病房方向做了个手势。李燕和两个女工扶着黎秀娟从病房里走出来。季晓玲上前帮着扶住黎秀娟,偷偷从值班室门前走过,走出医院大门。

医院门外有辆车。季晓玲指着驾驶座上的一个男人说:"这是我姐夫,快上去吧。"

/ 5 /

欧阳芬牵着佩佩走出大门,说:"宝贝,妈送你上幼儿班去,下午再去接你。"潘向云从一旁闪了出来,哭丧着脸说:"芬芬,你就再给我一次机会吧。"欧阳芬叫道:"你走开,我不想看到你!"

欧阳芬招手拦下一部的士,拉开车门,让佩佩坐进去,自己转身对潘向云伸出一只手,冷冷地说:"把钥匙给我。"

潘向云说:"芬芬……"

欧阳芬眼一瞪,说:"没时间跟你啰唆,快!"

潘向云顿了一下，还是拿出钥匙递给欧阳芬。

欧阳芬一把抢过钥匙，看也不看潘向云，走了。

潘向云瞪着远去的的士，垂头丧气地走在路上，迎面蓉兰走过来喊道："向云哥。"

潘向云一怔，随即狠狠地瞪着她，问："那天晚上的电话是你打的？"

蓉兰不置可否，恳切地说："向云哥，请你别怪我。你和大小姐本来就不是一个层次的，不会长久的。我对你是真心的，我这样做，是为了你呀。"

潘向云咬牙切齿地骂了句："扫帚星，你这个扫帚星！"一个耳光抽打在蓉兰的脸上。蓉兰僵住了。潘向云又举起拳头，但那拳头没有打下来，却不甘心地一转身，走了。

彭定坤在不远处目睹了这一切，待蓉兰走了，上前说："云哥，你为什么对蓉兰发那么大的火？"

潘向云怒犹未息，说："我和黎秀娟的事，黎秀娟倒没去告状，蓉兰这个扫帚星却打电话告诉了大小姐。这一下，我全完了。"

彭定坤说："妈的，这臭娘们，哥们饶不了她。你刚才干吗不多揍她几下？"

潘向云说："我恨不得要了她的命，才消得心头之恨。可是，她现在正被罗董事长重用，那个佐藤雄催双面全异绣催得紧，我要是将她打出病来，罗董事长能饶得了我吗？"

彭定坤愤愤地说："那也不能就这样便宜了她，我们明的不行，就来暗的。"

这天下午，蓉兰走出公司大门，门卫问她："蓉兰，上哪儿

第七章

去呀？"蓉兰说："今天领了工资，我上邮局给我妈寄钱去。"

出了大门，经过一个冷清的小巷时，突然闪出两个身穿便衣、戴着只露出双眼的"猴帽"的人，拦住她的去路。蓉兰吃了一惊，说："你们，你们要干什么？"

两个戴"猴帽"的人一声不吭，向她逼过来。蓉兰吓得转身就逃，却被后面闪出的两人截住了。

蓉兰大喊"救命"，但刚开口，就被打倒在地，四个男人又一拥而上，对着蓉兰拳打脚踢。蓉兰挣扎几下，被一脚踢昏了。

突然，一辆小车驶来，喇叭喧响。戴"猴帽"的四人急忙从蓉兰身上搜出钱来，匆匆逃走了。

小车里是罗夫平。他见前面发生殴打事件，说："去瞧瞧前面是怎么回事。"曹焕然应声把车开过去，叫道："董事长，是蓉兰，蓉兰！"

昏迷中的蓉兰脸上和身上一片血污。

曹焕然对罗夫平说："罗董事长，蓉兰被歹徒打得昏死过去了。"

罗夫平大吃一惊，说："快，送医院。你负责报警。"

/ 6 /

车子行驶在崎岖的山路上，简陋的竹篱茅舍让人看到了贫困的影子。

车上的黎秀娟正处在产前的阵痛发作之中。她躺在座位上呻吟着，汗水湿透了衣服。季晓玲、黄琴、李燕神色慌张地在旁边扶着她。

季晓玲朝司机喊说:"姐夫,她要生了,你快停车,下去。男人看见女人生孩子,不吉利的。"

司机听季晓玲这么说,赶紧下车了。季晓玲嘱咐了黄琴和李燕几句,也赶紧跳出车门,去附近村子找接生婆。黄琴跟着她跳了出去。李燕惊慌地扶着痛苦呻吟的黎秀娟。

月亮升上了天空时,季晓玲拖着一个女人来了。那女人是季晓玲的姑妈。季晓玲姑妈本不愿来,季晓玲对她说了很多话,说黎秀娟很可怜,最后又掏出一些钱来塞给姑妈,姑妈才跟着季晓玲走到车边。

这里不是医院妇产科,也不是在家中,却在一辆中巴车上生孩子。黎秀娟满脸大汗。接生婆也急得满脸大汗。因为她从没在车上接生过,而且热水也没有。季晓玲、黄琴和李燕一个个也都急得满脸大汗,仿佛她们也在生孩子。

一阵狂风袭来,飒飒有声,吹得树木摇摆,花草颤抖。

突然,车上传来了婴儿的啼哭声。司机手中的香烟落在了地上。车上,黎秀娟精疲力竭地闭上了眼睛。接生婆如释重负,顾不得抹去满脸的汗,忙用布块包裹婴儿。

黎秀娟缓缓睁开了眼睛。季晓玲、黄琴、李燕带着满头满脸的汗珠,绽出了笑容:"是个女孩。"

季晓玲又帮黎秀娟在村里找了一间破房子。黎秀娟躺在破旧的木床上,看着孩子,苍白的脸上慢慢有了笑容。她已经睡了一天一夜了。

季晓玲、黄琴、李燕围在黎秀娟的床边,逗着孩子。

季晓玲掏出一些钱放在黎秀娟的枕边,说:"秀娟姐,这是罗总给的钱,你拿着,需要什么东西时,要我姑妈去买。"她指

第七章

了指坐在屋内一角的接生婆。

黄琴和李燕也对黎秀娟说:"秀娟姐,我们得赶回去上班了,你多保重。这是我们的一点心意。"她们也从口袋里取出点钱,放在黎秀娟的枕旁。黎秀娟伸出手抓着季晓玲、黄琴、李燕的手,什么话也说不出,只是眼中涌出感激的泪水。

/ 7 /

曹焕然来到别墅,向罗夫平和罗安然禀报说:"医院抢救了一个晚上,蓉兰总算脱离了生命危险。因为受伤很严重,还得住院治疗,至于什么时候能够恢复工作,很难说呀。"

罗安然焦急地说:"怎么会发生这种事?偏又在这个时候。蓉兰不能上班,双面全异绣怎么办?"罗夫平也急得一脸阴沉。

门外传来汽车喇叭声,欧阳子玉从里面走出来问:"谁来了?"欧阳圆走了进来,后面跟着佐藤。欧阳圆说:"姨爹、姨妈、表哥,佐藤雄刚才到了公司,见你们都不在,执意要来这里拜访,我只好陪他来了。"罗夫平佯装出笑容,说:"哦,是佐藤先生,欢迎欢迎。"

佐藤雄说:"董事长、罗夫人、罗总经理,打扰了,请恕我来得冒昧。"欧阳子玉说:"哪里哪里。佐藤先生别客气,快请坐。"

女佣给佐藤雄端上茶来。佐藤雄喝了一口茶,说:"贵公司制作的湘绣和服,天皇和皇妃大加赞赏。我这次来中国,除了向贵公司表示谢意,还为了我们订购的双面全异绣。"

罗安然看了一眼默默无语的罗夫平,说:"佐藤先生,敝公司与你们签订了供货意向书后，有关试制工作正在按部就班进行。"佐藤雄说："我现在要求贵公司规定确切的交货时间。"

罗夫平一听这话，不由得心里一抖。罗安然开始也愣了一下，不知如何答复，想了想，说："佐藤先生，您应该知道，双面全异绣既然是开发试制，那确切的交货时间是很难定下来的。"

佐藤雄说："可总不能无限期拖延下去吧？任何东西，总得有个大致的时间规定吧。你们抓紧点，希望能尽快给我一个确切的时间。"

罗安然只得点头说一定尽快。罗夫平也微笑着说："佐藤先生请放心，敝公司既然敢跟您签供货意向书，就一定有把握兑现。至于确切的交货时间，我们研究后，过几天就给您一个满意的答复。"转对欧阳圆和曹焕然吩咐说："你们去送送佐藤先生吧。"

看着佐藤雄坐车走了，罗夫平的脸上只剩下凝重，转身就往屋里走去。

罗安然跟了进去。欧阳子玉担心地说："夫平、安然，佐藤雄催得这么紧，一定知道公司内部最近发生的一些不顺的事，要尽快拿出对策来。蓉兰她们技术组进度怎么样了？"罗安然说："妈，您还不知道，蓉兰遇上了歹徒，被打成重伤，幸亏被爸撞见，及时送进了医院，这才脱离危险呀。"欧阳子玉吃惊地说："蓉兰这孩子，怎么这样多灾多难呀！"罗夫平叹了口气，说："早不出事晚不出事，这时候出事了，这个蓉兰。"

罗安然说："爸，蓉兰这次受伤这么严重，伤愈之后有没有后遗症，能不能继续从事开发研制工作，我真感到担心呀！"

第七章

欧阳子玉说:"要是那个黎秀娟还在,就好了。"

罗夫平坐在桌前,一手拿着雪茄,一手拿着笔在一本纸上信手写字。不一会儿,纸上写满了三个同样的字:"黎秀娟"。欧阳子玉和罗安然都看到桌上那张写满了"黎秀娟"三个字的纸,说:"别发愁了,黎秀娟还在。"罗夫平意外地说:"什么,黎秀娟还在?我把她开除了呀。"欧阳子玉说:"安然和圆圆把她留住了。"

罗夫平喜出望外,说:"走,快把黎秀娟请来。"说着就往门外走去。

罗安然与罗夫平匆匆来到医院,走进病房,不由得一怔。病房里,黎秀娟的病床空着,一脸焦急的欧阳圆在询问护士,手上还提着一袋水果和食物。

罗安然喊道:"圆圆,秀娟呢?"

欧阳圆道:"不知道,我也是刚来看她。医院催问黎秀娟要准生证,她拿不出。护士告诉我说,黎秀娟失踪了,医院也不知她的去向。"

第八章

/ 1 /

黎东来公司看姐姐黎秀娟,被彭定坤和门卫保安拦在门外。

黎东说:"你们怎么不让我进去?就是监狱也还可以探监呢,你们这里总不是监狱吧?"

彭定坤说:"少啰唆。上次我是对你客气,今天你是不是要我给点颜色看看才会安静。"

黎东说:"你别吓唬人,凡事总得讲个理,你究竟凭什么不让我进去看姐姐?"

彭定坤说:"你姐姐谁啊?"

黎东说:"黎秀娟。"

彭定坤冷笑道:"我们公司没有这个人。"

黎东说:"胡说,我姐姐是你们公司专门请来的。"

彭定坤说:"对不起,黎秀娟几个月前就被我们公司开除了。"

黎东惊疑地道:"我姐姐被开除?不可能,不可能,你一定是弄错人了。"

彭定坤说:"信不信由你,反正今天我是不会让你进去的。"

黎东说:"今天我无论如何得进去,我必须弄个明白。"说着就往里边冲。

彭定坤和门卫拦住他,但黎东听说姐姐被开除了,家又没见

第八章

她回,他不信,大声喊叫着往里冲。彭定坤对两个保安叫着说:"这小子捣蛋,把他抓起来。"保安扑了上去,对着黎东一顿拳打脚踢。黎东势单力薄,被踢倒在地上,鼻子被打破了,血流了一脸。

一辆小车驶来停住,罗安然、罗夫平、欧阳圆从车内下来。

罗安然呵斥道:"怎么回事?谁让你们打人?"

欧阳圆也生气地训斥彭定坤说:"随便打人是犯法,你们懂不懂法?"

彭定坤说:"董事长,这个人要进去找黎秀娟,我告诉他黎秀娟已被开除,离开了公司,可他死活也不肯相信。"

欧阳圆打量着黎东,掏出一条手绢替黎东揩净脸上的血。黎东脸上的血被拭去,看到了罗安然,说:"罗总。"

罗安然也看出来是黎东,说:"你怎么来了?"

黎东说:"我妈妈很久没收到姐的信了,很不放心,让我来看看。"

罗夫平说:"你是黎秀娟什么人?"

黎东说:"我是她弟弟。"

罗夫平又问:"你叫什么名字?"

黎东说:"黎东。"转身又对罗安然说:"罗总,不是你亲自把我姐姐请到公司来的吗,怎么又把我姐姐开除了?我姐人呢?"

罗安然说:"我们也不知道。"

黎东说:"那我不管,我只管找你们要姐姐,还我姐姐。"

罗夫平对欧阳圆说:"你去拿点药来,替他包扎一下。"然后,罗夫平看着黎东,缓缓地说:"黎东,公司是开除了你姐姐,现在正要收回这个决定,可你姐姐却下落不明。我们也正在找你姐姐。"

黎东怒不可遏地说："你们仗着是外商、大老板，就可以任意欺负人吗？需要我姐姐的时候，把她请进门，不需要了，又一脚把她踢出门。"

黎东冲上去，揪住罗夫平的衣领咆哮着："现在我姐姐在哪里，在哪里？你们还我姐姐，还我姐姐……"

几个保安忙上来拉开黎东，替罗夫平解了围。

/ 2 /

罗安然领着季晓玲急急地朝门口走来。欧阳圆也拿着纱布和药赶了过来。罗安然在罗夫平耳边说了几句。罗夫平对黎东说："请你上车，和我们一块去见你姐姐吧。"

黎东的脸上满是疑惑。上车后，欧阳圆给黎东上药。季晓玲向大家讲着黎秀娟的事。黎东听说姐姐生小孩的艰难，眼睛不禁红了。他没想到姐姐忍受着那么多的痛苦，也不告诉家人。

当他们的车向季晓玲姑妈家驶去时，与对面一台客车相对而过。

黎秀娟就在对面班车上，两眼看着窗外。她没有看见与班车擦肩而过的车里坐着的黎东。

季晓玲领着罗夫平、罗安然、欧阳圆、黎东来到她姑妈家，她姑妈吃惊地看着他们。季晓玲说："姑妈，您别紧张，我们是来接秀娟回公司的，她人呢？"

晓玲姑妈说："秀娟进城去了呀。"

季晓玲埋怨说："您怎么能让她一个人进城。"

第八章

晓玲姑妈说:"我拦她不住,她要进城给孩子买奶粉。"

季晓玲说:"您可以帮她去买嘛。"

晓玲姑妈说:"她说还要去做过保姆的人家拿行李,我拦不了啊。"

床上的孩子哭了。晓玲姑妈忙端着一碗米汤去喂孩子。

季晓玲指着那孩子说:"这是秀娟姐的女儿。"

罗夫平盯着孩子,眼中现出了慈祥。罗安然瞧着孩子,眼中满是怜爱。欧阳圆瞧着孩子,眼中满是感动。黎东更是激动。他走上前去,抱起了孩子,泪水从眼中涌出,滴落在孩子的嘴唇上,孩子津津有味地吮吸着。

夜空中挂着一轮月。黎东抱着孩子和大家一起等黎秀娟。孩子已经睡熟了。晓玲姑妈到外面去了几趟,这时又从外面进来,说:"我又去了汽车站,最后一趟班车也到了,还是不见秀娟。"

欧阳圆说:"秀娟怎么不回来呢?"

罗安然说:"她会不会上别的什么地方去了?"

晓玲姑妈似乎被提醒了,说:"对了,她说过她想妈妈和弟弟,会不会回家去了?"

罗夫平在抽着雪茄,说:"黎秀娟要回自己的家,怎么会不带她的女儿去?"

黎东分析道:"我姐回家的可能性也不是没有。我们那里传统观念很顽固,我姐未婚生育,她一直没告诉我和我妈妈。她可能担心带着私生女回去会被人耻笑,所以,就一个人回家去。"罗夫平点点头。

罗安然也表示理解和认可黎东的分析,对罗夫平说:"爸,那我们?"罗夫平想了想,对黎东说:"请你领路,我们到你家去看看。"

黎东答应了。罗安然开车，黎东抱着他的外甥女，和罗夫平、欧阳圆一起，向荷叶镇赶去。

黎东离开家时，托邻居何婶照顾赵惠娥。到了换药的时候，何婶来到黎家，说："赵大姐，我该给你换药了吧。"赵惠娥的两只眼睛上都敷着中草药，外面用纱布缠着，纱布差不多遮住了她的半张脸。赵惠娥说："别急，我的眼睛感到这药还凉浸浸的，过一阵子再换吧。"

这时，黎东一行来到荷叶镇。他和罗夫平、罗安然、欧阳圆下了车，抱着孩子，引着他们向家里走去。镇上的人好奇地看着他们。黎东还是和人们打着招呼。欧阳圆显然对这儿的自然景色和风光很感兴趣，说："这儿的景色真美呀。"罗夫平却说："可惜，凡是景色美的地方，大都离不开一个'穷'字。"罗安然不置可否。

到了家门口，黎东说："喏，这就是我家。"

黎东抱着孩子先走进去，说："妈，来客人了。"罗夫平、罗安然、欧阳圆随后跟了进去。黎东指着床上的赵惠娥和站在床边的何婶说："这就是我妈，这是邻居何婶。"罗夫平、罗安然、欧阳圆都很礼貌地向赵惠娥打招呼。黎东又对赵惠娥说："妈，他们是姐姐上班的那家公司的罗董事长、罗总和欧阳董事。"

赵惠娥有点慌乱和自卑，说："哎呀，我家不像个样子，我眼睛又看不见，对不起，委屈你们了。黎东，快请客人们坐，何婶，麻烦你帮我泡几杯茶。"欧阳圆从黎东手上接过孩子抱着。黎东忙和何婶给他们搬椅子、倒茶。

罗夫平说："您别客气。我们来，打扰您的休息了。"见赵

第八章

惠娥脸上包着纱布,又转脸问黎东:"你妈妈的眼睛?"

赵惠娥似乎感到一阵异样,竖起耳朵倾听着。

黎东回答罗夫平说:"我妈吃了很多苦,流了很多眼泪。为了供养我姐姐和我生活读书,起早贪黑刺绣,眼睛负担很重,加上荷叶镇电力不足,灯光又暗,还经常停电,她就在煤油灯下刺绣,把一双眼睛给毁了。"黎东说着,眼圈红了。

罗安然与欧阳圆听了也很感动。罗夫平说:"你妈妈也是出自湘绣世家,难怪你姐的湘绣技术那样精湛。"说时,他眼光扫过堆放在床头用于湘绣的工具。他又看到几本大学的课本和教材,拿起来,说:"这些书,是谁的?"黎东说:"我姐姐的。"罗夫平说:"你姐姐能看得懂这些大学教材?"黎东说:"嗯,我姐姐为了挣钱给我妈妈治病,考上了大学也不去读,坚持自学。"罗夫平环顾这间陈旧的老屋,光线有些暗淡,几个老式木柜装满了书籍。罗夫平走近浏览书柜,有《花朵刺绣大全》《湘绣技法200》《粤绣花草日记》《蜀绣立体技法》《苏绣100绝技》《历代刺绣针法》《中外刺绣鉴赏》《中外刺绣图案大全》,和书籍并摆的还有几个大日记本。罗夫平随手翻阅,几本日记都记满了。或是抄录书本的?或是个人心得?罗夫平不便问。

赵惠娥听着罗夫平说话,特别留神,听了一会儿,忍不住说:"黎东,你过来。"

黎东忙走过去说:"妈,你有事吗?"

赵惠娥指着罗夫平发出声音的方向问:"这个说话的人是谁?"

黎东说:"是罗董事长,慧梦湘绣公司的董事长。"

赵惠娥说:"他是哪里的人?"

黎东说:"马来西亚呀。"

赵惠娥又问:"他叫什么名字?"

黎东回答不出。因为他确实不知道。罗夫平接过话来说:"我叫罗夫平,您怎么啦?"

赵惠娥显然失望,缓缓摇了摇头,掩饰道:"没什么,没什么。"

黎东看了房里,不见黎秀娟,说:"妈,我姐呢?"

赵惠娥一怔,说:"你姐她不是在这些客人的公司里做事么?"

黎东说:"我姐她没回来?"

赵惠娥更加疑惑不解,说:"我有好些日子没看到她,想她了,所以我才让你进城去看你姐,你怎么还向我问你姐?"

在场的人都很诧异。赵惠娥察觉到什么,说:"黎东,你没看到你姐?"

黎东支支吾吾,掩饰道:"妈,您喝水吧。"拿起茶杯给赵惠娥喂热水。

赵惠娥说:"我自己喝。"说完接过杯子慢慢喝着。黎东扶住赵惠娥。冷不丁,欧阳圆抱着的孩子醒了,发出啼哭声。赵惠娥感到奇怪,说:"这是谁的毛毛?你们带来的吗?"黎东不知如何回答。赵惠娥自我否定地摇了摇头,说:"不会呀,你们怎么会带毛毛上我家来?"

罗夫平瞧着赵惠娥的神态,突然想起什么,身子一抖。他眼前一切都变得模模糊糊的,而在一片模糊之中,他又看到了若隐若现的当年他的妻子。

罗夫平失态地站了起来,失声说:"你——"

第八章

但他眼前只有现在的赵惠娥：她头发花白，满脸皱纹，而且被纱布遮住了半个脸，体形像冬天落尽树叶在风中的枝杆，与他记忆中的妻子并不相像。罗夫平摇摇头，又坐下来了。

赵惠娥又似乎感觉到什么，说："这到底是谁的毛毛？黎东，说呀，快告诉我。"

欧阳圆说："大妈，这是黎秀娟的女儿。"

赵惠娥闻言一抖，手一松，端着的茶杯滚落在地。过了一会儿，赵惠娥说："秀娟的女儿，那就是我的外孙女？秀娟结婚啦？什么时候结的？怎么也不告诉家里一声？秀娟的丈夫是哪一个，今天来了吗？"

黎东不知如何回答。

赵惠娥一头雾水，说："你们，你们，你们怎么不回答我？噢，是……"

罗夫平、罗安然、欧阳圆面面相觑。

这时，欧阳圆手上的婴儿又哭了起来。赵惠娥似乎感觉到了什么，她的女儿有叫人不便说的隐私，她也没想她那个要强的女儿终于出事了，情绪变得十分低落，忙就着婴儿的哭声说："我的外孙女，别哭，别哭，快，你们快把我的外孙女给我。"

欧阳圆忙把孩子送到了赵惠娥的怀里。赵惠娥抱着孩子，抚摸着，亲着，泪水吧嗒吧嗒地流在婴儿的小脸上……

孩子停止了哭声。

/ 3 /

黎秀娟本是来市里给女儿买奶粉和取行李的。上次因她生小孩去医院，又从医院出来就匆匆去了乡下，很多东西还放在欧阳芬家。

她买了奶粉，来到别墅，别墅门锁了，欧阳芬还没下班，佩佩还在幼儿园。她便在附近转着，不觉来到了幼儿园。

幼儿园临街的围墙里有一块草坪，这时，幼儿班的孩子排着队在里面做游戏。佩佩正在队伍中，他看见了趴在铁栅栏围墙外的黎秀娟，惊喜地叫着："阿姨，阿姨……"

佩佩很喜欢黎秀娟，很久不见，他问过欧阳芬多次，问秀娟阿姨哪里去了，怎么还不回。欧阳芬说黎秀娟回家了，不会来了，她另外给佩佩找一个。佩佩不要，哭闹着只要秀娟阿姨。欧阳芬只得哄佩佩说，派人去黎秀娟家叫去了，她在家有事，忙完了才回。今天见到黎秀娟，佩佩以为是欧阳芬派人叫来的，高兴地向门口跑过来。

幼儿班的阿姨跟着佩佩来到门口，对黎秀娟说："你来接佩佩？现在还早呢！"佩佩说："秀娟阿姨见我想她，她就早来啦！我要回去，我要回去！"说着，往黎秀娟怀里扑。

黎秀娟抱着佩佩，也亲切地笑着。阿姨只得朝佩佩挥手说再见。

黎秀娟牵着佩佩，佩佩一路上蹦蹦跳跳，异常兴奋。佩佩问黎秀娟怎么这么长时间才来。佩佩说好久没听秀娟阿姨的故事了，要秀娟阿姨今晚给佩佩讲好多好多故事。两人有说不完的话。到了别墅，欧阳芬还没回，黎秀娟问佩佩有没有锁匙。佩佩说没带。两人有些累了，只好坐在大门外的台阶上。

坐了一会儿，佩佩口干了，对黎秀娟说："秀娟阿姨，我要喝饮料。"

第八章

　　黎秀娟点点头，说："你在这里坐，不认识的人不理他，莫跟别人走，姨这就去买。"

　　佩佩很听话地点点头，说："好，我在这里等姨。"

　　黎秀娟知道前面那栋楼有个小卖部，摸了摸佩佩的头，就朝前面走去。

　　黎秀娟拐过前栋不远，一辆车就从她身边驶过，停在别墅门口。车上下来一个人，来到佩佩面前。他的一只手放在背后，那手上握着一条白色手绢，手绢上涂了一种气味很浓的药。佩佩见那人来到面前，说："你要找谁？"那人笑了笑，说："找你。"背在后面的手，突然伸出来，捂在了佩佩的嘴上。那白色手绢上的药，很快就让佩佩昏了过去。那人将佩佩抱起来，急忙上了车。

　　黎秀娟从小卖部买了一瓶饮料，还拿了两根棒棒糖。那辆车又从她身边驶过去，转过屋角，眨眼就不见了。她没看到车里面的佩佩，她也不会想到这么短的时间，佩佩会突然不见了。当她来到门口，台阶上已不见佩佩。黎秀娟四处张望着，喊着，还是不见佩佩。黎秀娟回头到小卖部，也没看见。黎秀娟又回到别墅，还是不见。

　　黎秀娟急了，在小区内跑着，一边大声喊，可就是不见佩佩的踪影。佩佩哪里去了？难道我在小卖部时，他从另一条路来小卖部找我，正好我回，他不见我，以为我上街去了，他也上街去找我了？想到这，黎秀娟马上又跑出小区，急急地上街寻找。

　　黎秀娟刚走，欧阳芬回来了。她回到家门前，见门锁着，房子前后也没有人，不由得有点急了。

欧阳芬刚才到幼儿园接佩佩，幼儿园的阿姨说，佩佩让保姆带回去了。欧阳芬觉得意外，黎秀娟走了后，一直没看上合适的，自己还没请，哪来的保姆？幼儿园阿姨说："你们原来不是有个保姆吗？就是以前天天来接送佩佩那个，长得很漂亮。"欧阳芬说："她？怀孕了的那个？"那个阿姨连连点头，说："是啊，就是她。"欧阳芬一惊，说："她？是她接走了？我已经把她辞掉几个月了。"阿姨一惊，说："辞掉了？辞掉了为什么还来接佩佩？"欧阳芬说："你这个阿姨是怎么当的？你怎么可以把我的儿子交给她呢？她已经和我们没有任何关系了呀。你简直胡闹！"阿姨很害怕地看着她，说："我也不知道。她被你辞掉几个月了怎么还来接佩佩？她是不是，哎呀，你辞掉她，她怀恨在心，所以，所以把佩佩接走，不是接走，是骗走。"欧阳芬更急了，说："你别说了。"

欧阳芬叫了一辆的士，催促司机快一点。来到大门前，果然不见人，她的心有点乱了。

这时天已黑了，欧阳芬用钥匙开了大门，房间里也是漆黑一片。她怀着侥幸心理打开灯，在一个个房间找，还是不见人。

欧阳芬急得在小区找，又在小区四周找，还是不见人。她急得哭了，骂道："黎秀娟啊黎秀娟，你这个美女蛇，对我有意见骗走我儿子干什么？他只有几岁呀。你拐走我儿子，我决不放过你！"

天色已晚，街上行人也没几个了。欧阳芬赶到派出所，在值班室里哭着向警察报案。报完案，她又催警察："你们快点帮我去抓黎秀娟，时间长了，那黎秀娟要动了歹意，我儿子要是有个不测，那可怎么办呀……"

第八章

　　警察安慰她说:"欧阳小姐,不要着急,我们马上立案侦查。你估计一下,黎秀娟拐走你的儿子,可能会藏在什么地方?"

　　欧阳芬摇摇头,思索了一会儿,猛地想起,嚷着说:"对了,黎秀娟和几个打工妹很要好,到公司宿舍里去问一问,她们也许知道。"

　　警察马上叫欧阳芬带路,连夜来到公司女工宿舍。

　　黄琴与李燕她们正在睡觉,突然被一阵敲门声惊醒。

　　门外喊道:"起来,快起来,公安局和欧阳大小姐有事要问你们……"

　　灯亮了,黄琴睡眼惺忪地打开门。欧阳芬几乎是推开黄琴,冲进去喊着:"黎秀娟,黎秀娟,你给我出来!"

　　所有的女工都在各自的床上瞧着欧阳芬。欧阳芬在一个个床位上寻找着:"黎秀娟呢?她在哪里?喂,你们有谁知道黎秀娟在什么地方?"

　　黄琴说:"芬芬小姐,您找黎秀娟有什么事吗?"

　　李燕说:"秀娟姐怎么了?"

　　欧阳芬气冲冲地说:"黎秀娟拐走了我的儿子。"

　　一个警察说:"黎秀娟涉嫌拐带孩童,是犯罪嫌疑人。如果谁发现了黎秀娟,要尽快向我们报告。你们不要包庇她,更不能窝藏她。谁要那样做,谁就是犯罪。"

　　欧阳芬猛地似有什么发现,问道:"季晓玲呢?怎么没看见?她是不是跟黎秀娟在一起?"

　　黄琴与李燕面面相觑。

　　欧阳芬又冲着她们吼道:"你们不说,一定是心中有鬼。是黎秀娟的犯罪同谋。"

李燕急了,忙说:"我说我说,晓玲姐是找黎秀娟去了。"

欧阳芬忙问:"快说,她去哪儿找黎秀娟?"

李燕刚刚欲说,看了一眼黄琴,见黄琴正给她使眼色,马上又止住了。

警察说:"知情不报,后果自负,你们不要执迷不悟,快说。"

黄琴道:"说就说,晓玲姐又不是一个人去找秀娟姐,和她一起去的还有罗董事长、罗总经理、圆圆小姐,还有秀娟姐的弟弟呢。"

/ 4 /

在一个偏僻的小旅馆里,佩佩睡在一张床上,仍是昏迷不醒。

两个人走出旅馆,来到街上的电话亭,用卡在电话亭打电话。

他们打了几次,可是电话老没人接。这回话筒里又传出对方没人接的声音。

那人烦躁地将话筒一搁,说:"妈的,怎么老是没人接,他们这么晚了也不回家,这样等下去不是个办法,还是打她的手机吧。"说着,要去拿话筒。

旁边身着西装的人按住电话,想了想,说:"你给芬芬的姨妈家里,就是董事长家里打个电话吧。"

那人在一旁掏出烟,说:"我抽根烟,你打吧。"

第八章

　　身着西装的人很不悦,说:"你有病,我的声音她们熟悉得很,我要是打电话要赎金,那不是自投罗网吗?"

　　那人想了想,觉得有道理,不再点火吸烟,又拿起话筒。

　　这次有人接了。接电话的是欧阳子玉。

　　欧阳子玉在话筒里说:"我是芬芬的姨妈,你要找芬芬,你是谁?"

　　欧阳芬在宿舍没找到黎秀娟,听说姨父和罗安然、妹妹圆圆也去找黎秀娟,不知他们为什么去找她,马上来到姨父家,对欧阳子玉说:"黎秀娟这么狠毒,我的佩佩不知被她拐到哪里去了,她要把佩佩害死了,姨爹和表弟怎么还去找她呢?难道姨爹和表弟知道黎秀娟把佩佩拐走了?佩佩要不见了,我怎么办呀?"

　　欧阳子玉说:"我没想到黎秀娟会这么心狠手毒。曹焕然,你马上派人,一定要把我的外甥孙找到。"曹焕然应声出去。当电话铃声一响,欧阳芬估计可能与她有关。果然,欧阳芬接过话筒,听对方说了几句话,身子陡然一软。

　　欧阳芬说:"我儿子怎么在你们手上?你们是什么人,到底要干什么?"

　　话筒里传出一个男人的声音说:"你仔细听着,第一,如果你想要你的儿子活着,就别报警。第二,马上准备八十万赎金。"

　　欧阳芬对着话筒说:"八十万?我一时上哪里去取这么多钱呀?"

　　话筒里那男人说:"那是你的事。"

　　欧阳芬说:"慢着,我怎么送钱给你们?我到什么地方领回我的儿子?"

话筒里男人说："你筹集好现金再说。"

话筒里传出忙音。欧阳芬还对着话筒说："你们到底在哪里？请你们千万不要伤害我的儿子。"

欧阳芬无力地搁下了话筒，哭出声来，说："姨妈，我怎么办，怎么办呀？"

欧阳子玉说："孩子要紧，八十万现金，我们想办法先凑齐吧。唉，夫平和安然又都不在，没个男人来拿主意。"

欧阳芬担心地说："姨妈，打电话的人不准我报警，可我已经报了，要是他知道了，我怎么办呀？"

欧阳子玉说："你既然已经报了警，还是请公安暗中配合吧。"

欧阳芬咬牙切齿地说："姨妈，这些人一定是黎秀娟的同伙，我们也不能便宜了这些畜生，更不能便宜了罪魁祸首黎秀娟。"

欧阳子玉拿起电话，拨通了罗安然的手机，说："安然，你们都赶快回来吧，出大事了，黎秀娟把佩佩给拐走了。"

欧阳芬抢过电话，哭着说："喂，安然，姨妈的话听到没有？黎秀娟把我的佩佩拐走了，你们都赶快回来。这该死的黎秀娟！"

/ 5 /

欧阳芬面对警察的询问，只是哭泣。欧阳子玉替她讲述情况。

一位警察说："夫人，在绑票案侦破之前，我们将采取必要措施，包括对你家的电话进行监控，只要罪犯还打来电话，我

第八章

们就能获取相关信息。罪犯还没有拿到赎金，是必定还会来电话的……"

欧阳子玉看着欧阳芬说："芬芬，你就按警察先生说的办，罪犯逃不了，我的小孙子也会没事的……"一阵电话铃声骤然响起。

警察对欧阳芬说："你接吧，如果是罪犯打来的，不管他们提什么要求，你都答应，尽量拖延时间。"

欧阳芬拿起了话筒，说："我是欧阳芬。什么，到中山公园门口交赎金换人？喂，钱我给，你千万别伤害我的儿子。喂，喂……"

话筒里传出忙音。

警察看了看手表，说："罪犯真狡猾，通话时间太短，我们无法查到他的准确位置，而且罪犯指定的中山公园门口，人来人往，鱼龙混杂，便于隐藏和逃脱……"

欧阳芬着急地说："那我怎么办？"

警察说："小姐放心，罪犯要拿到这笔钱，就会像鱼儿浮出水面。只要他一出现，就跑不了，你只管带着钱去中山公园门口。"

警察对欧阳芬交代了一番。欧阳芬虽然胆怯，但为了儿子，她咬着牙齿点点头。

欧阳芬提着箱子来到中山公园门口，四处瞧了瞧，退到一旁，焦急地观望等待着。

不远处的路边，一个戴着头盔的人面朝摩托车似乎在进行修理。公园门口停着一辆面包车，也在等待着什么。

似乎一切都显得很正常。欧阳芬却焦急得很，她注意着每一个从身边走过的人。

忽然，欧阳芬的手机响了。她赶紧取出手机，放在耳边。

"是的，八十万我都带来了，我儿子在哪？不行，我要看到我的儿子，一手交钱，一手交人。不不不，我把钱给你，你一定要把我的儿子还给我。"

电话传出忙音，欧阳芬听着呆了一下，没有办法，她只好硬着头皮向前走，将箱子放在一棵树下，又快步离开。

欧阳芬走远了。一个戴着墨镜的人，朝放着箱子的那棵树下走来。

便衣警察形成了一个包围圈，正在缩小。那人拿到箱子，惊慌地向面包车的方向跑去。

包围圈不断在缩小。

摩托冲了过来，那人忙转向摩托跑去，不料摩托并没有减速，反而直朝他猛冲过来。

那人被撞得飞起来，再重重地砸在地上。恰好有一辆车路过，看到有人飞来，急刹住时，轮子下已是一片殷红，车轮边躺着那个装有八十万的箱子。

摩托急转弯，刹住，准备去拿那箱子。但已有便衣警察保护箱子。其余的便衣警察围了上来，路人、游客也都围了上来。

摩托车手只得放弃箱子，慌忙驱车冲出了包围。便衣警察驱车追赶⋯⋯

谁也没有注意，远处树荫下的那辆面包车悄悄开走了。

/ 6 /

黎秀娟疲惫不堪的身影，在路灯照射下，长长地拖在地上，

第八章

摇晃着,摇晃着。她流着泪,朝街边小巷喊道:"佩佩,佩佩,你在哪里呀……"她的声音在万籁俱寂的夜晚显得格外凄惨。

找了一个晚上,还是不见佩佩,黎秀娟又急又累,又不敢去别墅,不想看欧阳芬的脸色。黎秀娟十分疲惫,拖着显得十分沉重的两条腿,在街上漫无目的地走着。一个晚上下来,她头发蓬乱,脸色苍白,嘴唇干裂,喉咙沙哑,两只眼睛也似乎哭肿了。但她还在呼喊着,寻觅着,向一处处摊贩、路人、店铺打听着佩佩的情况。她艰难地走着,累得眼前发黑,无力地抱住了一根电线杆子喘息着。

"佩佩,佩佩,你到底在哪里呀……"

黎秀娟哭着哭着,抬起头,擦去泪水,显然已打定主意,走向不远处的公用电话处,拿起话筒,拨动号码。

黎秀娟的电话是打给公司传达室的。

公司大门口聚集着一群人,他们在观看着墙上的寻人启事,启事上要寻找的是黎秀娟。

"真看不出,这个黎秀娟这么狠毒呀。"

季晓玲却不相信,说:"秀娟姐不会干这种事。"

门卫老张说:"厂里谁不知道,是黎秀娟要报复欧阳大小姐,就勾结了那个保安,干绑票的勾当。现在公安局正在通缉黎秀娟呢。你还想包庇罪犯?"

黄琴说:"要能找到秀娟姐问清楚就好了。"

李燕说:"可谁知道秀娟姐她……唉……"

传达室的电话响了。门卫老张拿起话筒,说:"你找季晓玲?等等——"他冲着门外不远处的季晓玲吆喝:"季晓玲,快来接电话。"

季晓玲很意外，说："谁会给我打电话呢？"

季晓玲拿起话筒一听，惊得失声叫了起来，低声对着话筒说："秀娟姐，电话里说不清楚，我就去请个假，坐晚班车赶到你那里，见面再谈，你先回我姑妈家里等我吧……"

季晓玲与黄琴几个女工朝公司里面走去，同时在低声说着什么，她们在一处僻静地方越说越激动，显然，她们是听季晓玲接到黎秀娟的电话后发表不同的看法。黎秀娟如果和那保安合伙绑票，怎么还会打来电话？

她们的激动和异常，被门卫老张看见了。他正想悄悄上前去听听，潘向云若无其事地从门外走了进来。

潘向云向门卫保安打招呼："老张哥。"

门卫老张讨好他说："潘经理呀，我们几个哥们都商量着要请你喝酒，祝贺你高升呢。可是，听说你请了病假？"

潘向云笑着说："没事，酒是要喝的，改日我请各位哥们喝个痛快。"

潘向云阴冷地看着门外寻人启事下聚集的人群，又不动声色地问："老张哥，公司里对黎秀娟勾结保安绑票的事，议论得挺热闹吧？"

门卫老张说："那还用说，这不仅是公司的头号新闻，也是本市的头号新闻。现在保安死了，那个黎秀娟也不会有好果子吃。公安局布下了天罗地网，黎秀娟带着欧阳大小姐的儿子只能躲，不仅拿不到一分钱，只要一出现，就会被公安给逮住。"

潘向云听到这里，全身忍不住一抖。

门卫老张又看了看远处在僻静地方交头接耳的季晓玲和黄琴几个女工，说："潘经理，我告诉你一件事儿。"

第八章

潘向云说:"什么事?"

门卫老张用手指着远处花坛边的季晓玲,低声向潘向云讲述着。

潘向云一惊,说:"你没听错,真是黎秀娟打来的电话?"

门卫老张说:"没错,她还说要赶晚班车到黎秀娟那里去呢。"

潘向云掏出烟,递了根给门卫老张,自己又点上一根,叮咛说:"老张哥,这事你暂时保密,我来处理,等抓住了黎秀娟,我为你向公司请功。"

/ 7 /

清晨,罗夫平、罗安然、欧阳圆在荷叶镇告别黎东。欧阳圆在车门边安慰黎东说:"你也不要着急,我不相信你姐会干这种事,这里面一定有什么误会,我们一定会弄清楚的。"

罗安然也对黎东说:"你把你的外甥女安排好,就进城来找我吧,我随时都欢迎你来。"

黎东这时很感动,只是连声说:"谢谢,谢谢!"

罗安然他们回到家,欧阳芬也刚刚回来。她没有把佩佩赎回,一个绑匪被轧死了,结果公安一查,那个绑匪竟然是公司的保安。这个保安一死,线索也断了,公安一时也束手无策,佩佩也还是下落不明。

欧阳芬靠在欧阳子玉身旁揩眼泪。欧阳子玉说:"保安死了,黎秀娟带着佩佩会躲在什么地方呢?"

罗安然说:"妈,你们有什么证据可以证明黎秀娟与那个保安一起绑架佩佩呢?"

欧阳子玉说:"事情明摆着,是黎秀娟从幼儿班带走了佩佩,这点有幼儿班的阿姨证明,打电话来要赎金的,和到公园门口去接赎金的是那个保安,你说,他们不是一伙,还是什么?"

罗安然一时语塞。

欧阳圆怀疑道:"黎秀娟这么干,总得有个动机吧?"

欧阳芬说:"她怎么没动机?我对她不好,她就怀恨在心,疯狂报复。你又不是不知道。"

欧阳圆也一时语塞。

罗安然摇摇头,说:"我真难以将黎秀娟与绑票罪犯联系在一起。"

欧阳子玉说:"谁的脸上也没写'罪犯'两个字。"

欧阳圆说:"可是,凭直觉,这真难以置信。"

欧阳芬生气地说:"信不信由你,这是事实。都是你引狼入室,是你和表弟硬要让黎秀娟住在我们家里,这才给她提供了机会,造成了今天的后果。你们还要替黎秀娟辩护,真是不可思议。"

欧阳圆打断她的话说:"姐,是我留下的黎秀娟,你别怪表哥。"

罗夫平夹着的雪茄的灰掉落下来,他将雪茄丢进烟缸里。欧阳子玉也感慨地说:"俗话说'人为财死,鸟为食亡',黎秀娟和那个保安为了八十万元,还有什么事做不出来?"

罗夫平站起来,说:"现在不是讨论这个的时候,当务之急是找回佩佩。"他稍微停了停,说:"黎秀娟从幼儿园拐走了

第八章

佩佩，这已经是无可辩驳的事实，而她的主要动机不就是要钱吗？我们可以悬重赏，四处张贴，凡是提供线索，让我们抓住黎秀娟，找到佩佩的人，我们都给重赏。"

欧阳芬也为之开颜，说："好，重赏之下，必有勇夫。"

罗夫平吩咐罗安然说："就这么办，你马上去安排一下。"

罗安然迟疑地应声走出去。

曹焕然走了进来，拿着一份材料，说："公司各部门的考核统计表都整理出来了，请董事长和夫人审核。"

罗夫平接过材料一面翻阅，一面问："公司出的这些事，员工都有些什么反应？"

曹焕然说："别的倒没有什么，只是对贸易部潘副经理颇有些非议。"说时，看了一眼欧阳芬，止住了话头。

欧阳芬说："说呀，有什么只管说。"

曹焕然说："贸易部经理出差在外，潘副经理应当负起责来，主持日常工作才对，可他却请了病假。"

欧阳子玉不满地说："他怎么刚上任，就请病假？"

罗夫平不悦地说："不像话。你把他给我找来。"

欧阳芬没好气地说："不用找他了，他是我保荐的，我可以收回保荐，姨爹把他给撤了得啦！"

/ 8 /

潘向云和彭定坤摇着一条船，在中山公园的湖中漂荡着。已是夜深，四周已没有游人了。

彭定坤摇着船懊恼地说："妈的，鸡飞蛋打，损兵折将，真是赔了夫人又折兵。"

潘向云阴沉着脸说："莫讲背时话，我们是丢卒保帅。只要咱哥们平安无事，留得青山在，不怕没柴烧嘛。"

彭定坤的对讲机骤然响了起来。彭定坤拿着对讲机，一听，是洛猛子的电话。洛猛子是他的拜把子兄弟。他说："洛猛子，你逃出来了，太好啦。你现在哪里？我就在中山公园一条船上，你快来吧。"

洛猛子的真实姓名彭定坤不清楚。他们是在一个酒吧里认识的。据说从监子出来不久，在社会上有蛮大的名声，很多人畏惧他。

彭定坤收了对讲机，对潘向云说："这小子赎金没拿到，却找我要他那一份钱，叫我拿什么给他呀？"

潘向云不动声色地说："钱由我来想办法，现在关键的是要稳住他，别让他把咱哥们给交了出来。"

过了一会儿，湖边出现了洛猛子的身影。

彭定坤在船上向洛猛子招手。洛猛子发现了彭定坤，忙往那条船上走去。

洛猛子上了船，大大咧咧地说："坤哥，我的那一份钱呢？快拿来吧。我得赶快离开这儿，出去避避风头。"

彭定坤说："洛猛子，既然干这一行，就得懂规矩。你没拿到那八十万，买卖没做成，哪来你那一份？"

洛猛子眼一瞪，说："怎么着，想赖账？哥们可不是吃素的。"

潘向云忙说："都是哥们，别伤和气嘛。坤哥，我是怎么跟你说的？洛猛子来了，也不给兄弟介绍一下。洛猛子，幸会

第八章

幸会。"

洛猛子瞪着潘向云。彭定坤忙说："洛猛子，这位才是老板。"

洛猛子说："老板如何称呼？"

彭定坤支支吾吾。潘向云接过话来，说："对洛猛子用不着打瞒讲（方言，即说谎话），应该坦诚相见嘛。在下姓潘，名向云。"

洛猛子抱拳施礼，说："云哥，你对兄弟的那一份钱有何话说？"

潘向云一笑，说："好说好说，我保证洛猛子该拿的那一份钱分文不少。而且我有个主意，可以让洛猛子除了得到原来的那一份，再增加一倍的收入。"

洛猛子大感兴趣，说："噢，云哥有什么好主意？"

潘向云说："来，坐下来，我们边喝边说。"

彭定坤莫明其妙，不晓得潘向云葫芦里装的什么药。

潘向云从纸箱中取出几瓶啤酒，拧开瓶盖，给洛猛子、彭定坤和自己一人一瓶。

潘向云说："首先，为洛猛子杀入重围，又闯出重围，不愧是高手，干杯。"

洛猛子得意地举起酒瓶往嘴里灌，一口气将酒喝完，顺手将酒瓶往湖中一丢。

潘向云又取出一瓶酒，拧开瓶盖，递给洛猛子，说："洛猛子不愧是英雄海量，来，为我们今天有缘相识，风云聚会，干杯。"

洛猛子又喝干了瓶中酒，又将酒瓶丢进湖中。

潘向云再次递给了洛猛子一瓶酒。

洛猛子说:"喂,云哥,酒等一会儿再喝,你快说你那个主意呀。"

潘向云说:"欧阳芬的八十万我们没拿到,现在肯定还在她的手中。可她急于想要她的儿子,而她的儿子却在我们的手中。只要再打个电话警告她不准报警,她一定不敢再报警。那么,我们可以指定她将钱送到另一个安全的地方。喏,原来我们是四个人,每人二十万,现在少了一个,洛猛子不是可以多增加点收入么?"

洛猛子说:"好,好主意。"

潘向云说:"那就为好主意,干!"

洛猛子又将酒喝光,再次将酒瓶一丢,忽又想起什么,说:"不行呀,现在条子肯定正在抓我呢,我得离开这个城市才行。"

潘向云说:"恰恰相反,你当时是戴着头盔出现的,没人看见你的真面目,你犯不着心虚。而且你出现时骑着摩托,按逻辑推理你肯定会外逃,那么公安正在出城的各个路口布点等候你呢。可你偏偏还在城里没走,这就叫做'出其不意'。再说,公安绝对想不到我们取赎金栽了,还敢再去要赎金,这又叫做'攻其不备'。最危险的地方往往是最安全的地方。"

洛猛子赞叹道:"云哥,真有你的,兄弟服了你了。"

潘向云却将一瓶酒递过去,说:"那就再干。"

洛猛子又将一瓶酒喝完,但丢酒瓶时显出醉意。

潘向云再将一瓶酒递过去,说:"我们再计划一下行动的细节。"

湖面起风了。潘向云在低声说着什么,而且不时劝洛猛子

第八章

喝酒。

洛猛子明显醉了。突然,潘向云趁其不防,猛地将洛猛子推下水去。

彭定坤吃了一惊。洛猛子在水中挣扎着,连连呛水,沉了下去。

彭定坤说:"云哥,这……"

潘向云冷冷一笑,说:"这不是既省了给他的那份钱,又使咱哥们绝对安全了么。"

彭定坤心里跳得慌:潘向云这么狠毒,该不会对自己下手吧?得提防着。他说:"那,我们下一步怎么办?"

潘向云说:"我去探探风声,再作决定。你装作若无其事回公司去。"

天黑下来后,潘向云和彭定坤开着一辆面包车,往那个偏僻山村驶去。

虽然车子行驶在山路上,但车内窗帘都严严实实地拉上了。后排座位上用绳子拴着佩佩,虽然他已是有气无力,但仍然被绳子捆着双手,眼睛也被布紧紧缠住,嘴里还有毛巾堵着。

彭定坤瞪着佩佩,说:"这龟孙子没变成八十万,真是个累赘,我恨不得把他丢在山里喂野狗。"

潘向云说:"你不要只想到钱,不要那八十万,这龟孙子可以帮我重新赢得前程,我的前程好了,兄弟你也能得到好处的。"

/ 9 /

黎秀娟拖着疲惫不堪的身子,走进那个偏僻山村那间破烂的房子里。

季晓玲的姑妈拿着小包裹像要出门，一见到黎秀娟，不禁怔住了。

黎秀娟进门后在床上以及室内四处看着，说："大妈，我的女儿呢？"

"你弟弟抱走了呀。你不知道？"

黎秀娟摇摇头，十分疲倦地往床上倒去。

季晓玲的姑妈说："我得过河那边接生去了。你歇着吧，你要饿了，锅里还有热饭。"

季晓玲的姑妈走了。黎秀娟虽然很累，却不能入眠。她疑惑满腹，黎东怎么知道我在这里？他把我的女儿抱到哪里去了？哎呀，他要抱回荷叶镇，让我妈和乡亲们看见，我的脸往哪里搁呀？麻烦了！

夜更深沉了。黎秀娟猛地坐起来，又欲往外走。

这时，季晓玲快步走了进来，说："秀娟姐。"

她们激动地抱在了一起。季晓玲把公司正在找黎秀娟，怀疑黎秀娟绑架了佩佩的消息告诉了她。

季晓玲对黎秀娟说："秀娟姐，你快说，你到底是怎么回事？我不相信你会做出这种事。"

黎秀娟嘴一张，委屈和哀怨的泪水已涌出眼眶。

房外，一个人影悄悄溜近，立在窗外，聆听着。

黎秀娟忍住哭，向季晓玲讲述了她接走佩佩又不见了佩佩的真实经过。

季晓玲恍然大悟，激动地说："原来是这样。那是绑匪趁你给佩佩买饮料时，劫走了佩佩。秀娟姐，等天一亮，你就和我

第八章

坐早班车回去,把事情说清楚。"

黎秀娟摇了摇头,说:"现在被那个保安一搅和,我能说得清楚吗?"

季晓玲说:"你是冤枉的呀。"

黎秀娟说:"可我现在没法证明我是冤枉的。"

季晓玲说:"事实终归是事实,秀娟姐,你怕什么?"

黎秀娟说:"我不是怕,我是没脸回去见他们呀!"

山村还在睡梦之中。黎秀娟送季晓玲走出房门,朝着出村的候车处走去。季晓玲上了一辆路过的班车。

黎秀娟回到房子处,在门口,听到房子里有声音,她以为季晓玲的姑妈回来了,叫道:"大妈,您回来了。"

里面没有回答,却传来摔坏东西的声音。

黎秀娟以为季晓玲的姑妈摔跤了,赶紧往房间里跑。

刚进门,冷不丁,门后一人闪出,一拳砸在她的头上。

黎秀娟栽倒了,挣扎着爬了起来,走进门看见佩佩,急忙跑上前抱起佩佩,解开绑在他手上的绳索,去掉他眼睛上缠的布,扯出嘴里的毛巾。

佩佩看清黎秀娟后,叫了声:"姨……"随即昏厥过去。黎秀娟迅速撕扯布襟替佩佩包扎出血处,然后抱起佩佩,就往门外跑。

黎秀娟抱着佩佩跑进乡卫生院,双腿一软,累得摔倒在地,但仍然保护着佩佩不受伤害。卫生院里的两个医生和护士吃了一惊。黎秀娟气喘吁吁地说:"请你们快救救他,快救救他……"

医生对佩佩进行检查。

一会儿,一个医生出来对黎秀娟说:"孩子失血太多,必须马上输血。可我们这儿没有血库。"

黎秀娟忙说:"输我的血吧,我的血型是 O 型。"

医生说:"行,你跟我进来吧!"

黎秀娟走进病房,躺在病床上。不一会儿,医生把针头刺进黎秀娟的手臂……

/ 10 /

欧阳芬睡眼蒙眬中,一阵电话铃声把她惊醒。

欧阳芬抓起话筒,说:"喂,你找谁?"

话筒里传来潘向云的声音:"芬芬,我就找你呀。"

欧阳芬对着话筒说:"你找我?你是谁?"

话筒里潘向云说:"连我的声音都听不出来了么?我是潘向云呀。"

欧阳芬很不高兴地对着话筒说:"我不认识你。"气呼呼地将话筒一搁。

但电话机又响起来,欧阳芬只得又抓起话筒。

话筒里又传出潘向云的声音:"芬芬,你别挂断,我有重要情况告诉你。"

欧阳芬对着话筒吼着说:"潘向云,这个时候,你别来讨厌!我不想理你了!"

话筒里传出潘向云的喊声:"我找到了佩佩,找到了黎秀娟呀。"

欧阳芬正要搁下话筒,一听这话,赶紧停住了,急忙再将话筒送到嘴边:"你说什么,再说一遍?"

第八章

潘向云说:"佩佩和黎秀娟都被我找到了。芬芬,你们快来吧。记住通知公安局。我接应你们。"

欧阳芬一阵惊喜,在最关键的时刻,这潘向云总能让自己宽心、高兴,觉得潘向云这人还是有可爱之处。她想如果找到了佩佩,那还得还潘向云一个清白。她忙给公安局打了电话,并带他们来到了潘向云所说的地点,与潘向云会合后,他们来到了乡卫生院。

病房里,黎秀娟刚刚抽了血,佩佩尚未苏醒,她守候在佩佩的病床边。

一个护士感慨地对黎秀娟说:"你这个妈妈对儿子真好呀,一输血就是 600cc。"

黎秀娟笑了笑,摸了摸佩佩苍白的脸。

冷不丁,潘向云领着几个警察冲进来,指着黎秀娟说:"就是她。"

干警抢步上前扭住黎秀娟,不由分说,一副手铐戴在了黎秀娟的手上。

护士和医生被这突如其来的情景惊住了,一个个不知所以,目瞪口呆。

两个干警押着黎秀娟就往外走,迎面进来了欧阳芬。

欧阳芬一见黎秀娟,怒不可遏,一边骂着,一边挥手就是一个耳光,抽在黎秀娟的脸上,跟着便是两只手乱抽乱打。

黎秀娟闭着眼睛任欧阳芬抽着打着,咬牙硬挺着,委屈的泪水哗啦啦地流了下来。

警察拦住了欧阳芬。跟着赶进来的罗安然也拖住了欧阳芬。

黎秀娟看了一眼罗安然,低下头去。

罗安然注视着黎秀娟,很感意外地说:"你,怎么会这样?"

两个干警将黎秀娟推出门外。欧阳芬扑向床上的佩佩,抱着尚未苏醒的佩佩大哭起来。

潘向云忙过去扶住欧阳芬。

卫生院门外,两个干警押着黎秀娟走向警车。

迎面,欧阳圆叫了声说:"黎秀娟,你真不该这样干呀!"

黎秀娟嘴唇嚅动着,想说什么,可什么也说不出来。

罗夫平和欧阳子玉站在一旁盯着黎秀娟,他们的眼光很冷。

不少乡民在看热闹,有的朝黎秀娟指点着,有的咒骂着。

黎秀娟泪流满面,被警察推向警车。

警车呼啸而去。车窗里传出一句撕心裂肺的号叫:"我是冤枉的!"

潘向云抱着昏迷中的佩佩从卫生院里走了出来。

罗夫平、欧阳子玉、欧阳圆忙迎上去,听说佩佩没事,一个个吁了一口气。

上了车,佩佩抱在了欧阳芬手中,仍未苏醒。欧阳芬注视着开车的潘向云。潘向云从反光镜里看到欧阳芬在注视自己,却装作不知。

欧阳芬说:"向云,谢谢你。"

潘向云并不回头,却吼了一句说:"我不要你谢!"

欧阳芬一怔。

潘向云跟着说:"芬芬,我只要你知道我对你的这颗心就行了。"

欧阳芬瞧着潘向云,眼睛里透出几分感动。

另一辆车里,罗安然脸色阴沉,他身边的欧阳圆也有种莫

第八章

　　名的烦闷。他内心划出一个大大的问号：潘向云，怎么这么准确无误地找到黎秀娟和佩佩的？他一直在跟踪她？

　　欧阳子玉说："夫平，潘向云这一次可是为我们立了一大功呀。"

　　罗夫平点点头，说："还是夫人有眼力，提拔他当部门副经理一点也没错呀。"

　　罗安然驱车前行，瞪着前面，眼前老是闪现黎秀娟的面容。

　　不知不觉夜幕已经降下。罗安然的车慢慢偏离了原来的方向。

　　一辆车迎面驶来。两辆车似乎要撞上了，对面的车射出强烈的灯光，并使劲响着喇叭。罗安然才从黎秀娟的事情里惊觉，他眼前有关黎秀娟的画面消逝，他急打方向盘，避免了一场车祸，但是车已差不多驶出了公路。

　　罗安然赶紧刹住了车，将头伏在了方向盘上。欧阳圆惊得失声说："表哥，你？"

　　罗夫平道："安然，你怎么开的车？"

　　欧阳子玉也吓得脸上变色，说："安然，你怎么了？"

　　罗安然痛苦地说："怎么会这样？怎么会这样？佩佩真的在黎秀娟手上。黎秀娟真的是罪犯。她真的与那个保安是一伙。这事实太无情了，太残酷了。我受不了，受不了呀……"

　　欧阳圆感同身受地说："表哥，我理解你，这铁的事实也给我上了一堂深刻的课，狠狠打了我一记耳光呀。我被打醒了，才知道人这种动物实在是太复杂了，复杂得像一个猜不透的谜呀。"

　　欧阳子玉冲着他们说："你们应该懂得了，这就叫'画虎画皮难画骨，知人知面不知心'呢。"

罗夫平也冲着他们说："你们明白了就好，吃一堑长一智吧。"

罗安然一言不发，将轿车倒回公路，又沿路疾驶而去。

/ 11 /

欧阳芬的卧房里，潘向云在殷勤地帮欧阳芬给昏迷中的佩佩擦澡、换衣，抱上床后，又给佩佩盖上毛毯。

潘向云体贴地说："芬芬，你去歇着，我来。"

欧阳芬看着他，心里又对潘向云涌出一股感激之情。

门外，罗夫平与欧阳子玉下了车，急急地走进大门。

欧阳圆问罗安然："表哥，你不进去坐坐？"

罗安然摇了摇头。

欧阳圆坐在车上，若有所思。

潘向云与欧阳芬已将佩佩安顿好，欧阳子玉与罗夫平走进来。

欧阳子玉与罗夫平关切地看着佩佩，看着佩佩安然入睡的样子。欧阳子玉转身对潘向云说："你辛苦了，也该回去歇歇了。"

罗夫平说："潘向云，我已经悬了重赏，明天你到公司去，领你应该得的奖金吧。"

潘向云说："我不是为了钱。"

罗夫平愕然。

欧阳芬也一怔。

欧阳子玉问："那你为了什么？"

潘向云十分诚恳地说："我是一个乡下孩子，高中毕业没考

第八章

上大学，是您接纳收留我，看重我，提携我。我是为了报答董事长和夫人对我的恩德，也是为了芬芬。"

欧阳芬激动地喊了声"向云——"，向他扑过去。潘向云紧紧地抱住了欧阳芬。

罗夫平又是愕然。

欧阳子玉脸上露出欣慰的笑容，拉着罗夫平，悄悄退出了卧房。

卧房里，欧阳芬笑着说："向云，你对我的儿子这么好，我要奖赏你。"

潘向云说："我可不是为了要你的奖赏。"

欧阳芬说："我知道你会这么说，可我总得表示一下心意呀。"

潘向云似乎显得失望，说："芬芬，你并不爱我，所以怕欠我的情，才想要拿点什么打发我，是吗？如果是这样，你直说，我马上走。"

欧阳芬有点深沉地说："向云，你知道我有过一次失败的婚姻，所以并不相信什么爱不爱的，可你的实际行动改变了我的观点。"

潘向云说："这么说，我还有希望？"

欧阳芬说："要让我爱上的男人，必须具备两个基本条件，第一，我喜欢他；第二，他喜欢我儿子。至于其他什么，对我都不重要。"

潘向云故意叹着气说："惭愧，按照你的条件我太不称职，只好让贤喽。"

欧阳芬一笑，说："傻瓜，你是第一候选人。"

潘向云心里一喜，却又故意说："芬芬，你别拿我开心，我可受不了。"

欧阳芬嘴巴一噘，说："你不相信，就拉倒，算我没说。"

潘向云忙说："我相信，我相信。"一把抱起欧阳芬，在客厅里转了个圈。

欧阳芬开心得哈哈大笑。

突然，潘向云将欧阳芬放下来，说："可是，你是公司的董事，我不过是个打工仔，小小的部门副经理，算老几呀？"

欧阳芬似笑非笑地："你别在我跟前唱戏了，你那花花肠子我还不知道？你不就是要我帮你再往上爬吗？"

潘向云赔着笑脸说："芬芬，我这是要为你露脸，为你争气呀。"

欧阳芬说："我有不就是你有嘛，还非得费那个心往上爬吗？"

潘向云说："你没听俗话说'爹有娘有不如自己有，老婆有还隔着一双手'吗，芬芬……"

欧阳芬说："你不会过河拆桥？"

潘向云突然单腿下跪，指天发誓说："我赌咒，潘某今后如果辜负芬芬，天打五雷轰。"

欧阳芬扑哧一笑，拿起话筒，拨了几个号码，说："姨妈，我是芬芬。"

欧阳子玉在电话里说："佩佩醒来了没有？"

欧阳芬说："医生来看过了，一切正常，您和姨爹放心吧。"

欧阳子玉说："那就好。芬芬，等佩佩一醒来，你马上打电话告诉我。"

第八章

欧阳芬说:"姨妈,我还要和您说一件事呢。潘向云这次立了大功,没有他,抓不到黎秀娟,佩佩也不知道还要遭多少罪。他现在既不要我的感谢,也不要你们给的巨额奖赏,这样忠心耿耿的人,如今上哪里去找呀?公司总得赏罚分明,不能有功不奖哇。"

欧阳子玉说:"芬芬,你看怎样办好?"

欧阳芬说:"姨妈,您不觉得表弟太忙了,缺个助手吗?"

欧阳子玉说:"鬼丫头,跟我说话绕什么弯子?你等等。"

欧阳子玉转身对罗夫平说:"夫平,我看让那个潘向云担任公司总经理助理,怎么样?"

罗夫平说:"这是芬芬的意思?"

欧阳子玉说:"也是我的意思。"

罗夫平点点头,说:"那就这样定了吧。潘向云年轻,脑瓜子灵活好使,多历练历练。"

欧阳子玉转身对话筒说:"芬芬,你通知潘向云,公司决定让他担任总经理助理,明天就上任吧。"

欧阳芬高兴地说:"谢谢姨妈。"

欧阳芬搁下话筒,含笑望着潘向云,说:"表弟是姨爹姨妈的儿子,总经理的交椅只能归他坐,你是总经理助理,可是一人之下,万人之上呀。"

潘向云瞧着欧阳芬,也笑了。但他并不显出得意忘形的样子,微微笑了笑后,又将笑藏了起来。

/ 12 /

监房里光线幽暗,从窗口射进一缕灯光,照在黎秀娟的身上。

黎秀娟很悲愤地哭喊着:"放我出去,我是冤枉的,放我出去呀……"

监房外,一个女警沿过道走来,从监视孔里冲着黎秀娟厉声呵斥说:"你放老实点!只有低头认罪,彻底交代,才是你的唯一出路。要再大吵大闹,影响其他犯人改造,就把你铐起来!"

黎秀娟并不听她的,仍然大哭大喊,并且使劲地擂打着房门。

女警大怒,朝外面喊了一声。两个武装士兵跑了进来。

黎秀娟猛地立起来,一头撞向墙,血从头上喷射而出。黎秀娟倒在地上,墙上留下一团血迹。

黎秀娟躺在血泊中。几个同监房的女犯发出惊呼,两个武装士兵也怔住了。

/ 13 /

罗安然与欧阳圆走出大门,迎面碰上了风尘仆仆的黎东。

罗安然与欧阳圆一怔。罗安然冷淡地说:"你是来找你的姐姐吧,你到看守所去看她吧。"

黎东很惊讶,说:"罗总,圆圆小姐,这是怎么回事?"

罗安然说:"你应该知道,你姐黎秀娟是个罪犯。"

黎东说:"你不要诬蔑我姐姐,我姐绝不会犯罪。"

罗安然说:"你姐与人勾结拐骗孩子,索取赎金,这全是事实。这种犯罪行为,任何国家的法律都不会容许。"

第八章

黎东喃喃地说:"这不可能,我姐不会做这样的事。"

欧阳圆说:"黎东,你要承认事实。事情已经发生了,你现在只有去走好你自己的路,不要生活在你姐姐的阴影之下。"

这时,季晓玲从公司里面追了出来,喊着说:"罗总,圆圆小姐,我有话要找你们说。"

罗安然说:"你想说什么?"

季晓玲说:"我要说秀娟姐。"

罗安然打断了季晓玲的话说:"我不想听到'黎秀娟'三个字。"

季晓玲说:"请你们听我说,秀娟姐她……"

罗安然恼怒地说:"不要说了。"说着,拉着欧阳圆转身就走。

季晓玲冲着他的背影直喊:"秀娟姐是冤枉的,是冤枉的,是冤枉的呀……"她喊着喊着,哭了起来。

欧阳圆跟着罗安然走了几步,又返回来,说:"我们也希望黎秀娟是冤枉的。可惜,客观事实摆在这里,我能怎么办?"说完,转身追上罗安然。

季晓玲无奈地瞪着他们远去的身影。

黎东走近季晓玲,说:"我姐究竟是怎么回事?"

季晓玲叹了口气,说:"到我们宿舍里去,坐下说吧。"

/ 14 /

佩佩醒来了。他叫了声妈妈。欧阳芬又高兴又激动,抱住佩佩亲着。

罗安然与欧阳圆走进客厅，看到佩佩醒来了，也很高兴。欧阳圆满脸是笑，说："佩佩，你还没有喊我呢。"佩佩笑着又喊了姨，看见了罗安然又喊声舅舅。

罗安然笑着应声。欧阳圆说："佩佩，这几天你像做了一个梦吧，梦里面的事还记得吗？"

佩佩眨着眼睛，认真地说："我记得。我在幼儿园门口，阿姨领着我出来；我看见了路边的秀娟姨，就跑到秀娟姨身边。秀娟姨牵着我回到家。她没有钥匙，我和秀娟姨在门口的台阶坐着等妈妈回来。我要喝饮料，秀娟姨让我坐在台阶上等，就去买饮料了。突然，有个人向我走过来，拿着一块有怪味道的布捂住我的嘴，我就什么都不知道了。醒来之后，我什么都看不见。后来，我摔了一跤，出血了，好疼啊！是秀娟姨给我解开眼睛上缠的布的，然后我醒来就看见妈妈了。"

欧阳芬、罗安然和欧阳圆三人惊讶得说不出话来。

孩子不会说假话。

/ 15 /

潘向云提着一大袋龙眼和荔枝，来到客厅里。他是按欧阳芬的话，买了许多龙眼和荔枝，因为欧阳子玉喜欢吃。他把这些龙眼和荔枝放在茶几上，毕恭毕敬地站在罗夫平和欧阳子玉的面前，说："谢谢董事长和夫人的栽培，董事长和夫人有什么指示尽管吩咐。"

欧阳子玉望着那些龙眼和荔枝，果然很高兴，笑眯眯地瞧着潘向云。

第八章

　　罗夫平说:"我已经打电话给公司办公室,让他们马上公布你的任命。你担任总经理助理,除了协助安然工作,当前最重要的是要经常去医院看看蓉兰,催促医院使蓉兰早日恢复健康,抓紧双面全异绣的开发研制工作。"

　　潘向云诺诺连声,又讨好道:"我马上去按照董事长的指示办。"

　　潘向云转身走了出去。欧阳子玉高兴地说:"这个潘向云,真机灵,连我们爱吃龙眼和荔枝他也知道。来,试试味儿。"说着便去拿起水果吃起来。

　　罗夫平说:"还不都是芬芬告诉他的。"

　　这时,罗安然与欧阳圆进来了,欧阳子玉笑着说:"你们来得早,不如来得巧,快来吃吧,潘向云送来的。哦,还没告诉你们,我们让潘向云担任你的助理了。"

　　罗安然与欧阳圆一怔。

　　罗安然回过神来,说:"爸,妈,潘向云担任我的助理并不重要,重要的是黎秀娟受了冤枉。"

　　欧阳子玉一怔。

　　罗夫平摇了摇头,说:"怎么是冤枉?人证物证都有,还说什么冤枉?你昏头了?不要再对我说了。"

　　罗安然说:"爸,我没有昏头,我有证人,证明黎秀娟没有拐佩佩。"

　　"证人是谁?可靠吗?"

　　"当然可靠。"

　　"谁?"

　　"佩佩。"

"佩佩?"

罗安然把佩佩醒来后说的经过对罗夫平说了一遍。

罗夫平抽着雪茄,一声不吭。

欧阳子玉失声道:"这么说来,还真是委屈了黎秀娟?"

罗安然说:"不仅仅是委屈,是冤枉。爸,妈,我觉得,从道义上说,我们应替冤屈者洗清冤屈,从事业上说,我们正需要开发研制双面全异绣的人才,我们应该为黎秀娟说话。至于佩佩到底是被谁拐走的,公安会查个水落石出。"

/ 16 /

季晓玲在车间里对黎东和黄琴、李燕说:"别的我不敢说,秀娟姐确实是一个人住在我姑妈家里,并没有隐藏佩佩,这是千真万确的呀。我可以作死证。"

女工们七嘴八舌地议论着。

"你怎么能肯定?知人知面不知心啊!"

"可佩佩是在她的房间找到的呀。"

"那一定有人在搞鬼。"

"也许真的是被冤枉呢。"

"那是谁在搞鬼?"

……

黎东想起什么,问季晓玲:"我姐姐的女儿是和谁生的?"

女工们面面相觑,不好怎么说。季晓玲说:"你姐和那个忘恩负义的潘向云生的。"

潘向云兴冲冲地走来。春风得意的他想到车间摆摆总经理

第八章

助理的架子，冷不丁听见房内有人议论他，骂他忘恩负义，不由得吃了一惊。他在一旁继续偷听。

季晓玲说："那个潘向云先是追蓉兰姐，后来又追秀娟姐。"

黎东说："潘向云，是我姐姐的老同学。"

季晓玲说："那个潘向云后来被芬芬小姐给迷住了。人家芬芬小姐财大气粗，有权有势，你姐姐是同学也没法和她比呀。听说是蓉兰姐向芬芬小姐捅穿了潘向云与秀娟姐的事，芬芬小姐一怒之下就把潘向云给抛弃了。可你姐已经怀上了潘向云的孽种，让潘向云给害了……"

黎东说："没想到潘向云是个人面畜生。"

女工们也七嘴八舌地骂潘向云。

骂了一会儿，季晓玲说："现在别说潘向云那个陈世美了，还是说怎样救秀娟姐吧。"

黄琴说："在这里说有什么用嘛。"

李燕说："我们上公安局说去。"

大家说："走，我们现在就去。"

说着，大家嚷嚷着涌出门，季晓玲、黎东、黄琴、李燕和刺绣女工们一起向公安局走去了。

潘向云躲在假山后，望着他们远去的背影，失神地自言自语道："我有女儿？我真的有了女儿？"

/ 17 /

罗安然和欧阳圆来到公安局，找到办案警察，将佩佩讲的事情经过告诉了他们。

罗安然说:"这些情况太出乎我们的意料了,小孩子是不会说假话的,像这些内容,也绝不是一个小孩子在刚刚苏醒后能够编得出来的,这些事实证明黎秀娟确实是受了冤枉。"

欧阳圆补充说:"我们是代表佩佩的家属,请求公安局重新调查黎秀娟一案的案情。"

一位警察说:"谢谢你们来提供情况。我可以告诉你们,我们已经调查过了。你们提供的这些和我们调查掌握的材料,完全是一致的。"

另一位警察对罗安然和欧阳圆说:"这个案子很复杂,我们还没有掌握全部细节。整个过程也存在不少疑点,但是由于那个保安的死亡,我们断了线索。最近有人报案,说中山公园的湖里有具尸体,这与保安的死,与绑票案有没有内在联系,公安正在侦查。从感情上说,我们是同情黎秀娟的,她输血救了佩佩的命呀。如果是她绑架的,怎么会敢明目张胆地送医院呢?可是从法律的角度来说,在没有新的材料证明黎秀娟与那个保安不是一伙之前,她是涉嫌犯罪,伙同他人索取高额赎金,在客观上触犯了法律呀。"

罗安然说:"我们代表被害者的家属,要求撤销对黎秀娟的起诉。"

警察说:"罗先生,法律是以事实为依据的,不能以感情为准绳呀。"

欧阳圆说:"请让我们去见见黎秀娟,行吗?"

警察说:"黎秀娟企图自杀,被送往医院,正在抢救之中。"

罗安然和欧阳圆听说黎秀娟自杀,十分担心。两人忙赶到医院。

第八章

隔着特殊护理室的探视窗,罗安然看见了病床上躺着的黎秀娟。

黎秀娟头缠纱布,戴着氧气罩,眼睛半睁着。从她眼中看不到一丝光彩。

罗安然与欧阳圆走进了特殊护理室,来到病床前。黎秀娟的眼中晃动着他们的身影。罗安然恳切地说:"黎秀娟,我们代表佩佩的家属和亲人感谢你为佩佩做的一切。"

黎秀娟的眼睛陡地大睁,显得明亮起来。

欧阳圆动情地说:"黎秀娟,我们已向公安机关反映了情况,公安正在进一步侦查,相信会水落石出,真相大白。撤销对你的起诉,希望你好好养伤,配合公安侦查,还你清白。"

黎秀娟的眼睛更加明亮,明亮得滚动起来。那是泪水涌出了眼眶。

一名干警领着季晓玲和黎东推门而入。黎东流着泪喊道:"姐……"季晓玲也哽咽地叫着"秀娟姐"。

黎秀娟躺在病床上,想要挣扎着坐起来,但她力不从心。黎秀娟的嘴唇在氧气罩里嚅动着,却发不出声音。

季晓玲哭着说:"秀娟姐,你要想开些,一定要想开些呀!"

黎东也流着泪说:"姐,妈妈在等着你,你的女儿也在等着你。姐,我求求你,不要这样,再不要了啊!"说着,他扑通一声跪下了。

黎秀娟泪流满面,点了点头。

过了几天,黎秀娟好得差不多了,又被送回到看守所。黎秀娟看见女警走过来,问道:"警官,我什么时候能够出去?"

女警说:"公安机关还在立案侦查。"

女警接到电话,转身对黎秀娟说:"有人来看你了。"

黎秀娟走进看守所接见室,不禁怔住:来看她的是潘向云。

潘向云一瞧见黎秀娟,似乎是起身相迎一般,忙抢着说:"黎秀娟,我们的女儿在哪?"

黎秀娟转身就走,脑后丢下两个字说:"死了。"

潘向云愕然,呆站在那里,久久没有吭声。

黎秀娟几乎是跑回监房。

几分钟后,女警走来说:"黎秀娟,又有人来看你了。"

黎秀娟烦躁地说:"我不要他们来看。"

女警一边掏出钥匙开门,一边说:"是你的律师。"

黎秀娟说:"我没请律师,哪来的律师啊?"

女警打开门,说:"你先看看,看来是帮你的。"

黎秀娟走进看守所接见室,不由得一怔:来人是罗安然与欧阳圆。

罗安然说:"黎秀娟,我们知道你是冤枉的,希望你请个辩护律师。"

黎秀娟摇摇头,说:"我没钱。"

罗安然说:"我和欧阳圆以前也学过法律,现在自愿当你的辩护律师,希望得到你的同意,行吗?"

黎秀娟意外地说:"你们当我的辩护律师?"

欧阳圆说:"我们是了解你,也了解整个事情的经过,最重要的是我们知道你是被冤枉的,让我们担任你的律师是最好的选择。"

罗安然说:"至于我们的律师资格,你放心。欧阳圆本来就

第八章

多年兼任公司的律师,我在马来西亚曾取得律师资格,现在已经和律师事务所联系过了,有关手续很快就可以办好。当然,如果你拒绝我和欧阳圆当你的辩护律师,那也是你的权利,我们会充分尊重你的选择。"

黎秀娟含着泪水,朝罗安然与欧阳圆深深一鞠躬。

夜深了,监房中一片黑暗。同监的女犯人大都已熟睡。黎秀娟呆呆地瞪着窗口。

有一个睡不着的女犯人在瞧着黎秀娟,叹了口气,说:"黎秀娟,你又在流泪了?"

黎秀娟说:"我的眼泪已经流干了。"

那个女犯人感叹道:"万般皆是命,半点不由人呀。我们认命吧。"

黎秀娟说:"以前我也这么想,可现在才想明白,命这个东西就是欺软怕硬。"

女犯人问:"你出去以后打算怎么办?"

黎秀娟茫然地望着窗外的天空说:"天知道。"

/ 18 /

在黎秀娟绑架佩佩案开庭后,经过法庭调查、罗安然和欧阳圆的辩护,最后审判长宣读了判决书,认为被告黎秀娟违反计划生育的法规属实,应由被告所在地的当地政府依照有关计划生育的法规予以处罚。黎秀娟勾结不法人员,绑架曾佩佩作为人质,勒索巨额赎金一案,存在许多疑点,经审理,法院认为,被告黎秀娟的犯罪事实不清楚,证据不确实,罪名不能成立，应宣告无罪，当庭释放。

黎东跳了起来，冲着站在被告席位上的黎秀娟叫道："姐！姐！"

两人拥抱在一起，泪流满面。黎秀娟为他揩去泪水，急切地问："妈妈现在还好么？"

黎东说："姐，妈妈一天到晚都在念着你呀。"

罗安然和欧阳圆满脸灿烂地走过来，说："秀娟、黎东，你们快上车吧。"

黎秀娟说："罗总，谢谢你。可我现在还没有决定回公司。"

罗安然点点头，说："我现在是送你们回家。你不是希望尽快看到你妈妈么？"

黎秀娟又看了看一旁的欧阳圆，也不再说什么，出了法院大门，在前坪和黎东一起上了车。

罗安然开着车，驶出高楼林立的街道，驶过绿色的田野，驶向丘陵起伏的山间。

黎秀娟的脸贴着车窗，瞧着路旁熟悉的景物，有一种亲切的感觉。

黎东说："姐，你的案子，多亏罗总和欧阳小姐，不然，还不知拖到什么时候。我们得好好感谢人家。"

罗安然边开车边说："黎东，别这么说，我们只是做了应该做的事。"

黎东说："要不是你们的努力，我姐今天还出不来呀。"黎东用手碰了碰黎秀娟，示意让她说上几句什么。可是，黎秀娟还是不吭声。黎东催促说："姐，你怎么不说话呀？"

黎秀娟说："叫我说什么呢？许多问题我还没有想明白，如果说出来，你们会觉得我不懂情理，还不如不说的好。"

第八章

　　罗安然笑着说:"没什么,秀娟,你怎么想,就怎么说好了,我们就爱听真话,你只当是聊聊天吧。"

　　黎秀娟被他一鼓励,说:"你们把我从看守所里救出来,我能不感谢吗?你们希望我回公司,我还不能肯定答复,仅说一声感谢,你们未必要听吧。"

　　黎东显然为她这些话感到不安,拿眼睛看着罗安然的反应。罗安然抬手一拍方向盘,说:"好,爽快。"

　　黎秀娟说:"这次抓我,我有罪吗?我敢用手摸着良心说,我无罪。既然我无罪,我就不应该被关进看守所里,不应该被人来救。如同罗总刚才说的,他是做了他应该做的事,而我也只是得到了我应该得到的自由。既然是这样,我还说什么感谢呢?"

　　黎东明显为她这话而吃惊。

　　罗安然则一仰脖子,豪笑起来,笑罢,又赞叹道:"黎秀娟,说得太好了!"

　　黎东疑惑地说:"罗总,你也这么认为么?"

　　罗安然双手灵活地摆弄着方向盘,说:"如果别人说你有罪,你就相信自己真的有罪,那未免太可悲。像你姐姐这样,坚持自己的主见,独立思考,才真是难能可贵呀。"

　　黎东高兴地说:"罗总,你真是我姐的知音呢。"

　　黎秀娟脸上一红,掩饰道:"罗总,你这样说,我还真不好意思再说下去了。"

　　罗安然笑着说:"那我可真要感到遗憾了。"

　　天忽然暗下来,不一会儿,刮起了风,接着下起了大雨,轿车在雨水中沿路飞驰。

车到荷叶镇，雨还没停。他们下了车，来到黎秀娟家。

赵惠娥正坐在床上，靠着床头，一只手轻轻抚拍着在枕边熟睡的黎秀娟的女儿，她的外孙女，嘴里哼着一首摇篮曲，另一只手又从枕下摸出那张旧相片，年轻时的赵惠娥与黎德南带着小秀娟的合影。她的脸上已经没缠纱布，但双眼已经失明。听见外面传来何婶的嚷声和脚步声，赵惠娥赶紧又将那张旧相片藏进枕头下面。

何婶三步并作两步跑进来，嘴里嚷着说："大姐，大姐，秀娟姑娘回来了，秀娟姑娘回来了。"

赵惠娥一下子怔住了。

黎秀娟扑进来叫道："妈，妈……"

赵惠娥张开双臂，紧紧抱着黎秀娟，嘴里念着说："秀娟，秀娟，让妈瞧瞧，让妈好好瞧瞧。"双手抖抖索索地在黎秀娟的头上、脸上摸着。

黎东领着罗安然和欧阳圆走了进来。黎秀娟抬起泪流满面的脸，瞧着赵惠娥，似乎才看清赵惠娥那失明的双眼，吃惊地说："妈，您的眼睛？"

黎东伤心地说："姐，妈为你整天流泪，把本来就不好的眼睛给哭瞎了。"

黎秀娟扑通一声双膝跪倒在地，自责地说："妈，我对不起您，女儿不孝，我害了您呀！"

赵惠娥悲伤地说："秀娟，我苦命的女儿呀……"

这时，在枕边熟睡的婴儿被惊醒了，发出啼哭声。赵惠娥揩着泪说："我的外孙女儿醒了，秀娟，你快抱抱你的女儿吧。"

黎秀娟抱起她的女儿，亲着，泪珠儿扑簌簌直往下掉。

第八章

突然,赵惠娥因过于激动,病痛加剧,只觉天旋地转,身子栽倒下去。

何婶惊呼着去扶住赵惠娥。黎秀娟赶紧将女儿交给何婶,急忙对黎东说:"送妈去卫生院。"

黎东扶着赵惠娥,说:"姐,妈这病乡卫生院治不了。"

"那?"黎秀娟一时束手无策。

罗安然忙说:"快上我的车,送大妈去市医院。"说着,就要背赵惠娥。不等罗安然上前,黎秀娟已背起赵惠娥,拔腿就往外走。

骤雨倾盆,黎秀娟背着赵惠娥走向轿车。罗安然撑着一把雨伞在一旁替赵惠娥和黎秀娟遮挡风雨,自己却任凭雨水浇淋。黎东赶上来,撑开一把雨伞替罗安然遮挡风雨。黎秀娟将赵惠娥安顿在车上,车子便驶进了风雨雷电之中。

/ 19 /

病房里,赵惠娥躺在床上,处于安详的睡眠之中。一位医生对黎秀娟说:"幸亏你们送来得及时,否则,病人生命也难保呀。"

黎东与罗安然在旁边听着,突然,罗安然的手机响了。

罗安然取出手机接听着,原来是佐藤雄又来公司催货,罗夫平不想见,避着佐藤雄。罗安然要办公室告诉潘向云,让他先接待应酬一下,他马上就赶回公司。

罗安然收了手机,显得心事重重。

黎东说:"罗总,谢谢你救了我妈,现在你公司里有急事,你就赶快回去吧。"

罗安然叹了口气，说："这事，我回去也解决不了。"

黎东说："什么急事，这么严重？"

黎秀娟替赵惠娥盖好毯子，也扭过脸来看着罗安然。

罗安然说："佐藤雄要一幅双面全异绣，公司和他签署了供货意向，但没有明确具体交货日期，我爸曾将开发试制双面全异绣的重任寄托于蓉兰姑娘，可是，她又被歹徒打伤住院了。佐藤雄一而再再而三地催逼，我爸只是采取回避的办法。现在要我出面接待，我又有什么办法？"

不知什么时候，赵惠娥已经清醒过来，睁开失明的眼睛。实际上她是患了青光白内障，已是睁眼瞎，静静地听着罗安然的话。黎东和黎秀娟都在听罗安然讲话，并没有发觉。

黎东说："姐，开发湘绣双面全异绣你能行，我知道你一定能行，你就回公司帮罗总解决这个难题吧。"

黎秀娟没有吭声。

黎东催促道："姐，你倒是说话呀。"

黎秀娟开了口，但却说："罗总，潘向云在公司担任什么职务？"

罗安然说："我表姐多次推荐，他现在是总经理助理。"

黎东很惊讶，说："他凭什么爬得这么快？这种小人，真是攀附有术呀！"

黎秀娟又说："罗总，如果我对你们公司没有利用价值，你为我和我妈妈做的一切，你还会做吗？"

罗安然坦坦荡荡地说："请你相信我的人格，我绝不会趁人之危。"

第八章

黎秀娟也坦率地说:"谢谢你,罗先生。"

罗安然一怔,说:"你叫我罗先生?"

黎秀娟说:"是的,这表示我不是你们公司的员工。我不愿背上感恩的沉重包袱,不愿回到被你爸——罗董事长开除的公司,不愿在靠裙带关系爬上总经理助理位置的潘向云的手下干活,不愿再生活在那个使我痛苦和受到羞辱的地方。"

罗安然也显然激动起来,说:"黎秀娟,谢谢你对我说的真话,虽然你的拒绝使我失望,但我理解你的心情。"

门被推开,医生拿着催款单走进来,随行进来的还有一个护士。医生将催款单递给黎东,说:"这是你们欠医院的急诊费和住院费,快去缴费吧。"

黎东看着催款单上的数字,显出吃惊的神色。按医院规定,欠费是要停止治疗的。黎秀娟将头凑过去看时,同样感到吃惊。

护士低声向医生说:"这个病人该打针了,打不打呀?"

医生嘱咐护士说:"别忙,等家属缴了费之后再说吧。"

黎秀娟低声向黎东说:"家里有钱吗?"

罗安然已抢着问:"你们有什么困难吗?"

黎东忙说:"没,没有,我缴费去。"拉开门走了出去。

黎东口袋里没钱。怎么办?他在医院里来回地穿梭,终于走进一间诊室,伏在桌上填表。

一位医生模样的人对他说:"填好表格之后,先抽点血化验一下。我们血库需要补充大量血浆。"

黎东急切地说:"医生只管放心,我的血液绝对健康。"

一个护士拿着注射器走向他,说:"来吧,先抽点血化验,这是规定。"

20

黎东说出去交费时，医生问赵惠娥："你感觉怎么样？"

赵惠娥说："我感觉还好。"

黎秀娟惊喜地说："妈，您醒来了。"忙扑到赵惠娥床边。

罗安然见赵惠娥醒来了，准备赶回公司去。黎秀娟送罗安然走出大门，来到他的车子前。罗安然说："行了，你快去照顾你妈妈吧。"

黎秀娟点点头，默默地转过身去，刚走两步，忽又转过身来，说："罗先生，请再给我点时间，容我理清思路，平静一下内心情绪，让我细细考虑一下。"

罗安然说："可以，公司随时欢迎你，我等你的决定。"

罗安然目送她的身影在大门里消失，想了想，又往医院大门里走去，来到收费处，掏出钱来，递进收费窗口。

黎东在诊室里等待着。

护士拿着化验结果单走进来，说："你的血没问题，到里面来抽血吧。"

黎东赶紧跟着她走进里面那间房。

黎秀娟走进外间诊室，对那个医生说："医生，我要卖血。"

医生有点吃惊地瞧着黎秀娟说："你要卖血？"

黎秀娟点了点头。

医生将一张表格往她面前一递，说："先填张表吧。"

黎秀娟接过表格，坐下开始填写。蓦地，从相连的里间房子里，传出来黎东和那个护士的声音。

第八章

　　黎东说:"护士小姐,算我求求你行吗,再抽200cc,哪怕100cc也行。"

　　护士说:"我已经给你抽最大限量了,你还要抽呀?"

　　黎秀娟惊诧地站起来,向里间房子走去,走到门口,不由得身子一抖,失声喊出:"黎东。"

　　里间房内,黎东闻声一惊,两眼看着门口叫道:"姐。"

　　"黎东——"黎秀娟扑了进去,抱住黎东泣不成声,说,"你还年轻呀,你的身子要紧,你不该瞒着姐姐这么做呀……"

　　那个护士诧异地看着他们。门口,医生也在诧异地看着他们。护士走近医生,低声说着什么。那医生同情地说:"两姐弟同时为妈妈的药费来卖血,这我还是头一次看见呀。这样吧,你们现在有多少钱就先交多少,剩下的以后再补交吧,我去帮你们说好了。"

　　来到收费窗口,医生对收费人员说着什么。收费人员显得十分惊讶,拿起一本收费的单据给那个医生看。那医生也显出满脸的诧异来,对黎秀娟和黎东说:"你们的妈妈是叫赵惠娥?"

　　黎秀娟和黎东赶紧回答说是的。

　　医生更加诧异地说:"你们是怎么回事?赵惠娥的全部费用都已经付清,而且还预付了备用款,你们还争着卖什么血?"

　　黎秀娟和黎东面面相觑。黎东忙说:"请问,赵惠娥的药费是什么时候交的?"

　　收费人员说:"就是刚才呀,一个青年人来交的费。"

　　黎秀娟想起什么,拔步就向医院大门外跑去。

　　黎秀娟跑了出来,看见罗安然的车还在路边。黎秀娟跑过去时,恰好有车路过,无奈只好停下。待车过去,黎秀娟看见罗安然的车已经开出去，而且越来越远……

/ 21 /

潘向云凝视着满桌的菜，说："我跟佐藤雄怎么说也不管用，他说，如果我们不给他明确双面全异绣的交货日期，他就要取消与公司签的其他业务合同。"

罗安然端着饭碗问罗夫平说："爸，佐藤雄那里就没有别的办法可想了么？"

罗夫平叹了口气，端起酒杯喝着酒。

潘向云一边给佩佩夹着菜，一边接过话说："那个佐藤雄真是可恶，他给公司下了最后通牒，如果在他限定的三天时间内，公司还不能给他答复，他不仅撤销一切订货，而且将责任归咎于我们。我对他说尽了好话，可他那口气，简直没商量。"

欧阳子玉端着饭碗，忧心忡忡地说："佐藤雄是我们的大客户，如果他这么做，公司将蒙受大损失呀。"

欧阳芬嚷起来说："不行，我们无论如何也要抓住佐藤雄，不要让他跑了。"

欧阳圆说："看来，如果公司拿不出双面全异绣，不仅仅是失去佐藤这个大客户，还将降低公司的信誉，以及由此产生的连锁反应，都是不利的呀。而要拿出双面全异绣，依靠蓉兰只会是失望，我看，非得重用黎秀娟不可。"

罗安然在一旁忙频频点头。

欧阳子玉说："安然，你今天不是去接黎秀娟吗？怎么没带她回公司里来？"

第八章

罗安然说:"她刚从看守所出来,回去看她妈妈去了。"

欧阳子玉点了点头表示理解。罗夫平忍不住说:"你没向她说明,公司欢迎她回来么?"

罗安然说:"我说了。她请我再给她时间,让她考虑。"

罗夫平说:"你可以让她提出条件,公司都可以答应她。"

罗安然欲语,看了一眼潘向云,又止住了话头。

敏感的罗夫平说:"怎么了,黎秀娟还说了什么?"

罗安然支支吾吾地说:"爸,吃过饭我再跟您慢慢说吧。"

欧阳芬嚷道:"表弟,你卖什么关子呀,说出来大家听听嘛。"

欧阳圆拿期待的眼光瞧着罗安然。欧阳子玉也渴望马上知道,催促说:"安然,说吧。"只有潘向云似乎显得焦躁不安。

罗安然将手上的碗一搁,说:"黎秀娟回公司有两个障碍。"

罗安然把黎秀娟对他说的意思一说,全桌人顿时无言。罗夫平霍地站起,一言不发地离开餐桌,向客厅走去。潘向云也跟着站起,看了欧阳芬一眼,追随罗夫平而去。欧阳子玉皱起了眉头。

欧阳芬又嚷了起来,说:"哼,那个黎秀娟也真是不知天高地厚,她再怎么着也是个打工妹呀,怎么敢拿姨爹,还有公司总经理的助理当对头呢?真是岂有此理。"

罗安然反感地说:"芬芬,你当不成歌星的,一开口就跑调。"

欧阳芬却不服地说:"表弟,你还有心思开玩笑呀,这可是大是大非的原则问题,你是站在黎秀娟一边,还是站在公司一边嘛?"

欧阳圆不满地说:"姐,什么这一边,那一边的,你当这是打仗呀,火药味那么浓干吗。"

欧阳芬不买账,说:"你别老顶着我,我就知道你什么事都帮着表哥。"

欧阳圆脸一红。罗安然也仿佛被刺了一下。欧阳子玉烦躁地说:"都给我少说一句,也没人将你们当哑巴。"欧阳子玉将眼光转向客厅里的罗夫平。他们也都将眼光投向了客厅里的罗夫平。

客厅里,罗夫平抽着雪茄,一声不吭,但那神态,显然是在思索。

罗安然、欧阳圆、欧阳芬、潘向云都在客厅里,或站或坐,都在瞧着罗大平,气氛显得沉闷。

欧阳子玉剥水果给佩佩吃,不时抬眼看一下罗夫平,说:"那个蓉兰在医院里恢复得怎么样了?"

潘向云支支吾吾地说:"医生说还得一段时间才能恢复。昨天蓉兰的舅舅来了,说要接她回去休养一些日子,我正要请示董事长和夫人。同不同意呢?"

欧阳子玉说:"蓉兰住在医院里也不能工作,就让她回去休养好了。"

罗夫平也点了点头。

潘向云又说:"还有,蓉兰的舅舅是大华丝绸厂的厂长,他们厂的产品正是我们公司需要的原材料,而且价廉物美,想推销给我们厂,您看——"

罗夫平说:"关键是他们厂产品的质量如何,如果符合我们的要求,就买下来吧。"

潘向云说:"我照董事长的吩咐去办。"

第八章

罗安然说:"爸,您是不是再考虑一下黎秀娟?"

潘向云阴阳怪气地说:"黎秀娟还没回公司,就这样猖狂,如果她回了公司,谁能管得了她呀?"

罗安然冷冷地说:"公司当然可以不要黎秀娟回来,不过,只要你能顶替她完成双面全异绣就万事大吉了。"

潘向云语塞。

欧阳芬说:"未必天下就只有黎秀娟搞得出双面全异绣。"

罗夫平被提醒,当即吩咐潘向云说:"你马上去翻翻公司的湘绣人才档案资料,去市轻纺公司查查,去市湘绣协会了解情况,选择几个拔尖的,尽快和曹焕然他们去联系,高薪聘请她们来公司参加双面全异绣的开发试制工作。"

潘向云欣悦地应声,忙不迭地走了。

欧阳芬恭维道:"还是姨爹有办法,没有张屠夫,还有王屠夫,照样不吃带毛猪。"

/ 22 /

黎秀娟与黎东守候在病床边,和赵惠娥说笑着。这时,一个护士推开门,指着病房里的赵惠娥对门外说:"你们要找的病人是她吗?"

赵惠娥和黎秀娟、黎东一怔,只见门外何婶领着几个女人从门外走了进来,亲热地向赵惠娥打招呼。

赵惠娥高兴地连连应声。黎秀娟与黎东赶紧起身,礼貌地让座,搬椅子。

何婶说:"大姐,湘绣行的姐妹们听说你住了院,都要来看你，推选了她们做代表，表示一点心意，你别见笑呀。"

赵惠娥说："大老远地跑来看我，谢谢你们了。"

一个女人说："谢什么呀，我们平日请教湘绣技艺上的难题，没少麻烦您，还不知怎么感谢您呢。"

一个年轻点的女人说："是呀，我那次接的湘绣欣赏品工艺活，要没有赵婶的指点，还真拿不下来呢。"

黎秀娟说："何婶，她们都是湘绣同行？"

何婶说："是呀，都是到湘绣厂去接点活，拿回家来刺绣，然后再卖给湘绣厂。"

黎秀娟问她们说："你们现在一个工有多少钱？"

一个女人叹了口气，说："以前一个工才八角钱，现在虽说涨到了四五块，可还是远远赶不上物价上涨的速度呀。"

黎秀娟点了点头，说："我算过这笔账，拿一条实用粗绣被面来说吧，我们完成全部工艺后卖给厂里的收购价是二百多元，而厂里再卖给商店的出厂价是三百四十元，可是商店的零售价却卖到了五百多元。如果是外贸部门收购了再外销，那价格还要往上涨呢。"

几个女人加上何婶、黎东，乃至赵惠娥都感到惊讶，七嘴八舌地议论起来。

黎秀娟接着说："别的不说，城里那家湘绣公司我是知道的，为日本客商制作的湘绣和服，就卖到了两百多万元；为韩国客商制作的湘绣千女条屏、千子被面，每一样都可以卖到几十万元呢。"

大家更加吃惊，七嘴八舌议论得更加热烈。

黎秀娟胸有成竹地说："如果我们湘绣个体户组织起来，在产品竞争上形成集体的态势，直接与商店，与外贸部门，甚至

第八章

与外商联系,那我们的利益不是可以成倍增加么?"

众人兴奋起来,喝彩,喊好。有的提议说:"秀娟姑娘,你就领着我们干吧。"有人马上说:"秀娟姐,只要你领头,我们听你的。"

……

黎东却担心地说:"姐,你要这样干,就是与慧梦湘绣公司打擂台了呀。姐,你是打定主意不再回那个公司了?"

黎秀娟点了点头。

何婶赞赏地说:"去那个公司干吗?好马不吃回头草。"

黎东又说:"姐,你真要和人家公司打擂台了?那不是明摆着以弱示强,能打得赢吗?"

何婶大大咧咧地说:"打擂台就打擂台,怕什么?"

赵惠娥平静地说:"如果一定要打,关键是看这个擂台值不值得打。"

黎秀娟一振,豁然开朗,说:"现在政府不是说没有竞争就没有发展吗?罗老板的公司有资金,有人才,有台面。我们呢,靠传统工艺,靠乡亲们对湘绣的热爱。他做他的,我们干我们的,不要怕他。"

赵惠娥点头。何婶和几个女人也纷纷点头。

黎东却仍然担心地说:"人家公司财大气粗,生产形成了规模,可我们势单力薄,分散作业,能竞争得过人家吗?我看,肯定不是人家的对手。"

何婶和几个女人,乃至赵惠娥都注视着黎秀娟,看她怎么回答。

黎秀娟不慌不忙地说:"凡事有利有弊,我们的竞争,根本在于产品质量的竞争。这一点我们可以自信，不说超过公司，至少可以与公司平分秋色。大户人家有大户人家的难处，公司人多，队伍庞大，上台唱戏的不多，跑龙套的不少，而这些都要成本的。而我们湘绣专业户船小易掉头，即使降低价格也仍然利润可观。无论是商店，或者外贸部门，乃至外商，谁不想赚钱？而对质量不相上下的产品，一方价格高昂，一方价格低廉，你们说，他们会买谁的呢？"

黎东语塞。何婶和几个女人却兴奋起来，个个跃跃欲试。赵惠娥脸上也露出了笑容。

黎秀娟说："不过，我们还缺乏启动资金，是不是大家来凑，实行股份制，按投资多少入股分红，行吗？"

众人纷纷响应，你一句我一句，很是热闹。

忽然，从外面传来一个男人的大声呵斥："你真是榆木脑壳不开窍，就知道迷上湘绣湘绣，那湘绣能使你发财吗？你干了这么多年湘绣也还是个打工妹，还要去干什么双面全异绣，不是太傻了吗？"跟着又传来蓉兰的哭声。

黎秀娟竖耳听着外面传来的声音，诧异地站起，悄悄出了门。

黎东也在听着外面传来的声音，见黎秀娟出了门，也站起来跟着出去。

/ 23 /

病床上，蓉兰捂着脸轻声抽泣。

舅舅岳富民生气地训斥着她："你要是听我的安排，早跟大

第八章

老板过上好日子了，哪里会像现在，被别人打成这样！幸亏你这张脸还没破相，要不然，一切都完了！"

蓉兰畏怯地说："舅……"

岳富民说："行了，你也别犹豫了。我已经跟你们公司说好，带你回家去休养一些日子，你跟我回去再说吧。"

黎秀娟与黎东出现在门口。

蓉兰吃惊地叫道："秀娟姐！"

黎秀娟关切地说："我听罗先生说，你被歹徒打伤了，可我没想到你也在这里住院。"

黎东说："姐，我还没告诉你，上次我去公司看你时，听季晓玲她们说，潘向云那个流氓骗子，还是蓉兰姐向芬芬小姐揭露的呢。"

蓉兰有点不好意思，说："我不值得你这样夸奖。"

黎东说："蓉兰姐，还听说你后来遭人暗算，被打成重伤，那些凶手抓到没有？"

蓉兰摇摇头，说："案子还没破，公安局说是流窜歹徒作的案。"

黎东说："我怀疑，那些凶手是潘向云或者芬芬小姐指使干的。"

蓉兰说："没证据，我不敢随便说别人。"

黎秀娟说："蓉兰，伤都好利索了吗？让我看看。总算老天有眼，没有留下残疾，蓉兰，你为我吃苦了，谢谢你。"

蓉兰不无羞愧地说："秀娟姐，你快不要这样说，我也是为自己出口气。我以前那样对待你，你不记恨我？"

黎秀娟说："俗话说'一座树林子里容不下两只画眉鸟'

嘛，现在市场竞争，我能够理解你。何况人是需要一点压力的，那样才能激励自己把潜在的才能都发挥出来，从这一点来说，你还帮了我呢。更何况，我们都被潘向云伤害过，应该互相帮助，没有理由互相仇恨呀。"

蓉兰很感动，抱住黎秀娟哭了起来。岳富民瞧着黎秀娟和黎东，说："你们是？"黎东回答说："我姐姐和蓉兰姐是老朋友了。您是？"蓉兰抹着眼泪说："他是我舅舅。"

岳富民取出一张名片递给黎东。

黎东一看名片，极感兴趣地说："您是大华丝绸厂的岳厂长。"又将名片递给黎秀娟看。

岳富民点点头，说："我看你们和蓉兰也不是一般交情，如果有什么事需要我帮忙，我一定尽力。"

黎秀娟说："岳厂长，我们镇里的湘绣姐妹们准备合伙进行集体生产，急需购买湘绣原材料，你们厂的产品正是我们所需要的，只是不知道价格如何？"

岳富民说："不瞒你们，我们厂产品积压，正准备转向生产其他产品，对库存产品也急于处理，打算八折销售。"

黎秀娟高兴地说："这可真是巧了。"

岳富民说："看来我们是有缘。你们今天碰上我是你们的福分，既然你们和蓉兰是朋友，我再优惠一点，六折，怎么样？"

黎东兴奋地说："那真是太谢谢您了。"

岳富民说："不过，你们要货就得快，厂里销售科正在与那家慧梦湘绣公司联系，如果定下来了，我可就爱莫能助了。"

黎东着急地说："我们得抢在前面才行，两天内把钱凑齐了，就跟您去提货。"

第八章

岳富民连声说好，突然，潘向云来电话，叫他赶快去慧梦湘绣公司。岳富民心想若慧梦湘绣公司也要货，他就主动了，忙向黎秀娟姐弟告辞，匆匆往慧梦公司赶。

/ 24 /

来到慧梦湘绣公司，找到潘向云，岳富民赔着笑脸，一面给潘向云递烟，一面恭维道："潘总，我们厂的产品销售给贵公司的事，定下来了？"

潘向云大大咧咧地说："我今天打电话叫你来，就是为这个事。罗董已经授权给我，买不买你们厂的货，由我全权决定。"

岳富民点头哈腰地说："请潘总多多关照。"

潘向云弦外有音地说："别客气，我们互相关照嘛。"

岳富民会意，到门口看看门外有没有人，忙把门关上，掏出一个大牛皮信封。那牛皮信封里装着一沓钞票。岳富民将大牛皮信封放在潘向云桌前，说："这一点辛苦费，请潘总笑纳。"

潘向云故作正经地说："岳厂长，这可就见外喽。"

岳富民忙说："不成敬意，不成敬意，潘总要是不收下，可就是看不起我岳某人了。"

潘向云一笑，说："你这么说，我只好勉为其难喽。"他拉开抽屉，将牛皮信封扫进去，一切做得那么自然大方。

岳富民说："潘总，那我们的销售合同？"

潘向云说："签，马上就签。"

岳富民忙从公文包里取出已打印好的合同，放在办公桌上，说："合同条款按照我们上次商量的，我都拟好了，一式两份，请您过目。"说着，又将一支笔搁在办公桌上。

潘向云提醒说："岳厂长，到时候你们厂交给我们公司的货，可得讲信誉哟。"

岳富民直拍胸脯，说："潘总放一百二十个心，岳某人决不会做对不起朋友的事。"

潘向云随便看了几眼合同，抓起笔来准备签字。

门开了，罗安然走进来，后面跟着曹焕然。

罗安然说："潘助理，这份合同暂时不能签。"

潘向云不悦地说："罗董事长已经授权给我，你不是不知道。"

罗安然说："我爸那里由我负责解释。"

潘向云悍然地说："罗董授权给我了，我必须对罗董事长负责。"

罗安然说："你别忘了，我是总经理，我更要对整个公司、对董事长负责。"

潘向云说："照你这么说，签了这份合同，我就是不负责，授权给我的罗董事长也是不负责了？"

曹焕然在一旁道："潘助理，按照公司章程，总经理决定的事情，助理应该服从。"

潘向云愤然道："没你的事，一边去！"

岳富民生怕合同签不了，弄个鸡飞蛋打，那就划不来了。他只得察言观色，给罗安然赔笑脸递烟，说："罗总，请抽烟。"

罗安然不接烟，却礼貌地说："谢谢。"

岳富民说："请问罗总，我们厂和贵公司的销售购买合同，有什么问题吗？"

第八章

罗安然说:"写在纸面上的合同条款,我想签合同的双方都不会让它存在什么明显的问题,但是我们必须先看过贵厂的产品样货,并了解贵厂的信誉度之后,才能签正式合同。"

岳富民说:"那,贵公司先签了合同,再派潘助理到我们厂去看货交钱,不就行了。"

罗安然说:"对不起,公司的工作程序不能更改。潘助理刚上任不久,还不清楚公司工作程序的重要性,请你原谅。"

潘向云又羞又恼,冷哼一声出门而去。

岳富民见状,也很恼火地对罗安然说:"别以为我们厂的货卖不出去,要买的人多着呢,那个黎秀娟就求我将货卖给她呢,哼!"旋即也追出门去。

罗安然听说黎秀娟也要买他的货,很惊讶,转身对曹焕然说:"你马上去大华丝绸厂调查一下,并将有关情况迅速报告给我。"

/ 25 /

岳富民领着黎秀娟、黎东走进大华工厂,蓉兰也跟着来了。一边是她舅舅,一边是她感恩的人,她想帮忙把这笔买卖做好。

工厂大门上挂有"大华丝绸厂"的厂牌。岳富民领着黎秀娟、黎东进入一个仓库,销售人员已在那里迎候,见岳富民进来,恭敬地喊:"岳厂长。"又对黎秀娟、黎东喊着"老板"。

岳富民吩咐说:"将我们厂的货拿给两位老板看看。"

销售人员打开一只包装箱,从里面取出丝绸、锦缎给黎秀娟和黎东。黎秀娟和黎东仔细地检查着。

蓉兰也凑过来，对货的质量赞不绝口，说："手感、质地、光泽，都是上乘的呢。"

黎东高兴地说："这货我们要了。岳厂长，价钱没变吧？"

岳富民说："君子一言，驷马难追，我说了，你们是蓉兰的朋友，按六折卖给你们。"

蓉兰说："舅，你真好。"

黎东说："姐，快给钱吧。"

黎秀娟却冷静地说："不，得等我们要的货都打包装了箱，并且搬上了车，才能交钱。"

岳富民显得不悦。黎东将黎秀娟拉到一旁，低声说："姐，这么好的货，我们都亲眼看了，亲手摸了，你还不抓紧给钱，当心他变卦呢。"

黎秀娟低声地说："正因为货太好了，价钱却那么便宜，我才感到心里不踏实。你快去租辆车来拉货吧。"

蓉兰热情地说："黎东，我领你去吧。"

蓉兰领着黎东往厂外租车去了。黎秀娟对岳富民说："岳厂长，就按照我们要的数量，请你们打包装箱吧。"

岳富民说："行，快打包装箱吧。"说着，向销售人员使了个眼色。

销售人员应声，开始打包装箱。黎秀娟睁大眼睛监视着。

岳富民瞧着黎秀娟的脊背冷冷一笑，又装着热情地给黎秀娟端来茶水，招呼黎秀娟到一旁去坐下休息。黎秀娟礼貌地说："谢谢，就在这里挺好。"

不一会儿，一辆货车从厂门开了进来。黎东下了车，说："姐，车租来了。"

第八章

黎秀娟说:"我们帮着把货搬上车吧。"

黎秀娟、黎东、蓉兰、货车司机以及岳富民一起,把一只只打好的包和箱子搬上车。看见车已装好,黎秀娟才从身上背的袋子里取出大沓钞票,说:"岳厂长,这是货款,请你点点数吧。"

岳富民接过钱来,显得很信任对方,说:"黎老板办事十分认真,一丝不苟,我相信没错,不用点。祝你们发财。"

那辆货车驶出大华厂,向荷叶镇驶去,黎东高兴地说:"姐,我们这次花这么少的钱,买回了这么好的货,姐妹们一定会很高兴的。"

黎秀娟说:"是呀,这笔货款都是姐妹们凑的血汗钱,但愿这一路上不出事,回去才能对姐妹们有个交代呀。"

车在山路上行驶了一会儿,突然电闪雷鸣,天下起了大雨。

黎东焦急地说:"哎呀,下暴雨了,我们车上的货可不能被雨淋坏了呀。"

黎秀娟忙问司机说:"师傅,您车上有遮雨的油布吗?"

司机说:"有呀。"

黎秀娟说:"请您快停车,我们把油布盖上。"

司机急刹车,与黎秀娟、黎东冒着大雨钻出车门,爬上货车厢,拖出折叠在一角的油布,遮盖排码在车厢里的捆包和纸箱。由于雨大风急,油布盖不住,捆包和纸箱全部遭雨水浇淋。

黎东和黎秀娟急得用自己的身体趴在货箱上遮挡风雨。

雨越下越大,黎秀娟朝货车司机喊道:"师傅,外面雨大,你快进驾驶室躲雨吧。"

司机感慨着进了驾驶室。

黎东趴在包装箱上，在风雨中朝黎秀娟喊道："姐，你也下去躲雨吧。"

黎秀娟在风雨中说："别管我，保住货物要紧。"

经过一阵电闪雷鸣，狂风猛雨，终于风消雨歇。黎秀娟与黎东已经像落汤鸡一般浑身透湿。

黎秀娟说："黎东，快把淋湿的包装箱打开，把货物拿出来晾干。"

黎秀娟与黎东忙掀开篷布，打开一只包装箱，取出上面的货物看时，不约而同大吃一惊。包装箱内除了上面是真的货物，下面则都是稻草废纸。黎秀娟与黎东又打开另一只包装箱，也是一样的情况。

黎秀娟急得要哭了，说："上当了，我们还是上当了。"

黎东当即一屁股跌坐在车上，咬牙切齿地骂道："狗日的岳富民，狗日的蓉兰。"

黎秀娟抹掉泪水，说："跑得了和尚跑不了庙。走，到厂里找他们去。"

第九章

/ 1 /

货车停在厂门前,黎秀娟和黎东跳下车来,正要进厂。门卫拦住他们,说:"下班了,你们还来做什么?"

黎东说:"我们要找你们岳厂长。"

门卫说:"什么岳厂长?我们厂的厂长和副厂长,有姓许的,有姓孟的,就是没一个姓岳的。"

黎秀娟说:"你们大华丝绸厂的厂长不是叫做岳富民么?"

门卫笑着说:"你是说的岳老板吧?他不是我们厂里的。我们厂只是将一个多余的仓库出租给他,今天正好租期已满。他早就带着他的人走了喽。"

黎东大惊失色,说:"骗子,这个狗日的骗子。姐,我们赶快去报案。"

黎秀娟站着没动,缓缓地说:"报案,我们以前被谭庆元诈骗时也报过案,可是……"她摇了摇头。

货车司机走了过来,说:"黎老板有见识呀,如今只有傻瓜才去报案呢。"

黎东万分焦急地说:"那怎么办,怎么办?我们的货款可都是大家凑的血汗钱呀,如今被骗了,我们只有死路一条了。"说罢,只觉双眼发黑,往后一倒。

黎秀娟大惊，急忙扶住黎东坐下来，连连喊着："黎东，黎东……"

司机安慰说："这位老板，你看开一点吧，钱丢了可以想办法，命丢了可没办法想了。"

黎东睁开眼睛，要哭，却又哭不出，说："我们赔不起呀，我们的钱都是乡亲们凑的血汗钱，赔了就没有活路了呀……"

司机说："事到如今，认命吧。喂，黎老板，我这车你们还租不租呀？"

黎秀娟说："师傅，您都看到了，一车假货，我们租车也没用。耽误了您的时间，真对不起。"她取出点钱来，说："我身上也就这点钱了，您都拿去吧。"

司机说："算了算了，你们倒霉，我也跟着倒霉。"他无奈地钻进驾驶室，开着货车走了。

一辆小车从工厂里面开出来，在大门口停住，司机按着喇叭，催促开门。门卫忙打开大门。

小车里坐着曹焕然。他透过车窗玻璃看到黎秀娟与黎东，忙推开车门下了车。

黎秀娟一怔，说："是您呀，怎么在这里？"

曹焕然说："蓉兰的舅舅岳富民自称是这个厂的厂长，来我们公司销售产品，要跟潘助理签署合同。罗总不放心，让我先来这个厂看看样货，可我一来才知道，那个岳富民是个大骗子，根本不是这个厂里的人，只是打着这个厂的招牌四处诈骗。幸亏罗总已有察觉，我们才避免了一次损失。怎么，你们这是？"

黎秀娟苦笑着说："我们已被姓岳的骗了。"

曹焕然叹了口气，同情地说："你们已经被骗了？现在后悔

第九章

也没用,待在这里也不能解决问题,先回去吧,回去再说。走,上我的车,我送你们一程吧。"

黎秀娟说:"我们现在不能回去,谢谢您,您走吧。"

曹焕然见黎秀娟不愿意,只得开车走了。

黎东说:"姐,我们怎么办?"

黎秀娟说:"要追回被骗的货款,就必须找到岳富民。"

黎东说:"可姓岳的是个大骗子,谁知道他跑到哪里去了!"

黎秀娟说:"我们不知道姓岳的在什么地方,蓉兰是姓岳的的外甥女,她一定知道。我们先找到蓉兰。蓉兰的家就在这一带,只是我不清楚具体地址,但我可以打个电话去问问季晓玲、黄琴和李燕她们。她们与蓉兰在一起共事那么久,一定会知道。"

黎东说:"姐,那我们快去打电话。"

黎秀娟点点头,拉着黎东就走。

/ 2 /

曹焕然回到慧梦公司,把情况告诉了罗安然,然后庆幸地说:"幸亏罗总您有先见之明,我们公司才没有上当。"

罗安然点点头,很高兴没有上当。突然,他又关心地问:"记得那个岳富民说,黎秀娟要买他的货,不知道现在怎么样了?"

曹焕然说:"对了,我离开那个工厂时,遇到了黎秀娟和她弟弟,他们已经被岳富民骗了个精光,还不肯和我一起返回,看来是无颜见江东父老呀。"

罗安然听说黎秀娟被骗,又担心起来,说:"黎秀娟已经上了当,在那里不肯回来?要做什么?"

曹焕然说:"他们要找蓉兰和那个岳富民。"

罗安然问道:"他们找到了吗?"

曹焕然说:"那个岳富民不知跑到哪里去了,蓉兰也不见人影。"

罗安然霍地站起,说:"我找他们去。"

罗夫平从里屋走出来,看到罗安然匆匆走出去的背影,问欧阳子玉说:"出什么事了,这么晚他还上哪里去?"欧阳子玉说:"黎秀娟的钱给骗了,安然去找黎秀娟。"罗夫平说:"黎秀娟上当受骗,他去做什么?"

欧阳子玉对罗夫平说:"难道你没看出来,安然这孩子对黎秀娟有一种特殊感情么?"

罗夫平说:"什么特殊感情?"

欧阳子玉说:"那是一种很微妙的感情,我也说不清楚,不过,这么多年来,我还是第一次感觉到安然对别人表现出这种感情。安然对别的女孩子,就连对圆圆也从没有这样过的。"

罗夫平领悟了,说:"你是说安然爱上黎秀娟了?笑话。安然是什么身份,黎秀娟又是什么身份?安然怎么可能会爱上黎秀娟呢?你呀,就别疑神疑鬼了吧。"

欧阳子玉说:"你们男人呀,对感情上的事就是粗心得很。我的感觉不会错的,安然对黎秀娟就是不一样。"

罗夫平冲动地说:"他要真敢去爱上黎秀娟,我——"

欧阳子玉说:"你怎么样?"

第九章

罗夫平大声吼说:"我饶不了他!"

/ 3 /

蓉兰坐在椅子上显得不安。她对面坐着一个穿着挺阔气的男人,正色眯眯地盯着她。桌子上摆着酒菜。

岳富民笑眯眯地对那男人说:"贵元,你瞧我这外甥女,水灵灵的,不错吧。"

叫贵元的男人挺满意地说:"听兄弟说过多次,我还不信呢,今日一见,你外甥女还真是个小美人呢,哈……"

岳富民朝贵元挤了挤眼睛,旋即对蓉兰说:"蓉兰,好好陪陪贵元,我去办点事就来。"说着便出了门,将门带上。

贵元端起一杯酒,走到蓉兰身边,笑着说:"蓉兰小姐,陪我贵元喝一杯吧。"

蓉兰推辞说:"贵元,我不会喝酒。"

贵元说:"喝一杯就会了,喝。"

蓉兰说:"我真的不会喝酒。"

贵元说:"不会喝也得喝,我叫你喝你就得喝。"说着,搂住蓉兰,要给蓉兰喂酒。

蓉兰伸手拨开他的手,酒杯落地,摔成碎片。

贵元大怒,说:"你是我的人,敢在我面前撒泼,使小性子。今天是第一夜,不好好惩治你,你今后还不翻了天呀。"

蓉兰吃惊地说:"你对我这样无礼,我告诉我舅去。"

蓉兰还没出门,就被贵元拦住,他狞笑着说:"哈,你舅已经把你卖给我了,从今以后,你得听我的,让我快活,我叫你怎样，你就得怎样！"

蓉兰根本不相信，说："你骗人。"

"你还不相信？瞧——"贵元打开身边一个黑提包，包里露出厚厚一沓钱，说："你舅欠了我的债，这是他今天骗了一个什么黎老板的，算是还了一半，还剩下的一半嘛，就拿你作抵了。"

蓉兰目瞪口呆。她没想到，舅舅把黎秀娟骗了，黎秀娟不知内情，还会以为自己帮着舅舅骗他们了。现在，舅舅还把她卖了。她想，舅舅真是认钱不认人，畜生都不如！自己里外不是人了，下次见了黎秀娟，怎么说清这件事呢？

贵元得意地说："现在你该明白了吧。过来，过来呀！"

蓉兰站着没动。贵元将装钱的包放下，骂着扑向蓉兰。蓉兰闪不及，被贵元抓住，压了上去。

冷不丁，一只手拍了拍贵元的肩膀。

贵元没回头，叫道："吵什么吵，哥们有事。"

一只拳头狠狠击在贵元的头上，接着又来了一脚。贵元被这突如其来的拳脚打得晕头转向，痛得躺在地上直哼着。

蓉兰惊魂未定，抬眼看去，惊得失声叫起来："秀娟姐，黎东！"

站在她面前的正是黎秀娟和黎东。

蓉兰说："谢谢你们，我……"

黎秀娟说："刚才的事我们都听见了，你舅舅不是人，不能怪你，你也是受害者。"

外面传来岳富民的声音和脚步声。

黎东拉起蓉兰，说："我们先离开这里再说。"

蓉兰急忙拿起那个装钱的包，说："这是今天我舅骗了你们

第九章

的钱,拿着。"

黎东接过钱来,刚要出门。猛地,门被踢开。

岳富民冲进来,看见黎东与蓉兰,说:"你们?你们——"当他看见那个黑皮包在黎东手上,而贵元躺在地上起不来,赶紧朝门外喊道:"来人呀!来人呀——"

突然,黎秀娟在他身后闪现,在桌子上拿过一个酒瓶,往他后脑壳砸去。

岳富民猝不及防,"哎哟"叫了一声,扑倒在地。

黎秀娟急忙喊道:"快走。"

黎东拉着蓉兰,与黎秀娟夺门而逃。

三人沿着马路逃跑,跑了一阵,听见后面岳富民与贵元喘着粗气喊叫:"给老子站住!"

蓉兰不小心摔倒。黎东扶起蓉兰,又继续往前跑。

岳富民与贵元追赶上来,眼看越来越近。忽然,前面一辆小车驶来。

小车里是罗安然。他看见黎秀娟被岳富民与贵元追赶,猛按喇叭。黎秀娟与黎东、蓉兰慌忙闪开。

罗安然驱车直朝岳富民与贵元冲过去。

岳富民与贵元慌不择路,只好往路边的池塘让,不料惯性让他俩栽进了池塘里。

黎秀娟、黎东和蓉兰仍然一直在跑着。罗安然掉转车头,将车开到黎秀娟身边,推开车门大喊:"快上车。"

黎秀娟、黎东、蓉兰喜出望外地喊了声"罗总",急急地钻进了车。

岳富民与贵元从池塘里骂骂咧咧地爬上来,上得路时,已不见三人踪影。罗安然的车风驰电掣般疾驶而去，他俩只好狼狈地望着。

/ 4 /

蓉兰太疲倦了，在车上睡着了，脑袋一点一点地歪，靠在了黎东的肩上。黎东感到局促不安，可是又不知如何是好。

黎秀娟坐在前面，对罗安然说："罗总，谢谢你，救了我们，还送我们回家。"

罗安然边开车边说："岳富民不是个东西，我既然遇上了这件事，决不能袖手旁观，置之不理。明天我联系一下司法机关，让法律制裁他们。"

黎东说："好呀。"不料一动，蓉兰竟倒在他怀里了。他只得伸手扶住蓉兰，并看了蓉兰一眼。蓉兰正睡眼蒙眬，含情脉脉地看着他。

罗安然说："秀娟，你们今天总算是有惊无险，不幸中之万幸。以后你可得小心，不要再随便相信别人了。"

黎秀娟说："谢谢提醒，罗总。"

罗安然说："你别忘了，你还是我的老师，我还是你的学生呢。我们曾说过不讲师徒关系，也不讲上下级关系，现在我喊你秀娟，你怎么老是喊我罗总呢？你也该喊我的名字呀。"

黎秀娟说："喊什么？"

罗安然说："喊罗安然呀。"

黎秀娟说："好吧，罗总。"

罗安然说："瞧你，又喊我罗总了。"

第九章

黎秀娟扑哧一笑。

渐渐地，小车离荷叶镇越来越近。

黎东嚷了起来："快到了，到家了。"

黎秀娟说："罗总——"又忙改口说："罗安然——"可觉得还是不妥，又再改口说："罗先生，这一个晚上的折腾，想必我们都是又累又饿，你开车比我们更辛苦，到我家里去歇歇，喝杯热茶，吃点点心吧。"

蓉兰赶紧响应，说："好呀，我正想到秀娟姐家里去做客呢。"

黎秀娟热情地说："欢迎欢迎。"转身对罗安然说："罗先生，你呢？"

突然，"噗"的一声巨响，罗安然当即刹了车，说："轮胎爆了。"随即又呵呵一笑，说："秀娟，去不去你家吃点心，这车子代替我回答了。"

黎东说："我去镇上修理铺请个师傅来。"

罗安然说："我就是修车师傅呢。车上带有备用胎，只是少个千斤顶。"

黎秀娟说："那我们就去借千斤顶来。"说着，与黎东下了车，往荷叶镇方向走去。罗安然注视着远去的黎秀娟，蓉兰却在一旁注视着离去的黎东。

黎东和黎秀娟走了一阵，回头看了看，对黎秀娟说："姐，你瞧，罗先生还在看着你，像是对你有意思呢。"

黎秀娟回头看了看，说："你可别拿我开心，你自己瞧吧，蓉兰在看着你呢，她是真对你有意思呢。你以为我不知道，刚才你们坐在后面，那个亲热劲呀——"

黎东忙说："姐，你拿我开心呀。"

姐弟俩笑成了一堆。

过了一会儿，黎东和黎秀娟借了个千斤顶回来了。罗安然熟练地取下已爆轮胎，换上备用轮胎。黎秀娟在一旁帮着递工具。

黎东说："姐，你在这里帮罗先生吧，我回去给大家做早饭去。"

蓉兰说："你去做饭吗？我去给你帮忙吧。"

黎东与蓉兰说笑着走了。黎秀娟继续给罗安然当助手，说："罗先生，真看不出，你一个当老总的，干起修车活来蛮内行的，比修车师傅不会差。"

罗安然边拧螺丝边回答说："当总经理的和当修车的都是干活，只是活不同而已嘛。怎么，你没见过当修车师傅的总经理么？"

黎秀娟说："如今总经理遍地都是，见得多了，可就真的没见过像你这样的老总呀。"

罗安然说："秀娟，你太不了解我了。"

黎秀娟说："你以前的事我一点也不知道，当然不了解喽。"

罗安然说："别说以前的事，就是现在发生的事，你也不了解呢。"黎秀娟说："不见得吧？"

罗安然说："那你说，我为什么要连夜开车去找你？之后的事，你都看到了吧。"

黎秀娟说："我，我不知道怎样说才好，但现在，我真的非常感谢你过去为我所做的一切。"

罗安然说："可你并不明白，我为什么这样做？"

黎秀娟有所感觉，说："你？"

第九章

罗安然说:"因为我愿意为我所爱的人做所有的事。"

黎秀娟不由得一怔。

罗安然恳切地说:"秀娟,我没写过情书。可是我的行动把我的追求都写出来了。你是真的没看懂,还是装糊涂呢?"

黎秀娟忙说:"不,罗先生,我从来没往这方面想过,也不敢往这方面想,请你别跟我开这种玩笑。"

罗安然说:"我是认真的。你要我怎样才能相信呢?"

黎秀娟断然地说:"不,这绝对不可能,我不想高攀你,你也用不着捉弄我。再说,我是个已经受过感情伤害的人,不想再谈什么感情……"

罗安然没有再说什么,看了一眼黎秀娟,继续把轮胎换完,悻悻地上了车。

黎东与蓉兰兴冲冲地跑了来,说:"饭做好了,罗先生,秀娟姐,快去吃饭吧。"

然而,上了车的罗安然却把车开往与荷叶镇相反的方向。

蓉兰疑惑得很,说:"罗先生怎么走了?"

黎秀娟掩饰道:"人家忙呗,当总经理的还能和我们一样自由自在吗?"

黎东看了看蓉兰,两人都是一脸茫然。

黎秀娟与蓉兰、黎东走在了回家的路上。

黎秀娟说:"蓉兰,你来我们家做客,我打心眼里欢迎,只是……"

蓉兰说:"秀娟姐,你有什么话就只管说吧。"

黎秀娟说:"我们现在的处境你也看到了,就像箭在弦上,不得不发呀。哎,我们要赶紧找靠得住的厂家进一批湘绣原材料，还要赶紧去联系更多的湘绣姐妹们，组织一批质量上乘的湘绣制品，然后赶紧去找销路，开拓建立我们的市场。这些事都得争分夺秒地去干呀，可就没有时间陪你玩了。"

蓉兰一听，忙知趣地说："你们去忙你们的，我转转，没关系的。"

黎秀娟与黎东到一个湘绣姐妹的家看一幅湘绣制品回来，看到蓉兰在家里洗衣服、晒被子，赵惠娥过意不去要帮忙，蓉兰却执意要赵惠娥坐下休息。黎秀娟很感谢，说："哎呀，蓉兰，你是来我家做客的，怎么帮我们把家务活都干完了，真让我不好意思呀！"

蓉兰说："秀娟姐，你这样说，可就是把我当外人了。"

赵惠娥在一旁低声问黎东说："你什么时候找了个这么好的女朋友，也不告诉妈一声。"

黎东忙说："妈，您别误会，蓉兰不是我的女朋友。"

赵惠娥不相信，说："你别骗妈了，她不是你的女朋友，能这样勤快帮我干活？"

黎东说："妈，我什么时候骗过您呀？蓉兰是姐姐的老同事，可真的不是我的女朋友嘛。"

赵惠娥惋惜地说："真的不是？那就可惜呀，这么能干的好闺女，谁娶了她做媳妇，是谁的福气呀。"

黎东一怔。他侧眼看时，看到蓉兰那两只明亮的大眼睛。

蓉兰看到了黎东也在看她，害羞地低下头去。

/ 5 /

曹焕然带着两个警察，来到罗安然办公室，说："罗总经

第九章

理，我跟公安局联系了，他们也正在调查岳富民诈骗一案，听说了有关情况后很重视，马上派了这两位同志来了解情况。"

罗安然点点头，对警察说："谢谢你们，我马上送你们到黎秀娟家里去。正好蓉兰和黎东都在那里，他们是当事人，能够把情况说得更加清楚。"

两个警察点点头，说："好，那我们就去吧。"

罗夫平在一旁听了他们的对话，意外地对罗安然说："等等，你说什么，蓉兰也在黎秀娟家里？"

罗安然说："她在黎秀娟家里做客。"

罗夫平怀疑道："真的那么简单，仅仅是做客么？"

罗安然点点头。

罗夫平说："你呀，什么时候才能脑子里多一根弦，变得复杂一点？黎秀娟不肯回到我们公司上班，要自己干，这就摆明了她是在跟我们竞争呀。可她自己不回公司倒也罢了，还把蓉兰也给挖过去，无非是想在技术上绝对压倒我们呀。"

罗安然说："爸，您想得太复杂了，黎秀娟不是那种人。"

罗夫平说："是我想得太复杂了，还是你太幼稚？黎秀娟挖我们公司的墙脚，做得太过分了，你不仅不考虑对策，还一味地为她辩护。"

罗安然说："爸，您听我说……"

罗夫平"哼"了一声，愤愤地拂袖而去。

罗安然欲追随罗夫平，但看了一眼两个警察，又止步，略带歉意地说："对不起，我们走吧。"

罗安然与曹焕然领着两个警察坐车来到荷叶镇，走进黎东家。

罗安然说:"秀娟、黎东、蓉兰,这两位公安同志是专门来了解情况的,请你们将如何被岳富民诈骗的情况如实告诉他们吧。"

两个警察询问着,记录着。黎东与蓉兰回答着两个警察的提问。

黎秀娟与罗安然对视许久,直至警察的询问和记录结束。

一个警察问黎秀娟:"你还有什么要补充的吗?"

黎秀娟忙说:"没有了,我要说的他们都说了。"

另一个警察对罗安然说:"罗总,我们可以回去了。"

罗安然点点头,转身对蓉兰说:"你和我们一起回公司吧。"

蓉兰却摇摇头,说:"我还要留在秀娟姐家里。"

罗安然坦率地说:"蓉兰,公司需要你呀。如果你不回公司去报个到,我没法消除我爸的误会。当然,如果你不愿再回公司,那也是你的权利,我只能表示十分的遗憾。"

黎秀娟劝说:"蓉兰,回公司去吧。"

蓉兰误会,说:"秀娟姐,你们要赶我走?"

黎东忙说:"蓉兰姐,我姐不是这个意思。"

黎秀娟诚恳地说:"蓉兰,我们是好姐妹,但我不愿因此而使罗董事长产生误会,只要你回公司去报个到,以后随时到我们家来玩,我们都欢迎呀。"

赵惠娥走了进来,动情地说:"蓉兰,好姑娘,我也舍不得让你离开呀。你要不嫌弃我这个老太婆,就做我的干女儿吧。你愿意吗?"

蓉兰很激动,高兴地抓住赵惠娥的手,喊了声:"妈。"

赵惠娥抱住蓉兰,满脸绽开了笑容。黎秀娟与黎东的脸上

第九章

也写满了笑。罗安然如释重负，也笑了。

蓉兰和罗安然走后，黎秀娟忙着出去联系业务了。何婶想着要做湘绣生意，抓紧时间向赵惠娥请教。

床上，黎秀娟的女儿睡着了。赵惠娥眼睛看不见，用手在何婶的刺绣上摸，嘴里讲述着要领。何婶频频点头。

黎秀娟提着一个布包回来了。黎秀娟走进里间，疲倦地往椅子上一坐，喊了声说："妈，何婶。"

何婶忙说："秀娟回来了，给你留了饭菜，我给你端去。"

黎秀娟说："您别忙，我先歇歇气吧。"

赵惠娥问说："秀娟，今天联系的结果怎么样？"

黎秀娟说："城里的商店太多，我还只跑了几家。从洽谈的情况来看，每一幅湘绣制品的价格，可以比原来卖给湘绣厂的多几十块。"

何婶高兴地说："那太好了，赶紧卖了哇。"

黎秀娟摇摇头，说："我还没有松口，那些商店的经理都欺负我们是个体户，连原来给湘绣厂的产品收购价也不肯出。我想，还有那么多商店可以去联系洽谈，而且还有外贸部门，我还没有去试过嘛。明天，我先上外贸公司去。"

第二天，黎秀娟提着那个包裹，刚从外贸公司出来，忽然听到有人喊她。黎秀娟循声扭过头来，脸上顿时有了笑容。原来是欧阳圆。

欧阳圆看见她，惊喜地朝她走过来。黎秀娟说："圆圆小姐。"欧阳圆笑着说："你别'小姐小姐'好不好，就叫我欧阳圆得了。"

黎秀娟点点头，却又叫"圆圆小姐"。

欧阳圆脸一板，说："你再'小姐小姐'地叫，我就不认你这个朋友了。"

黎秀娟一笑说："好，好，叫，那我叫你圆圆。"

欧阳圆灿烂地笑了，说："真没想到会在这儿碰到你，走，到我家里去坐一会儿。"黎秀娟摇摇头。欧阳圆一想，又说："那，我请你去喝杯茶吧。"

欧阳圆与黎秀娟坐在一张台子旁，待服务员斟了茶，欧阳圆说："秀娟姐，我听表哥说了，你需要时间考虑回公司的问题，是吗？说心里话，我真盼着你回来呀。"

黎秀娟充满歉意地说："对不起，圆圆，我恐怕会使你和罗先生失望。"

欧阳圆点点头："我理解你，表哥说了你不愿回公司的原因。那你现在在忙什么呢？"

"圆圆，我不瞒你。"她指着那个布包，坦率地说，"这几天我提着这个布包进了好几家商店推销湘绣，与经理们谈价格。今天刚又到外贸局，那个人看了一眼我的东西，摆摆手就走了。不过，我不会放弃的。"

欧阳圆说："是这样。不管怎样，秀娟姐，我赞赏你的魄力。"

黎秀娟苦笑了笑，说："我今天在外贸局碰得焦头烂额了，你还称赞我。"

欧阳圆想了想，出人意料地问："黎秀娟，怎么光是我问你，你还没有问我今天从哪里来呢？"

黎秀娟莫明其妙。

欧阳圆又说："告诉你吧，我刚从那家大宾馆里出来。佐藤

第九章

雄，你也认识的，那位对你湘绣技艺十分赞赏的佐藤雄。我陪他吃饭去了。那家伙，是大色狼，狡猾得真难缠呀！"

黎秀娟诧异地说："是不是为了双面全异绣的事，你们公司还没答复他？"

欧阳圆说："你知道？"

黎秀娟说："我听罗先生说过。"

欧阳圆说："是呀，公司没办法答复他，我们只好天天去跟他磨，可缓兵之术这一招也撑不多久了，看样子，他是要撤销跟公司签的订货合同，另找新的客户。"

黎秀娟眼光一亮，显然受到了启示。她瞧着欧阳圆说："谢谢你，圆圆。"

欧阳圆故作不知，说："你无缘无故谢我什么呀？"

黎秀娟感激地说："谢谢你给我提供了信息和机会。"欧阳圆连忙说："你千万别这么讲，我们只是老朋友在一块随便聊了聊。"说完，两人都笑了起来。

当天下午，黎秀娟走进宾馆大门。一位保安怀疑地盯着她。黎秀娟说："佐藤先生约我来送湘绣样品的。"

那保安说："佐藤雄先生？"

黎秀娟说："日本的大老板呀。"

保安想了起来，说："哦，日本人，是的，住208号房间。"

黎秀娟沿走廊走到房门口，轻轻敲"208"的门，房内响起一声"进来"。黎秀娟推开房门，看见佐藤雄，礼貌地说："您好，佐藤先生。"

佐藤雄看到黎秀娟，脸上立即堆满了笑，说："哟西哟西，黎姑娘，请进请进。"

黎秀娟进房后，特意没关房门。

佐藤雄打开冰箱，取出一罐饮料递给黎秀娟，笑着说："黎姑娘，你还是'清水出芙蓉，天然去雕饰'，给我的房间带来了一股清香哟。"

黎秀娟说："谢谢。"

佐藤雄说："黎姑娘，近日有什么湘绣大作问世呀？"

黎秀娟说："我正是为这事来找您的。先请您看看这些样品吧。"说着，她打开布包，展开一幅幅湘绣制品。

佐藤雄欣赏着，赞叹声不止，说："黎姑娘，你向我展示这些样品，不是在推销吧？"

黎秀娟坦率地说："是的，我想和您做一笔买卖。"

佐藤雄似乎不无意外，旋即诡异地一笑，说："黎姑娘，我与湘绣公司有合同在先，有什么理由不要他们的货，而改为要你推销的货呢？"黎秀娟说："我提供的货与湘绣公司的货在质量上至少是可以媲美的，这一点，您现在也已看到。而且我提供的货在价格上可以比公司的价格低百分之十，您不觉得这很合算吗？"

佐藤雄显然很高兴，但极力抑制着，说："不过，我想你也许还缺少产品外销的许可证吧？"

黎秀娟点点头，说："眼下没有。正因为这样，我才将产品价格降低百分之十嘛。您可以从纯赚的百分之十中拿出很少的一部分，凭您的关系代为办理出口外销证件，这对于您并不算什么，而且不是仍然很合算吗？"

"哈……"佐藤雄大笑起来，接着说，"黎姑娘，你很精明。我没想到你不仅是一位湘绣天才，还是一位经商的天才。"

第九章

　　黎秀娟笑说:"那么,您是同意这笔买卖了?"

　　佐藤雄说:"我可以包销你提供的全部湘绣制品,让你满意,可你也得满足我的一个小小的要求吧。"

　　黎秀娟莫明其妙,说:"什么要求?"

　　佐藤走过去,将一块写有"请勿打扰"的纸牌挂在门把手上,然后将门关紧,再转过身来时已是一脸的淫笑。佐藤雄一步一步走近黎秀娟,说:"黎姑娘,还不明白么?"黎秀娟已经明白了对方的企图,一时不知如何是好。佐藤雄逼得更近了。

　　黎秀娟突然怒吼:"你这个鬼子,该死的日本鬼子,滚开!"

　　佐藤雄情急,说:"黎姑娘,我可以只要你降价百分之五,不不不,不要你降价。只要你满足我对你的爱慕——"说着,不顾一切地扑过来,抱住了黎秀娟,然后强行要吻黎秀娟。

　　黎秀娟挣扎、躲闪。佐藤雄又追,黎秀娟又在房内躲逃。

　　佐藤雄欲火难抑,嚷着说:"黎姑娘,只要你听话,你要什么,你说,我都给你。"又张开双臂向黎秀娟扑去。黎秀娟使劲将佐藤雄推开,跑过去又将门使劲拉开,气喘吁吁地瞪着佐藤雄。佐藤雄还要向黎秀娟扑去时,门外走廊上有人经过。佐藤雄一惊,赶紧克制住自己。黎秀娟愤怒地说:"我要你尊重我,也尊重你自己。"

　　佐藤雄说:"黎姑娘,你,太令我失望了。"

　　黎秀娟愤愤然将一幅幅湘绣样品收起来用布包好,说:"我们谈的是湘绣,而不是买卖自尊和人格。"说着,她将已包好的湘绣提起来,向门外走去。

　　黎秀娟提着布包在走廊上匆匆整理有点被揉皱而显得零乱的衣服。到了二楼的楼梯口,她身后传来了佐藤雄的喊声:"黎姑娘，请留步，留步……"

黎秀娟停住了脚步，但仍然背对佐藤雄。

佐藤雄赶上来，站在黎秀娟一米开外的地方，显得诚挚，说："黎姑娘，请接受我的道歉。"说时，以日本方式双腿并立，一鞠躬。黎秀娟很是意外："你？"佐藤说："黎姑娘，请回去，我们可以再谈一谈。"

黎秀娟望了望那间套房的房门方向，又因心有余悸而迟疑起来。佐藤雄明白了她的担心，有点尴尬地抬手指着楼下，说："那就换个地方，去喝杯咖啡吧。"

黎秀娟点点头，往楼下咖啡厅走去，佐藤雄忙跟在后面。

/ 6 /

潘向云与曹焕然提着旅行箱走进大门，两人都有一丝丝的沮丧。

潘向云突然说："糟糕，我忘了一件重要的事，得马上去办一下。"旋即吩咐曹焕然说："你先去向董事长汇报吧。"说着，便走了。

曹焕然瞪着他的背影摇了摇头，无奈地走进大门。

曹焕然紧张地站在罗夫平和罗安然、欧阳子玉跟前，向他们小心谨慎地说："我跟着潘助理一连跑了几个地方，找了好几个人了解了，想来我们公司的技术不行，技术好的，人家又来不了。"

罗夫平说："是嫌我们公司的条件不好，还是你们开价低了？"

第九章

曹焕然说："那些人都有单位，她们的单位也在搞湘绣技艺的推陈出新，也在开发试制双面全异绣。不管我和潘助理怎么做工作，人家单位都不肯放人。她们本人也因种种顾虑，谢绝了我们的聘请。"

罗夫平阴沉着脸说："你们就不会想想办法，不惜代价把她们挖过来？"

曹焕然说："我和潘助理也是这么做的，私下里，我们许以高薪，几倍于原单位工资，可是没有奏效。她们不动心，都不愿意离开原来的单位。"

罗夫平生气地说："这么点事也办不成，要你们干什么？"

曹焕然不敢再吭声了。这次陪潘向云去，罗夫平明确是他协助，潘向云为主。他提过很多建议，潘向云不采纳，他只能作罢。

罗安然像是没听清楚，又像是故意强调给罗夫平听，冲着曹焕然说："你刚才说什么？人家单位也在开发试制双面全异绣？"

曹焕然给予了肯定的回答。

罗安然又问："人家单位对双面全异绣的开发试制，已经达到了什么程度？"

曹焕然为难地说："这是技术秘密，人家守口如瓶，我们哪里知道呀。"

罗夫平很留意地听着，不由得双眉紧皱，显然不安。

罗安然和盘托出心里的担忧，也是说给罗夫平听的："看来，问题很严峻呀！我们公司如果不能试制出双面全异绣，等人家试制成功了，我们就很被动了呀……"

曹焕然赞同地说:"罗总说得对,现在市场竞争激烈,谁拥有好的技术质量,谁就能赢得市场,赢得客户。"

罗夫平的脸色变得更加难看了。

潘向云不来向罗夫平汇报,一是怕看罗夫平的不悦脸色,二是他此时牵挂着欧阳芬,他必须紧抓这张王牌。

潘向云来到欧阳芬的家里,推开门,看到欧阳芬还睡在床上,将手中的旅行箱一丢,便俯身去吻欧阳芬。

欧阳芬醒来了,看见潘向云,高兴地笑了,说:"你回来啦。"

潘向云讨好道:"这不,刚回来就先来向你报到。"

欧阳芬顺手从床头柜上的一包烟中抽出一支点燃。

潘向云忙脱下外衣,嬉皮笑脸地说:"亲爱的,一日不见,如隔三秋,几天不见,你可想死我了。你这烟等会儿再抽,先……"

欧阳芬却认真地说:"别急在这一时,先说你办的正事吧。找到了理想的技术人才没有?"

潘向云有点诧异,说:"芬芬,你怎么突然变得认真了?"

欧阳芬说:"亏你还是总经理助理,连这件事和我们的利害关系都不懂?"

潘向云一笑,说:"我要是真不懂,就会亲自去向董事长汇报,而不会打发曹焕然去了。我们是出师劳而无功,你想想,董事长还不火冒三丈,不把曹焕然剋一顿才怪呢。"

欧阳芬揶揄说:"你用这乌龟缩头法也只搪塞得一时呀。你就不想想,你请不到湘绣能人,公司就过不了这道难关呀。"

"黎秀娟就是凭仗她的湘绣技术要挟公司,哼!"潘向云

第九章

接过话来说,"我能想不到这切身的威胁么?现在的关键问题就在于你姨爹姨妈宁可牺牲公司的利益也不向黎秀娟低头,还是……"

欧阳芬有点焦急地说:"牺牲公司的利益我们受不了,可要是向黎秀娟低头更受不了哇,那你说咋办?"

潘向云说:"亲爱的,请你先去摸清你姨爹姨妈的底牌,我们才好决定打出什么样的牌呀。"

欧阳芬若有所悟。

/ 7 /

黎秀娟与佐藤雄坐在一张桌子旁边,桌上摆着咖啡与点心。

佐藤雄说:"黎姑娘,我赞赏你的湘绣技艺,更赞赏你的人品。可你差点失去了一次推销产品的机会,不后悔吗?"

黎秀娟爽快地说:"当然会后悔,可是你也差点失去了一次低价收购高档湘绣制品的机会,你会更加后悔的呢。"

佐藤雄大笑起来,说:"佩服佩服,黎姑娘真是个精明人呀,哈……黎姑娘,对你提供的湘绣产品,其工艺质量,我是信任的;可是,我每年需要的湘绣产品数量很大,如果我向你订货,你能保证供应吗?"

黎秀娟抑制内心的兴奋,表面冷静地说:"如果我说没有问题,那是自欺欺人,因为我们缺乏资金,难以将分散作业改为批量生产。可是,你的订货既是压力,更是动力。我们那儿曾经是有名的湘绣之乡,大有潜力可挖,客户对湘绣产品的质量和数量的要求,我敢说,一定能够达到。"

佐藤雄满意地点着头说:"你的坦率和你对困难的认识,使我相信你的诺言。可是,我作为你的客户,我想了解,你知道客户最想得到什么样的湘绣工艺制品吗?"

黎秀娟一语破的说:"佐藤先生想要的,是湘绣最高境界的工艺制品——双面全异绣吧。"

佐藤雄说:"既然黎姑娘知道,你能满足我的这个要求吗?"

黎秀娟点点头,说:"我想,长则一年,短则六个月,我可以拿出第一幅双面全异绣作品。当然,这必须是在排除一切干扰,全力以赴的前提下。"

佐藤雄喜不自禁地说:"黎姑娘回答得这么确切和肯定,真是令我兴奋。据我所知,一项湘绣新工艺的实现,除了需要技艺功力作为基础,还必须有长期定向试制积累的经验。你的技艺功力我已亲眼看见,可是……"

黎秀娟说:"佐藤先生,你还不知我家人的身世吧,我和你说说,你会相信我的湘绣技艺不是诓你的。我外太公的姑姑被乾隆皇帝带到宫廷做妃子,一直受冷落。但她在冷清的宫廷里仍在研究湘绣,并把苏绣、蜀绣、粤绣的灵动绝妙处吸收到湘绣中,她绣出了第一件双面全异绣,并把这件双面全异绣偷偷送出宫外,寄回家里。后清廷垮台,社会动荡,全国处在战乱中,这项技艺一度失传。直到我外公这一代,大概是民国三十七年,才又重新研究试绣。以后又一直由我的妈妈在继续追求,轮到现在的我时,已经是几代人的梦想,几代人的心血,几代人的追求。你不会说我是吹牛撒谎吧。"

佐藤雄惊讶地说:"你说从民国三十七年就开始了?"他扳

第九章

着指头算了算,失声说:"那还是1948年呀。你外公,他是什么人?"

黎秀娟说:"我外公是'芙蓉绣庄'的老板。"说着,黎秀娟把"芙蓉绣庄"拓本照片递给佐藤雄看。

佐藤雄看过照片,嘴巴张大合不拢,惊讶地说:"等等,'芙蓉绣庄',就是那个以一幅罗斯福总统肖像湘绣,荣获巴拿马国际博览会金奖的'芙蓉绣庄'?"

这一下轮到了黎秀娟惊讶,说:"佐藤先生真不愧是中国通,而且还是湘绣通,连'芙蓉绣庄'绣的是罗斯福总统肖像也知道?"

佐藤雄兴奋地说:"我爷爷当时在巴拿马国际博览会观赏了那幅金奖湘绣,记住了'芙蓉绣庄'的大名,回国后难以忘怀,时常向我们提起,赞叹备至,使我从小就留下了很深很深的印象呀。"说着,盯住黎秀娟说:"这么说,你是'芙蓉绣庄'的嫡传继承人了?"

黎秀娟说:"应该说'芙蓉绣庄'的嫡传继承人是我妈妈。"

佐藤雄说:"那么,你妈妈可以把这个继承人的身份转让给你吗?"

黎秀娟肯定地说:"我妈妈和我相依为命,如果有必要转让一个并不值钱的身份,那是不成问题的。"

佐藤雄出人意料地指着黎秀娟那个包着湘绣样品的布包说:"黎姑娘,关于这批湘绣制品的收购问题,以及刚才我对你说过的一切,我都必须重新考虑。"

黎秀娟生气地说:"佐藤先生,你是在和我开玩笑,捉弄人么?"

佐藤雄知道她误会了，忙说："黎姑娘请别误会，我绝无恶意。贵国有句话，叫做'相见恨晚'，请恕我有眼无珠，不知道黎姑娘是'芙蓉绣庄'的嫡传继承人。"说着，站起来，向黎秀娟致意。

黎秀娟一时不知说什么才好。

佐藤雄说："可是，还请恕我直言，黎姑娘是身在宝山不识宝，犯了个很大的错误……"黎秀娟愕然。

佐藤雄说："黎姑娘竟然说'芙蓉绣庄'的继承人是个不值钱的身份，实在荒谬。你哪里知道，'芙蓉绣庄'既然是巴拿马国际博览会的金奖得主，在海外就享有盛誉，可惜后来销声匿迹，令人遗憾。如果黎姑娘确以继承人身份，重新打出'芙蓉绣庄'这块金字招牌，你想想，那将是何等美妙的前景？"

黎秀娟领悟了，说："佐藤先生是说，利用祖传老字号的固有影响，制造商业的轰动效应？"

佐藤说："黎姑娘到底是精明人，一点就通。如果黎姑娘愿意恢复'芙蓉绣庄'，并以这个名义出品全部湘绣制品，包括这些在内——"他指了指黎秀娟那个包着湘绣样品的布包，"都加上'芙蓉绣庄'的画、绣、诗、书、印，我不仅全部包销，而且价格可以在原定数额上再上浮。至于上浮多少，我绝对使黎姑娘满意为止。"

黎秀娟十分欣悦，但又不无犹豫地说："不过……"

佐藤雄一笑，说："黎姑娘是缺乏资金？这不成问题，我可以马上与黎姑娘签署合同，并预付高额定金。你成立芙蓉绣庄公司，我可以投资入股合作。"

第九章

黎秀娟喜出望外。

/ 8 /

客厅里的大挂钟在嘀嗒嘀嗒地走着。罗夫平含着雪茄，看着窗外，嘴里大口地吐出烟雾。

罗安然对欧阳子玉说："妈，现在没有乐观可言，公司的前途潜藏着很大的危机。您拿个主意吧。"

欧阳子玉坐立不安，在客厅里踱着，皱起眉头说："问题还真棘手呀。公司拿不出双面全异绣，就保不住主要客户；要是人家拿出了双面全异绣，我们的重要客户也会被人家拉过去呀。"

蓦地，欧阳子玉止步，说："安然，说说你的想法吧。"

罗安然坦率地说："我的想法就是黎秀娟。"

欧阳子玉说："你不是不知道，黎秀娟对公司的……"

罗安然说："我知道，而且我认为公司应该向黎秀娟让步。"

欧阳子玉不吭声，将眼光投向罗夫平。

罗夫平吸了口烟，一口气吐出，顿了顿，说："安然，我可以收回开除黎秀娟的告示，为她公开恢复名誉。你去告诉她，只要她同意回公司，我可以亲自去请她。"

欧阳子玉点了点头。罗安然脸上有了笑容，但止了止，又说："爸，还有……"

罗安然把潘向云甩掉蓉兰，拒不承认是黎秀娟孩子的父亲，追求欧阳芬这些在公司职工中引发议论的事说了。

欧阳子玉说："你是说潘向云的事？这可麻烦了。"

罗夫平将手中雪茄掐熄，果断地说："让潘向云离开公司吧。"

罗安然高兴地站了起来。

冷不丁，客厅门口传来一声响，一只包落在地上，还有几个苹果落在地上，四散乱滚。

欧阳芬走进来，哭丧着脸说："你们不能为了黎秀娟，就把潘向云给一脚踢掉呀。潘向云是公司的有功之臣，还是我儿子的救命恩人呀……"

欧阳子玉安慰她说："芬芬，别哭了，这也是为了公司的利益，才让潘向云受点委屈嘛，我们会给他补偿的。"

欧阳芬仍然哭丧着脸说："你们把潘向云踢出公司，这多么没有面子嘛，给钱又算得了什么。"

罗安然瞧了瞧哭闹着的欧阳芬，低声对罗夫平说着什么。

罗夫平点了点头，对欧阳芬说："公司可以留下潘向云，不过不能留在这里，因为他是黎秀娟回公司的障碍。可以让他到海外的公司经营部去负责，同样是为公司服务嘛。"

欧阳芬脸上厚厚的妆底被泪水冲出一道道痕迹，仍然打着哭腔说："让潘向云出国，那怎么行？我正打算和他结婚呢。"

罗安然缓和地说："芬芬，你要不想让潘向云离开，就由公司资助他另外做点别的什么生意，他独当一面当老板好了。"

欧阳芬不满地瞧着罗安然，说："潘向云已经是公司的总经理助理了，还去当什么老板？我知道你看他不顺眼，和他过不去。"

罗安然不好再说什么。罗夫平忍不住火了，冲着欧阳芬说："你这不行，那不行，到底要怎么样？难道为了一个潘向云，就

第九章

不惜让公司遭受巨大的损失,拿公司去冒险么?"

欧阳芬吓得不敢再吭声了。

欧阳子玉说:"芬芬,你可以去和潘向云商量一下,看看他有什么打算,我们再作决定。"

罗夫平说:"安然,现在我们满足了黎秀娟的愿望,下一步尽快让她回公司来。根据她的湘绣技艺和功力,你估计她需要多长时间,可以拿下双面全异绣?"

罗安然思索了一会儿,说:"顶多一年之内吧。"

罗夫平满意地说:"好,你就以这个时间去答复佐藤雄,先稳住这个大客户。"

/ 9 /

黎秀娟和佐藤雄坐在咖啡厅喝咖啡。两人把合作开发湘绣的细节一项项谈到位了。佐藤雄似乎很满意,马上给张律师打电话,要他拟好合同,他要和黎姑娘到张律师那儿签合同。

打完电话,佐藤雄对黎秀娟说:"黎姑娘,我们走吧。"

黎秀娟见佐藤雄很客气,又有礼貌,完全是有诚意与她合作,而且不再有什么附加条件,很高兴,站了起来,笑着跟佐藤雄走出咖啡厅。

到了门外,佐藤雄看见罗安然,叫了声罗总经理。罗安然也看见了佐藤雄,叫了声佐藤雄先生后,看见了从佐藤雄身后闪出来的黎秀娟,不由得一怔,与黎秀娟四目相对。

罗安然疑惑地问:"你也在这里?"

黎秀娟一笑,说:"我怎么就不能在这里?"

罗安然点点头，说："在这里正好，请你等我一下，我有好消息告诉你。"旋即转对佐藤雄说："佐藤先生，我是来告诉您，您需要的双面全异绣，本公司可以一年后向您供货。"

佐藤雄一怔，说："罗总，一年时间固然很不错了，可你们能不能将时间再压缩短一点？"

罗安然说："一年能试制出双面全异绣，已经是奇迹了。您还要求再缩短时间，这怎么可能？"

佐藤雄笑说："怎么不可能？黎姑娘只需要六个月的时间。"

罗安然吃了一惊。

佐藤雄又说："罗总，我还想请问一下，贵公司在这么长的时间里，不敢给我一个确切的答复，怎么今天突然有了把握？是不是贵公司蓉姑娘她们突然增加了能耐，或者有了什么大的突破？恕我直言，我对此表示怀疑，你能不能说说让我相信的理由？"

罗安然一笑，指着黎秀娟说："佐藤先生，您不相信我，她，她应该相信吧。"

佐藤雄点了点头。

罗安然充满自信地说："她就是我们能够一年拿出双面全异绣湘绣制品的理由。"

黎秀娟似乎想说什么。但是佐藤雄已抢先问道："罗总，你这话是什么意思？"

罗安然说："因为黎秀娟马上要回到我们公司，并且承担双面全异绣的开发试制工作。"

"哈……"佐藤雄大笑起来，说："罗总，你可真会开玩笑！"

第九章

　　黎秀娟不能不说了："罗先生……"

　　然而罗安然却又抢着对佐藤雄说："佐藤先生，我是认真的。"

　　佐藤雄笑得眼泪都快流出来了。从大厅里经过的旅客和工作人员都惊奇地瞧着大笑的佐藤雄。

　　佐藤雄笑着说："罗总，据我所知，你们慧梦公司与黎姑娘的'芙蓉绣庄'，是两股道上跑的车。我已经决定将双面全异绣的希望和湘绣产品的需求，全部交给'芙蓉绣庄'，你和你的慧梦湘绣公司就不必再费心喽。"

　　罗安然惊讶不已，说："什么'芙蓉绣庄'，这是怎么回事？"

　　黎秀娟说："罗先生，你还不知道，'芙蓉绣庄'是我们家的老字号，我刚和佐藤先生商量决定恢复的。"

　　罗安然恍然大悟，说："这就是说，你不仅不回公司，还要另立山头，和公司竞争，并且抢走公司的大客户？"

　　佐藤雄表现出反感的样子，说："请你说话注意措辞，客户有选择最佳供货单位的权利和自由，不存在什么抢不抢。"

　　黎秀娟诚恳地说："罗先生，我也许对不起你，但我对得起湘绣事业。"

　　罗安然很不高兴，面带怒色，说："为了让你重回公司，你知道我作了多么大的努力吗？现在，我爸也作了让步，要亲自来请你。那个潘向云，也决定让他离开公司。做到这一步是多么不容易呀！你已经没有回公司的障碍了，为什么还要这样？"

　　黎秀娟迎视着他的目光，说："我想走自己的路。"

　　罗安然说："你——"却没说出下面的话，突然一扭头，气冲冲地走了。

黎秀娟追了两步又停下了，呆呆地看着罗安然的背影。

佐藤雄看着黎秀娟，说："黎姑娘，你不会后悔吧？"

黎秀娟点点头，又摇了摇头。佐藤雄拍了拍黎秀娟，说："好吧，我们走吧，签合同去。"

/ 10 /

黎秀娟跟着佐藤雄来到律师事务所，律师将拟好的一式两份合同打印件交给佐藤雄与黎秀娟。佐藤雄看完后点点头表示很满意。黎秀娟看完也表示无异议。两人签完字，律师在两份合同上公证人一栏签上字并加盖律师事务所的公章。按合同规定，佐藤雄预付一百万定金，待见到样品后，再付入股资金。佐藤雄将那一只皮箱搁在黎秀娟的面前。黎秀娟打开皮箱，一扎扎钞票整齐地摆放着。

黎秀娟欣喜若狂，但她表面平静，提着那箱子叫了一辆的士，马上往荷叶镇赶。到了家，已是晚上。黎秀娟叫黎东把乡亲们喊来。何婶和几个湘绣女看着黎秀娟带回的一扎扎钞票，惊喜不已，七嘴八舌。

"哇，这一辈子都没瞧见过这么多钱。"

"我们发财啦。"

"秀娟姑娘，还是你聪明，同样是湘绣，到你手里就是招财进宝的好东西了。"

"这么多钱，买什么东西好呀。"

"我们这次赚了大钱，更重要的是打开了销路，不把那些压

第九章

我们价的人气死才怪呢。"

"哈……"

"对了,秀娟,你说这些钱怎么花呀?"

不约而同,大家的眼光都朝着黎秀娟看。赵惠娥坐在一旁倾听着。黎东也在一旁观看着。

黎秀娟笑了笑,说:"有两个法子,我说出来,大家再商量。一是我们把这些钱都分了,一辈子先潇洒这么一回再说。"

众人一时你望我,我望你,不知怎么说。

黎秀娟看了看大家,又说:"我们是赚一次算一次,一锤子买卖,还是想将这条生财之道走下去,越走越宽广,争取到更多的订单,更多的财富呢?"

赵惠娥说:"秀娟,有句俗话说,'常将有日思无日,莫到无时盼有时'。"

众人听着,纷纷点头。

黎秀娟这才又说:"我相信,大家都希望让钱变出更多的钱。那么,要达到我们的目的,就必须改变我们现在的生产方式。大家说,是不是这个道理?"

何婶说:"秀娟姑娘,我们都听你的,你说怎么办吧。"

众人又纷纷表示响应。

黎秀娟指着和佐藤雄签的那份合同书说:"我的计划其实都在这里面写着,大家都看过了的,总的目标是说,成立公司,由佐藤雄投资,黎秀娟以技术入股,重建老字号'芙蓉绣庄',拿出我们的祖传产品双面全异绣。但这个目标得分两步走,第一步是利用我们家和邻居何婶家作为基础,再扩建几间房子,先挂上'芙蓉绣庄'的招牌,尽快完成双面全异绣的开发试制以证明我们的技术实力。同时选择一块地，正式建立一个全新的'芙蓉绣庄'。"

她的声音流过一张张聚精会神、容光焕发的面孔。何婶带头喊好，顿时整个房间里充满了对未来的向往。

月光下的荷叶镇如被白色的烟雾缭绕，如诗如画。

湘绣女们高高兴兴回去后，赵惠娥坐在床上，靠着黎秀娟给她垫在身后的枕头，说："秀娟呀，你要想达到双面全异绣这一湘绣最高境界，现在是时候了。趁着我还能帮帮你的时候，完成祖辈的夙愿吧。"

黎秀娟笑着说："妈，我知道您会帮我的。公司聘您为技术顾问。"

赵惠娥缓缓说："这愿望，你外公那时就已有了。那是民国三十七年的时候，你外公用湘绣完成了一幅美国罗斯福总统的肖像，在巴拿马国际博览会得了金奖。当时国民政府还送了'誉满全球'的匾，并组织军乐队隆重庆祝呢。那时，你们的外公就有过宏远设想，要恢复乾隆时祖上湘绣最高境界双面全异绣。打那以后我就开始钻研双面全异绣了，还写了不少研究笔记和试验记录，你父亲所在的湘绣科研所也把双面全异绣列入攻关项目。后来运动像风暴一样迎面掀来，一切终止了。你父亲一逃走，不知死活，我的心也就死了呀。"

黎东忍不住说："妈，我爸当年逃走后，就真的再没有一点音讯么？"

赵惠娥伤心地点了点头。

黎秀娟说："黎东，别再提爸爸，他早把妈妈和我们给忘了。"又对赵惠娥说："妈，您的那些笔记和试验记录，还保存

第九章

着吗？"

赵惠娥说："我都藏着呢。"

赵惠娥走到房里，从床底下的一口小木箱里取出一个小布包，翻出一本颜色很旧的笔记本，那是她多年研制双面全异绣的心得。

黎秀娟看了看，说："妈，您在这一大段心得整理中，列举了双面全异绣与单面绣、双面绣的同异之处，其中设计绘画、绘图制版、印花、配线与色彩配置我好像是都弄懂了，可是刺绣和整理这两项的要领我还有点不清楚，您再给我讲讲吧。"

赵惠娥说："你外公遵祖上规定，双面全异绣绝技不传女儿。他一直不肯跟我讲，我写的这些是我听你外祖父在世时断断续续所讲的记录和自己在刺绣中摸索的体会和心得，一些教训和新的设想，供你在研究双面全异绣中参考。"

黎秀娟看着笔记本，对赵惠娥说："妈，您这样一解释，我明白了。双面全异绣就和单面绣、双面绣一样，都有一定的规律可循，只有真正掌握了这个规律，才能达到熟能生巧，艺高胆大的境界，才能平中见奇，俗中见新。"

赵惠娥连连点头。

黎东走进来，将两碗红枣煮鸡蛋搁在了赵惠娥与黎秀娟的面前，说："妈，姐，快趁热吃了吧。"见妈妈和姐姐吃着，黎东又说："姐，我们去设计一块'芙蓉绣庄'招牌吧。"

赵惠娥用手指指着房墙高处的砖缝里说："不要设计，那里有一个祖传下来的招牌拓本。这是乾隆皇帝御笔亲写的，招牌在光绪皇帝下诏退位那年被人毁了。这个拓本传了好几代人，你们要如同爱惜自己的生命一样保护好。"

赵惠娥把黎东支出门，单独留下黎秀娟，枯涩的双眼望着女儿久久不说话。"妈，您怎么啦？"黎秀娟问。赵惠娥停了一会儿，摸摸秀娟的脸，说："妈的身体一天不如一天，我会在有生之年把所学的传给你，帮助你，希望你把'芙蓉绣庄'这块渗透几代人心血，又被尘封了二百多年的老字号招牌擦亮、打响。这是妈的心愿，也是你那不知生死的父亲的心愿。我想，要实现这个心愿，不是你一个弱女子能力所及。我多次观察，罗总经理为人好，从他眼神看得出，他喜欢你、爱着你。待你把双面全异绣研制出来，有了成果，你与罗总公司合作。一个外资企业，在湘绣之乡，没有拳头产品，是站不稳脚的。你与他合作，他就能长久干下去。这样既是回报人家多次出手相助，又了却我的心愿。看着老祖宗留下的遗产得到弘扬、光大、发展，我死也能闭眼了。更主要的是你和罗总能共同建立一个家庭。你有了双面全异绣，就会消除你内心的障碍，与罗总平等相处相待，不低人一等。妈是风雨中过来的人，男女之情像针尖麦芒，伤透人心而没洞孔。""妈，您说我心里去了，我是这么考虑的。"黎秀娟抱着母亲，伏在她肩上说。

/ 11 /

客厅里，烟雾缭绕，罗安然大口吞吐着烟雾。他似乎是第一次吸烟，而且是闷头猛吸，像是在用烟雾将自己遮挡起来。罗夫平在生气地走来走去。欧阳芬已经没哭了，在注意观看着罗夫平和罗安然的脸色。欧阳圆坐在旁边，瞧着发火的罗夫平不敢吭声。欧阳子玉的脸上也是罩着一层乌云。

第九章

罗安然仍低垂着头,不看任何人,只是一个劲地吸烟。忽然,壁上的大挂钟连声敲响,打破了室内的寂静。

忽然,罗夫平止步,瞪着罗安然一泄愤怒,说:"你对黎秀娟根本没有把握,凭什么说只要公司排除了两个障碍,她就会回来?啊?现在公司不是解决了她的两个障碍吗,她怎么还不肯回公司?还与公司唱起对头戏来了!你被黎秀娟愚弄了呀。你简直,简直……"

他气得不知如何骂才好。欧阳芬听着却高兴起来,火上浇油地说:"黎秀娟这种人,就是不知好歹,不受抬举,你越对她让步,她越得寸进尺。我们不能让步了,让人家看见,好像我们堂堂一个公司,还害怕她似的,哼!"

欧阳子玉叹了一口气,说:"现在不是怕不怕黎秀娟的问题,而是公司没有她就解决不了问题。她抢走了公司最大的海外客户,公司很快就会陷入困境呀。"

欧阳圆听着,显得有些紧张。罗安然猛地站起来,说:"你们别怪黎秀娟,要怪,就怪我,怪我这个总经理无能,我可以引咎辞职。"

他将手中的烟卷狠狠地往地下一摔,冲出了客厅。

罗夫平冲着他的背影喝道:"你现在想卸担子,没那么容易。董事会没有免你的职,你还是总经理,你必须拿出扭转公司困境的办法来。"

欧阳子玉说:"夫平,你冲着安然发火有什么用?你没见他现在比谁都更着急、更痛苦吗?"

欧阳圆也打抱不平,说:"要是按表哥以前说的,留下了黎秀娟,不开除她,就根本不会弄成今天这个局面。"

罗夫平朝欧阳圆狠狠一瞪眼，吓得欧阳圆赶紧闭上了嘴巴。

罗安然感到受了一肚子窝囊气，很郁闷地来到他的卧房，倒了一杯酒一饮而尽。他又拿出一瓶酒，手抖着，打不开酒瓶，大声地叫着"为什么，为什么"，把酒瓶砸在地上。

欧阳圆走进来，吓了一跳，说："表哥，发生什么事了？"

罗安然没理睬她，又拿起一瓶酒打开，往嘴里猛灌。欧阳圆赶紧跑过来，去制止罗安然的酗酒，嚷着说："表哥，你别喝了，你醉了。"罗安然推开欧阳圆说："我没醉，没醉。"举瓶又猛喝。罗安然嚷着，嘀咕着，还要夺回酒瓶时，身子摇摇晃晃的，倒了下去。

欧阳圆在床边照顾醉酒的罗安然。桌上的闹钟在一秒一秒地走着，罗安然低声嘀咕着，欧阳圆的眼皮在打架。

突然，罗安然在梦中似乎与人吵架一样，提高了音调，嚷着说："黎秀娟，黎秀娟，你怎么能这样对待我？你怎么就不明白我的心？"

欧阳圆吃了一惊，顿时睡意全消。

睡梦中的罗安然仍然在嚷着说："黎秀娟，我失望，我好痛苦呀……"

欧阳圆听明白了，霍地站起来，泪水涌出了眼眶。她用牙齿咬住嘴唇，忍住哭声，转身拉开房门，跑了出去。

客厅里，罗夫平与欧阳子玉仍在商议着。从他们低落的情绪和叹气声中，可以得知他们的商议并无结果。欧阳圆哭着跑进来，并向客厅大门跑去。

欧阳子玉见欧阳圆很异常，连忙唤住了她说："圆圆，你？"

欧阳圆哭着扑在欧阳子玉的怀里，叫道："姨妈……"

第九章

欧阳子玉与罗夫平交换了一个诧异的眼色，又问道："圆圆，你怎么了？"

欧阳圆冲动地说："姨妈，表哥在梦中说出了心里话，我才知道，他，他心里爱着黎秀娟……"说着又哭了起来。

欧阳子玉又惊讶地望了望罗夫平，罗夫平手中的雪茄掉在了地上。

罗夫平愤愤地说："那个黎秀娟是什么、什么东西？安然这孩子，简直就是胡闹。"

欧阳子玉则安慰着欧阳圆说："安然兴许是一时糊涂，等他醒来了，我会说他的。你别哭了。"

欧阳子玉和欧阳圆来到罗安然的房间。此时，罗安然还处于昏昏沉沉之中。欧阳子玉说："安然，你醒醒，醒醒……"

罗夫平在旁边，含着雪茄。

罗安然醒了，挣扎着坐起来。

欧阳子玉说："都这么大的人，喝酒也没节制。刚才你都说了些什么？"

罗安然一脸茫然："我说了什么？"

欧阳子玉追问罗安然说："你跟我们说实话，你是不是爱上了黎秀娟？"

罗安然呆住了。

罗夫平也逼视着他："说呀，你刚才喝醉酒之后怎么说的？酒后吐真言嘛，怎么不说话了？"

罗安然被罗夫平一激，冲动地说："是的，我就是爱上了黎秀娟。"

欧阳子玉没料到罗安然会回答得如此明朗和干脆。

罗夫平生气地说:"你怎么可以去爱她?"

罗安然:"我为什么不可以去爱她?"

罗夫平愤愤地说:"你别忘了你是什么人,那个黎秀娟是什么东西?"

罗安然站了起来:"你没有权利侮辱黎秀娟。她和我,和你,和所有的人都是平等的。"

罗夫平发怒了:"我警告你,我不准你去爱黎秀娟。"

罗安然不服:"爸,你总得说个理由。"

罗夫平打断他的话说:"理由很简单,因为你是我的儿子。"

罗安然气得发抖。欧阳子玉规劝:"安然,你爸也是为了你好呀。"

罗安然吼道:"我爱谁是我的事。你们没有理由剥夺我爱的权利。"说着,向门外冲了出去。

罗安然来到办公室。前几天感到胃痛,刚才倒进大半瓶白酒,胃里烧得剧痛。想起黎秀娟的冷淡,想起父亲刚才的怒骂,他便给母亲欧阳子玉打了个电话,说自己要去医院。

/ 12 /

潘向云和欧阳芬亲热了一阵,欧阳芬想起黎秀娟的事,又对潘向云说:"你说,这黎秀娟为什么要这样?她黎秀娟开始提出条件,要逼迫你离开公司,成为公司的牺牲品,我们多没面子,等姨爹答应了条件,她黎秀娟又不来公司了。她这么一来,表弟可就惨了,现在,害得公司不仅没面子,而且里子也保不住了呀。"

第九章

潘向云在抽着烟,思索着。

欧阳芬又说:"喂,你倒是说话呀,今天这事,我们该感谢黎秀娟,还是要痛骂黎秀娟?"

潘向云说:"芬芬,你别老是'黎秀娟黎秀娟'的了,你该想想我们现在可以做些什么,怎样做才对我们有利。"

欧阳芬说:"你什么意思?"

潘向云说:"乱世出英雄嘛。机会就摆在我们面前。你想想,现在公司陷入困境,面临危机,如果我们束手无策,或者听之任之,对你这位公司的董事,以及对我这个总经理助理,那是一点好处也没有呀。如果我们能让公司走出困境,避免遭受巨大损失……"

欧阳芬不无意外且有点感动地说:"向云,公司要把你当牺牲品,可你还在为公司操这份心。"

潘向云说:"我就是要让公司知道,只有我们才能救公司,公司不能没有我们,也让你那位姨爹知道,再靠罗安然是不行的。"

欧阳芬点了点头,说:"那,你打算怎么去干?"

潘向云说:"我想,公司现在最大的海外客户被黎秀娟抢走了,那么,我们要为公司排忧解难,就必须再把日本客户从黎秀娟手上抢回来。要抢回这笔生意,对付那个佐藤雄,就得靠亲爱的你来唱一出美人计了。"

欧阳芬说:"什么,让我去唱美人计?"

潘向云说:"亲爱的,这个主角非你莫属,你应是当仁不让呀。"

欧阳芬眼一瞪,说:"放屁!我可不干这种事。"

潘向云故意叹了一口气，说："亲爱的，你要真不肯干，我也没法子，只好趁早去公司领一笔钱，改行去干点别的什么算了。免得坐视公司无法摆脱的困境，一天一天走下坡路，一旦翻了船，弄个鸡飞蛋打，什么也得不着了。"

欧阳芬沉闷不语。

潘向云也不再说下去，自己含上一根烟，又递了一根给欧阳芬，给她点了火，又给自己点了火，抽了起来。潘向云抽着烟，暗中窥视欧阳芬的态度，却不吭声。

欧阳芬忍不住说："向云，你说说怎么办吧。"

潘向云高兴地说："亲爱的，你同意了？"

欧阳芬似笑非笑地说："你可真狠心，舍得拿我去喂狼。"

潘向云一笑，说："亲爱的，说错了，你是去套狼，然后把那头狼给吃下去。"

欧阳芬冷冷一笑，说："可那头狼是有牙齿的，你就舍得我让狼咬一口么？"

潘向云嬉皮笑脸地说："你要真怕被狼咬，我可以让朋友早点接应你，不过，那头狼可是佐藤雄，老奸巨猾，他不真的喝到血，吃到肉，是不会认账的。再说……"

潘向云将嘴唇贴在欧阳芬的耳朵旁如此这般地低语。

欧阳芬听着听着，忍不住大笑起来，嗔怪道："你这个流氓。"

/ 13 /

赵惠娥在床上睡着了，发出均匀的呼吸声，外孙女在她身边很安静，从窗外射进来的月光照着她甜甜的小脸蛋。床上另

第九章

一头躺着的黎秀娟却大睁着眼睛,怎么也睡不着。

黎秀娟悄悄地坐起,下床穿上衣裤,轻轻开门走了出去。站在山坡上,望着远方浩瀚的星空,银河微隐,黎秀娟似乎听到了什么,回头看时,不禁一怔,黎东也没睡觉。

黎东关切地说:"姐,你有心事?"

黎秀娟看了他一眼,没回答。

黎东又说:"姐,你不说我也知道,你心里感到对不起罗总,是吗?"

黎秀娟叹了口气,说:"罗先生对我有恩,对妈妈也有恩。我们欠他的太多,至今也没偿还,现在又要挂起'芙蓉绣庄'的招牌,还把他们公司最大的海外商户挖过来了。你想想,他们公司的日子能好过吗?他作为公司的总经理,该是多么难呀。"

黎东说:"姐,你后悔了?"

黎秀娟摇了摇头,说:"不,当今社会不就是个竞争的时代嘛。既然竞争有利于我们发展,有利于湘绣事业的发展,为什么不竞争?他们公司财大气粗,已差不多形成垄断,或者半垄断湘绣出口业务;可我们'芙蓉绣庄'呢,刚刚起步,要想有一块立足之地,得到生存壮大的基础,不和他们公司竞争行吗?我们敢于和他们竞争的唯一有利条件,还是那一条,我们能在质量上超过他们,能拿出双面全异绣。所以从明天开始,我要把主要精力都投入到双面全异绣的试制中,利用旧房扩建成临时生产基地的事也得抓紧,这就得靠你了。"

黎东说:"姐,我办事,你就放心吧。不过,我有一种感觉。"他顿了顿,说:"姐,我感觉罗总对你有一种特殊的感情,那种感情远远超过了一位老板对一位技术人才的重视和关怀。"

黎秀娟说:"你是什么意思?"

黎东说:"姐,你难道还看不出来?罗安然喜欢你呢。"

黎秀娟身子一抖,坐在岩石上。

黎东热情地说:"姐,凭我的直觉,罗安然会是一个理想的姐夫。"

第十章

/ 1 /

罗夫平含着雪茄,感慨地说:"怎么会这样?安然居然真的爱上了黎秀娟。"

欧阳子玉却另有所思,说:"其实,仔细想想,凡事利中有弊,弊中有利。从公司的利益考虑,安然与黎秀娟相爱,未免不是件好事呢。"

罗夫平意外地说:"什么,你改变主意了,同意安然和那个黎秀娟好?"

欧阳子玉缓缓地说:"你想想,黎秀娟是公司急需的技术人才,还是公司十分棘手的竞争对手。她要是和安然成了一家子,不仅化解了一个可怕的竞争对手,公司解决双面全异绣的开发试制问题也将是指日可待。"

罗夫平固执地说:"黎秀娟作为一个技术人才,我可以礼贤下士,不惜重金聘用。可是,要让黎秀娟成为我们罗家的人,而且是我们的儿媳妇,这简直不可思议。我不会答应的。"

欧阳子玉和颜悦色地说:"夫平,你想想,你当年是怎么成为我们家人的。"

罗夫平手中的雪茄一抖,差点掉在地上。

欧阳子玉说:"当年,宗元出车祸后,我在宗元墓前哭,要寻死，是你救了我。那时，我弟弟极力撮合我们，也极力劝说我爹同意我和你结婚，你虽然是个打工的，但因为你的义气，你的才干，终于让我父亲点头同意，你也成为我们集团的一员。我看那个黎秀娟，她现在的技艺和能耐，比起你当年来也是有过之而无不及呢。"

/ 2 /

欧阳芬今天打扮得特别漂亮，特别性感。她来到宾馆，在佐藤雄居住的套房门外停住，举手敲了敲门。

佐藤雄打开门，一见很性感的欧阳芬，惊讶地张着嘴巴，说："呀，是芬芬小姐。"

欧阳芬脸上的笑容也特别迷人："佐藤先生，不请我进去坐一会儿？"

佐藤雄笑着将门完全打开，让开身子，说："芬芬小姐，请。"

欧阳芬走进来，似乎感到有点不舒服，说："哟，佐藤先生，这房里没开空调，你不觉得有点闷吗？"说着，欧阳芬顺手推开了窗，往沙发上一坐，跷起了二郎腿，将裙裾提得很上，故意露出雪白大腿和浑圆的小腿，在灯光下摆动着，格外醒目。

佐藤雄盯着欧阳芬的暴露处，咽下一口唾沫，猜测道："芬芬小姐大驾光临，想必是为了贵公司的订货单吧？"

欧阳芬笑着反问："佐藤先生，你看我像是来做生意的么？"

佐藤雄狐疑地说："不是为了这笔生意，还有别的什么

第十章

买卖？"

欧阳芬故作不悦地说："你们这些商人，真没劲，难道除了订单、生意、买卖，我就不能来看看你这位朋友么？"

佐藤雄意外地一怔，接着满脸是笑，说："欢迎，欢迎。我深感荣幸。"并从冰箱里取出一罐饮料递过去，"芬芬小姐，请。"

欧阳芬摇了摇头，说："喝这玩意儿没意思，来点刺激的吧。"

佐藤雄一笑，取了瓶酒出来，拧开瓶盖，斟满两只酒杯。

欧阳芬端起一杯酒，说："我还真渴了呢。佐藤先生，干。"

佐藤雄连忙端起了酒杯，色眯眯地看着面前的女人。她那杯酒里放了点药粉。欧阳芬用酒杯一碰佐藤雄的酒杯，然后一仰脖子，一饮而尽，佐藤雄也喝光了杯中酒。

欧阳芬与佐藤雄又喝了一杯酒后，笑着摆了摆手，说："我已经喝够了。佐藤先生，谢谢你的盛情款待，拜拜。"

说罢，她站起来往外面走去，却忘了那件自己丢在一旁的外衣。

佐藤雄望着欧阳芬的背影，眼中满是失望。

欧阳芬朝房门走了几步，忽然摇摇摆摆，就要倒下去。

佐藤雄趁机跑上前，满心欢喜地抱住了欧阳芬。欧阳芬顺势倒在了佐藤雄的怀里。佐藤雄抱着欧阳芬，靠在沙发上，见欧阳芬面色红润灿烂如桃花，忍不住在她脸上吻着，见她还没醒，手伸进她的衣服里摸着。一会儿，欧阳芬的裙子被他扒下来丢到地上。

其实欧阳芬没有喝醉，只是全身滚烫，欲火难耐。她装着醉醺醺任佐藤雄摆布，但她总是在朝窗外望着，叫着："你不要这样，不要，不要……"然而，佐藤雄不由分说，仍然继续。欧阳芬似乎想抵抗却又没有力量，最后抵挡不住，半推半就地让佐藤得寸进尺。

灯被再次打开时，佐藤显得心满意足，倒了两杯酒，将其中一杯递过去，笑着说："芬芬小姐，你的床上功夫肯定是一流的，可惜今天你醉了，还没有尽兴。"

欧阳芬在整理衣裙，推开酒杯，不无尴尬地说："佐藤先生，你乘人之危，占人便宜。现在该谈谈正事了。"

佐藤雄不动声色，放下被欧阳芬推开的酒杯，将另一杯酒送到嘴边慢慢喝着，说："你不是说不谈生意，是来看朋友的吗？"

欧阳芬说："谈谈你的产品订单吧。你应该相信，我们公司的湘绣产品，绝对是你的最佳选择。"

佐藤雄突然取出一沓钞票往欧阳芬一递，说："芬芬小姐，这是你今天晚上特别服务的酬金。"

欧阳芬一怔，说："你，这是什么意思。"

佐藤雄冷冷地说："我们已经说过了，今晚不谈订单和生意买卖。"

欧阳芬生气地说："可你刚才……"

佐藤雄奸滑地一笑，说："刚才发生的事，用贵国的一句老话来说，是周瑜打黄盖，一个愿打一个愿挨嘛。用芬芬小姐的话来说，不过是朋友与朋友之间的浪漫嘛，哈……"

欧阳芬气得将那沓钞票往佐藤一掷，气冲冲向房门走去。

佐藤冲着欧阳芬的背影，得意地说："芬芬小姐走好了，恕不远送喽。"

第十章

冷不丁一声响，潘向云从窗外跳了进来。

佐藤雄扭头看时，吃了一惊。

欧阳芬也没料到潘向云会从窗口进来，不禁一怔。

潘向云盯着佐藤雄说："佐藤先生，您是不是再考虑一下芬芬小姐关于订单的建议。"

欧阳芬回过神来，愤怒地说："潘向云，你怎么才来。"

佐藤雄明白了，说："你，你们……"

潘向云说："佐藤先生，希望我们还是以朋友交情为重，选择一个对双方都有利的解决方式，而不要成为仇家，闹到法庭上，甚至闹到贵国大使馆去。"

佐藤雄瞧了瞧潘向云和欧阳芬，冷笑道："你敢讹诈我？就凭你们俩，哼！"

潘向云不慌不忙地说："我不愿意这样做，可是我有这样做的条件。"他取出照相机，拍了拍，说："这里记录了您刚才的表演，如果我将它公之于众，恐怕没人能够保护您。您还需要亲眼看一下刚才那种强暴的经过么？"

佐藤雄目瞪口呆，瘫倒在沙发上，显得浑身无力，无疑已被迫妥协了。

欧阳芬这才露出一丝笑意。

潘向云从口袋里掏出一张打印件，摊开在佐藤雄面前，又摆上一支笔，威胁道："佐藤先生，这是我们公司的产品订单，请您签字吧。"

佐藤雄为难地说："我已经与黎秀娟签过产品供需协议了，而且已经付出了高额定金。"

潘向云说："那是您的事，我们下一步再谈。"

欧阳芬在旁边说:"佐藤先生,我们公司的产品你是一定要的,至于黎秀娟的产品嘛,你就另想办法吧。"

佐藤雄看了一眼潘向云拿着的照相机。潘向云会意,说:"您放心,您签了字之后,我就把底片全部给您。"佐藤雄无奈,提起笔来在那份产品订单上签了字。

潘向云拿起订单,折叠好,小心地收进了口袋里。

佐藤雄朝潘向云伸出手,说:"你们该把底片还给我了吧。"

潘向云冷冷一笑,说:"别着急嘛,我现在就帮您解决和黎秀娟签订的供需协议问题,很简单,您再签个字就行了。"他又从口袋里掏出一份打印件,摊开在佐藤雄面前,又搁上那支笔。

佐藤雄疑惑地拿起打印件细看,吃惊地说:"什么,你让我宣布终止与黎秀娟签的供需协议,不得再买她的产品?你们知道不知道,我和她的协议是经过公证的,具有法律效力,不是开玩笑的。"

潘向云说:"佐藤先生,您想必知道,我国有句老话,'有钱能使鬼推磨',可您大概还没听说过'有钱能使权推磨'这句话吧。只要您出两个钱,大事就能化小,小事就能化了。"

佐藤雄断然地说:"不行,我是个生意人,这个信誉是一定要讲的,如果砸了信誉,也就砸了一切,这无异于自杀,我是不会干的。"

潘向云拍了拍照相机,说:"佐藤先生,您别忘了,底片还在我的手上呢。"

佐藤雄看到投资"芙蓉绣庄"的商机,那是一条滚滚财源之路,断自己财路那是割他的心头肉。他强作镇定地说:"如果你们非要把事做绝,我认栽,但我马上宣布辞职,让我的签字

第十章

变得毫无意义。"说着,他端起一杯酒,一饮而尽,摆出一副听之任之的架势。

欧阳芬向潘向云使了个眼色,两人来到一边。欧阳芬悄悄说:"反正目的已经达到了,见好就收吧。"

潘向云扭头看了一眼佐藤雄,狠狠地、然而无可奈何地骂了句:"妈的!"拿起佐藤雄不肯签字的打印件,缓缓撕碎,说:"佐藤先生,这个我就不勉强你了。不过,我想知道,你订了黎秀娟多少产品?"

佐藤雄取出他与黎秀娟签的协议,往潘向云一摔,说:"你自己看吧。"

潘向云拿起协议看着,欧阳芬也将脑袋凑过来观看。潘向云失声说:"你,你是包销黎秀娟的全部产品?"

欧阳芬也失声说:"这是怎么回事?你给黎秀娟产品的价格,高出我们公司产品的百分之二十呀。"

佐藤雄说:"这没有什么可奇怪的,因为黎秀娟的产品是'芙蓉绣庄'正宗的老字号产品,我准备投资,希望她建起'芙蓉绣庄'公司。'芙蓉绣庄'这块招牌是乾隆皇帝御笔亲写的,比起你们公司的招牌,在海外要响得多呀!"

/ 3 /

黎秀娟抢走了慧梦湘绣公司的订单,要拉日本人入伙成立新的公司的消息,一下子慧梦公司的人全知道了,车间里、办公室都在议论这件事,连公司的大门过道,也有一群职员围着曹焕然在七嘴八舌。

"听说黎秀娟另立山头,要和我们公司唱对台戏,这下可真有热闹看了。"

"那黎秀娟真厉害,我们公司最大的外国客户,也被她抢走了。"

"曹主任,那我们公司怎么办?产品销不出去那就完啦!"

曹焕然没好气地说:"你们问我,我又问谁?"

罗夫平经过走廊,瞧着乱哄哄的一堆人围着曹焕然,皱起了眉头。人们发现了罗夫平的到来,立时安静下来,赶紧溜进了自己的办公室,或坐到了自己的办公桌前。罗夫平径直走进了总经理办公室。曹焕然忙跟了进去。

罗夫平瞧着曹焕然,气呼呼地说:"这都快成马蜂窝了,乱糟糟的,像什么话?"

曹焕然畏惧地说:"董事长,罗总住了院,潘助理又不来主持工作……"

罗夫平生气地说:"潘向云哪里去了?你去把他给我找来。"

恰在这时,潘向云和欧阳芬走了进来。潘向云恭敬地叫着"董事长",欧阳芬也兴奋地叫着"姨爹"。

罗夫平脸一板,说:"潘向云,你知不知道安然住了院?"

潘向云点了点头,说:"知道。"

罗夫平说:"你知道也不来主持日常工作?你干什么去了?公司都快成一盘散沙了,再这样玩下去,公司会散了架。"

欧阳芬忍不住说:"姨爹,您不知道,潘向云解决了公司的大难题,又为公司立了一大功呢。"

潘向云从口袋里取出那份佐藤雄签的订单,双手呈上去,说:"请董事长过目。"

第十章

　　罗夫平莫明其妙，接过订单一看，双眼陡地睁大，感到非常意外。

　　曹焕然将眼光投向罗夫平手中的订单，脸上也写满了惊异。罗夫平喜出望外，高兴地笑着说："你们为公司争取了这份订单，使公司渡过了眼前的难关，好，好。"

　　欧阳芬说："安然急得病了，姨爹，我们赶快去告诉他这个消息。"

　　他们来到医院，没想到罗安然竟然昏迷了，医生正在给他输氧。欧阳圆与欧阳子玉守在罗安然床边。

　　罗夫平与欧阳芬、潘向云走了进来。

　　欧阳圆说："姨爹、姐、向云，你们也来了。"

　　罗夫平说："安然怎么样了？"

　　欧阳圆说："医生说，没有大问题。护士刚给他打过针，但一时还不会醒来。"

　　欧阳子玉叹了一口气。

　　罗夫平取出那份订单递给欧阳子玉，说："你瞧瞧这个，芬芬和向云替公司立了一大功呀。"

　　欧阳子玉看了订单，喜出望外，赞赏说："好，好啊！"

　　潘向云向欧阳芬使了个眼色。欧阳芬会意，说："姨爹、姨妈，表弟住了院，公司没人管事不行，可向云只是个总经理助理，管起事来也是心有余而力不足呀。"

　　罗夫平听懂了欧阳芬的话外音，拿眼睛看着欧阳子玉。欧阳子玉想了想，和罗夫平交换了一个眼色，说："我看，向云就来代总经理吧。"

　　罗夫平点了点头，说："行，向云从今天起，行使总经理的一切职权。"

潘向云高兴地说:"谢谢董事长和夫人的栽培。"

欧阳芬向潘向云使了个眼色,潘向云对罗夫平说:"我还有件事要向董事长汇报。"

罗夫平点点头,说:"你说。"

潘向云说:"这次本想给黎秀娟以釜底抽薪的打击,终止佐藤雄与黎秀娟的协议,可是,佐藤雄坚持要包销黎秀娟的全部产品。"

欧阳芬说:"而且,那个佐藤雄给黎秀娟的产品收购价,高出公司产品价格的百分之二十呢。"

潘向云接着说:"这都是因为佐藤十分看重黎秀娟打出的老字号招牌'芙蓉绣庄'。这也说明黎秀娟的'芙蓉绣庄'是我们的心腹大患。佐藤雄还投资帮她成立新的公司。"

罗夫平神色大变,打断潘向云的话说:"你说什么?黎秀娟打出的招牌是老字号'芙蓉绣庄'?"

潘向云说:"是的,不过我想,我们会运用公司的一切关系和力量,来对付黎秀娟和她的'芙蓉绣庄'。"

罗夫平仰起脖子哈哈大笑,笑得所有的人都莫明其妙。罗夫平笑着说:"我可真没想到,那个黎秀娟还是个欺世盗名的骗子。"

欧阳圆在她的位置上一怔。潘向云、欧阳芬、欧阳子玉莫明其妙,面面相觑。

罗夫平对众人说:"你们还不知道,几十年前,我才是'芙蓉绣庄'的真正继承人。中国虽有湘绣、苏绣、粤绣、蜀绣这四大名绣,得过巴拿马国际博览会金奖的却只有湘绣,而那幅得金奖的罗斯福总统肖像湘绣,就是'芙蓉绣庄'的产品。我

第十章

的前岳父是'芙蓉绣庄'的老板,可他已经死了,我的前妻与女儿也已经不在人世,只有我才是'芙蓉绣庄'的唯一幸存者,这一享有盛誉的老字号只能属于我,别人无权盗用。"

罗夫平的声音流过欧阳子玉的脸,流过潘向云的脸,流过欧阳芬的脸,也流过了欧阳圆的脸,这些脸上都写满了惊讶。

罗夫平说:"现在黎秀娟居然敢来这么一手,盗用属于我的老字号招牌,她一定自以为得计,可她不知道这是她给自己的脖子套上了一根绞索。"

潘向云兴奋地说:"太好了,就凭这一条,我们就可以置黎秀娟于死地呀。"

欧阳子玉思索了一会儿,说:"夫平,属于你的老字号招牌'芙蓉绣庄',那个黎秀娟是怎么知道的呢?"

罗夫平一怔,说:"是呀,黎秀娟是怎么知道的呢?潘向云,你去查一查,同时搜集一些黎秀娟盗用'芙蓉绣庄'招牌的证据。上次,公司将她从法庭上保了出来,这次,公司得再把她送上法庭。"

潘向云连连应声叫好。

罗夫平、欧阳子玉、欧阳芬、潘向云都走了。欧阳圆在床边一张椅子上坐着,显得心神不宁。冷不丁,她又听到轻轻的、有点含混的呼唤声:"秀娟,秀娟……"是昏迷中的罗安然在呼唤。欧阳圆一抖,眼中的泪水无声地涌了出来。

/ 4 /

里间房内,黎秀娟在灯光下进行双面全异绣的试制,一个光圈罩着她。从她身旁的窗口望出去，是月光下的田园风景，涓涓溪泉，叮叮淙淙，如古筝、琵琶在弹奏。她的试制似乎遇到一点什么疑点，她便顺手拿起那本旧笔记本翻看着，发现笔记本中有一张单据。

黎东走进来，看了眼睡在床上的赵惠娥与黎秀娟的女儿，轻声问了句："姐，你还没睡呀？"

黎秀娟冲他一笑。

黎东一眼看到黎秀娟手中笔记本内夹的那张医院的单据，不无诧异地说："姐，这不是那张医院开的卖血单吗，你怎么还留着呀？"

黎秀娟声调低沉地说："用它做一张特殊的书签，它可以提醒我很多很多事。"

黎东显然领会了黎秀娟的意思，眼光中充满了激情。

欧阳圆听了姨爹的谈话及罗安然昏迷中的呼唤后，为黎秀娟他们担忧，于是就独自到了荷叶镇黎家。

这时，欧阳圆走了进来，喊着秀娟、黎东。黎东高兴地说："圆圆小姐。"忙端椅子给欧阳圆坐。黎秀娟也亲热地过去泡茶。

欧阳圆无意中看到那笔记本夹着的卖血单一角。她拿起那笔记本翻看，看见卖血单上有黎东的名字。欧阳圆的脸上写满了感慨。黎东感到诧异，仔细一看，发现了欧阳圆手上拿着那张卖血单。欧阳圆点点头，说："如果不是亲眼看见，我真不敢相信这是在今天发生的事。"

黎东出人意料且有点深沉地说："可我觉得，这是我的耻辱，贫穷并不值得夸耀，我一个大男人，为了解决妈妈的住院费，竟只能靠卖血。正是为了将这种耻辱化作动力，我姐姐才

第十章

把这张卖血单保存下来。"

欧阳圆钦佩地说:"你的话使我看到了你们身上潜藏着一种了不起的精神和力量。"

黎东说:"所以,你应该为我们的'芙蓉绣庄'而高兴嘛。"欧阳圆却摇了摇头,说:"不,我深为你们的'芙蓉绣庄'担忧。"

这一下,轮到了黎东疑惑不解。

欧阳圆着急地说:"你们还蒙在鼓里,我姨爹说,你们盗用了属于他的老字号招牌,潘向云说,就凭这一条,便可以置黎秀娟于死地呢。"

黎东气得发抖,冲着欧阳圆说:"我真不知道用什么词汇来形容你姨爹才好,天底下有很多不要脸的,我还没有见过他这样不要脸的人!'芙蓉绣庄'明明是我外公的祖业,他传给了我妈妈,我妈妈又传给了我姐姐,怎么突然变成你姨爹的了?他还说我姐姐是骗子呢,我看他才是天下第一号骗子。他要把我姐姐送上法庭?我们还要告他造谣诬陷,招摇撞骗呢!"

欧阳圆大惑不解,自语道:"这究竟是怎么回事?我可真的糊涂了。"

黎秀娟给欧阳圆泡上了一杯茶,拉着欧阳圆的手说:"我想,那位罗董事长如果不是发高烧讲,或是喝多了胡说八道,就一定是和你们开玩笑吧?因为我不相信他会无知、愚蠢到这种地步,也不希望他是这种无耻、卑鄙的小人。我们现在正忙得不得了,没工夫去理睬他,也懒得和他去计较。"

欧阳圆坦率地说:"秀娟,我真不知说什么好,在你们和我姨爹之间,我也真不知谁是谁非,我该相信谁了。"

黎秀娟说:"以后事实会告诉你的,不管怎样,我们都真诚地感谢你和罗先生对我们的帮助,你就在我们这里做几天客吧。如果罗先生能和你一块来,我们表示欢迎。"

欧阳圆说:"你们还不知道?我表哥住院了。"

黎秀娟一惊,忙问:"罗先生什么原因住院?"欧阳圆欲语又止。黎秀娟急切地说:"你快说呀,是生病,还是意外?"

欧阳圆看着黎秀娟,冲动地说:"我表哥是为了你——"

黎秀娟愕然。黎东一怔。

欧阳圆说:"真的,我应该告诉你,我表哥生病住院,都是为了你。"

黎秀娟一时不知说什么好。黎东也感慨万分。

欧阳圆诚挚地说:"秀娟,表哥生病住院,发烧讲胡话,一直喊你的名字。我才发现我表哥爱的是你,而且他把对你的爱一直藏在心里,藏得那么深。这样的爱是无法强迫,也没法改变的呀。"

黎秀娟冲动地说:"别说了,圆圆,我们快到医院去。"

黎东说:"好呀,我去给你们找辆车。"

过了会儿,黎东开了一辆手扶拖拉机过来:"只有这个,别看了,赶紧上来吧。"

欧阳圆与黎秀娟急急地爬上了拖拉机。

/ 5 /

黎秀娟一行赶到医院,护士看到欧阳圆,忙说:"圆圆小姐,你总算回来了。他还在说梦话呢,一直在喊着'秀娟,秀

第十章

娟'的。"

罗安然又在喊："秀娟……"

黎秀娟大受感动，走近病床，泪水涌出了眼眶。

欧阳圆向护士道了谢，送她出了病房，轻轻将门关上。

黎秀娟发现罗安然身上的毯子没盖好，俯身去替罗安然掖好毯子时，眼中的泪水滚落，滴在罗安然的脸上。

突然，罗安然睁开了眼睛，第一眼便看到了黎秀娟，吃了一惊。他不相信自己的眼睛，闭上眼睛，再使劲睁开来。他看清了眼前真的是黎秀娟，双眼发亮，双手紧紧抓住了黎秀娟的手。

黎秀娟一下子脸红了，忙抽出双手缩了起来，不安地看了一眼后面站着的欧阳圆。

欧阳圆怔了怔，像忽然想起了什么似的，说："哎呀，我还有一件重要事情忘记办呢。黎东，请你再开手扶拖拉机送我一下吧。"

黎东尚未回答，已被欧阳圆拉着出了病房门，房门也被她悄悄地关上了。

罗安然忍不住又抓住了黎秀娟的手，说："我真以为我是在做梦呢……"

黎秀娟深情地说："罗总，罗先生……"

罗安然说："你不能喊我的名字么？"

黎秀娟说："罗安然，安然。"

罗安然说："秀娟，尽管你上次已经拒绝了我，但是我还是要再次对你说，和我结婚吧。"

黎秀娟不知如何回答。

罗安然恳切地说:"难道你还不明白我对你的这一颗心么?"

黎秀娟迟疑地说:"上次我拒绝了你,你一定非常生气。现在你正在住院,我怎么能够再让你生气?可是,我又不能答应你,那么你还是会生气的。唉,我真不知道该怎样对你说呀。"

罗安然使劲地坐了起来,急迫地说:"你说,为什么要拒绝我?为什么?"

黎秀娟看着罗安然,迟疑地说:"我的双面全异绣,在我妈的指导下,有了新的突破,已经看到成功的曙光。我是想手上有成果,再和你……再说你一个大老板的公子、外资企业的总经理,我又拖着孩子,你们家里不会同意我们结婚的。"

罗安然激动地说:"不是我们家里和你结婚,是我和你结婚。请你相信,我向你求婚绝不是出于一时的冲动,而是经过冷静而又理智的考虑才作出的决定。"

黎秀娟点了点头表示相信。

罗安然却兴奋地说:"你答应了?太好了,我们应该去庆祝庆祝,喝一杯。"说着就要下床来。

黎秀娟赶紧拦住,笑着说:"你是不是还想再喝出病来,赖在医院里不出去呀?"说完,"扑哧"笑出声来。罗安然也跟着笑,两人笑得好开心。

突然,病房门被推开了。罗安然看时,一怔,笑声戛然而止,笑容也凝固在脸上。黎秀娟回头一看,也是一怔,笑声与笑容消逝。

门外站着罗夫平、欧阳子玉和欧阳芬。他们显然感到意外和吃惊。

黎秀娟很有礼貌地与他们打招呼,不想欧阳芬哼了一声。

第十章

罗夫平盯着黎秀娟，冷冷地说："黎秀娟，听说你打算成立一个'芙蓉绣庄'，是吗？"

黎秀娟说："不是打算，而是正在干。'芙蓉绣庄'的招牌都已经做好了。"

欧阳子玉说："黎秀娟，你是怎么知道'芙蓉绣庄'这块老字号招牌的？"

黎秀娟坦率地说："夫人，说实话，本来我也不知道这块老字号招牌的宝贵价值，还是佐藤雄提醒了我，我才明白自己以前是身在宝山不识宝，真是傻呢。"

罗夫平恍然大悟，说："原来是佐藤雄给你出的主意，哼。"

欧阳芬尖刻地说："可这块老字号招牌不属于你，你把别人的东西偷过来据为己有，这是犯法的。"

黎秀娟说："芬芬小姐，你的话我听不懂。'芙蓉绣庄'这块老字号招牌本来就是我家祖传下来的，是祖上传下来的资产，有二百多年的历史了，怎么成了别人的了？你知道'芙蓉绣庄'的来历吗？"

罗夫平又冷冷一笑，说："黎秀娟，你今天可真让我开眼界了。你盗用属于我的老字号招牌，不仅没有做贼心虚的感觉，而且公然以主人自居。"

黎秀娟又好气又好笑地说："罗董事长，我真佩服你，当着我的面说这种话，居然可以不脸红？"

罗夫平克制住怒气，说："黎秀娟，我正告你，你的如意算盘打错了。你如果认个错，马上放弃盗用'芙蓉绣庄'招牌，我可以饶恕你这一次。"

黎秀娟摇了摇头，说："我真不知道该笑，还是该哭、该气,或者该骂?我只好借用一句老话说,只有不要脸的人,才能说得出不要脸的话。"

罗夫平发怒,说:"放肆!你既然不识抬举,就准备上法庭吧!"

病房门口出现了黎东与欧阳圆。他们显然已经听了有一段时间了。黎东忍不住冲进门来,冲着罗夫平吼道:"你别拿法庭吓唬我姐姐,法庭又不是你开的。你自己贼喊捉贼,倒打一耙……"

黎秀娟生气地说:"跟这种不懂道理的人讲道理实在多余,黎东,我们走。"

黎东却不甘心地指着罗夫平愤愤地说:"你别以为你是外商,你是董事长,你有钱,就可以摆平法院,就可以任意欺负人。这是在中国,不是在外国,还想诬良为盗呀?我正告你,你要是再敢欺负我姐姐,我就是拼了命也不放过你,做鬼也不会放过你。"

黎秀娟拉住黎东,说:"我们要干的事还多得很呢,哪有精力跟他去耽搁时间?我要抓紧双面全异绣的试制,你还得抓紧去选购地皮呢。反正谁是谁非,谁真谁假,历史摆在那里,罗董事长心里明白,法律自有公论……"

黎秀娟向病房门口走去,忽又回头说:"不过,我再奉劝你一句老话,别搬起石头砸了自己的脚。"说完,看了罗安然一眼,说了句:"再见。"转身而去。

/ 6 /

潘向云沿着荷叶镇的路走来,一路观望着。他听说镇口正

第十章

在施工的房子是"芙蓉绣庄"工地，赶紧取出照相机拍着，看到黎秀娟的家门口搁着一块"芙蓉绣庄"的招牌，又端起相机拍了几张照片。

何婶抱着黎秀娟的女儿在路边散步，看到了正在拍照的潘向云，走近前来问："先生，你为什么拍我们'芙蓉绣庄'的招牌呀？"

潘向云一怔，掩饰道："哦，我是在给你们做宣传呢。"

何婶说："先生，你是报社的呀。"

潘向云支吾着应了声。

何婶又说："听说报社登广告，做宣传，都是要出钱的呀。先生，你要收我们多少钱呀？"

潘向云说："不，我不收你们的钱。"

何婶刚刚高兴的笑脸旋即又满是疑惑，说："噢，你是怎么知道的，这个招牌今天刚做好呢。"

潘向云仍然掩饰道："你们黎秀娟捎信让我来的嘛。"

何婶诧异地说："你认识黎秀娟？可她——"

潘向云说："她进城办事去了，我知道。"

何婶还想再问什么，潘向云忙将话岔开，指着何婶抱着的小女孩说："这女孩长得真可爱，是你的孙女儿吧？"

何婶说："哪里哟，她是黎秀娟的女儿。"

潘向云一怔，说："什么，黎秀娟的女儿？她哪里会有女儿？"

何婶说："这是黎秀娟的女儿呀。你看，这眉眼，这脸蛋蛋，长得多像她呀。"

潘向云怀疑道："没听说黎秀娟结婚呀，她丈夫是谁？"

何婶生气地说:"别提这事了。都是黎秀娟以前的男朋友,叫做潘什么的,一个没良心的东西,和黎秀娟有了女儿,又做了陈世美,攀上个什么外商富婆。我要是见到那个姓潘的,一定饶不了他。"

潘向云大惊,手一松,照相机掉在地上。

何婶说:"先生,你怎么了?"

潘向云赶紧捡起照相机,支支吾吾地掩饰着,两眼却紧紧盯着何婶怀中的女儿。潘向云问:"她叫什么名字?"

何婶说:"这孩子还没有一个名字呢。"

潘向云说:"那她姓什么,是跟她爸爸,那个姓潘的姓吗?"

何婶狠狠地说:"呸!那个姓潘的没尽半点做父亲的责任,配当她的爸爸吗?不配。这孩子命苦,只能跟她妈妈姓,是个没有爸爸的私生子呀。"

潘向云失声说:"我不知道黎秀娟会真的生下这个女儿,我不知道呀。"

何婶说:"你说什么?你怎么了?"

潘向云忙掩饰道:"哦,我是说,黎秀娟有了女儿也不告诉我一声,要是我知道她有个女儿,我作为她的老朋友,也该带点礼物,买几样玩具来呀。唉——"他从身上取出些钱放在何婶抱着的女儿身上,说:"就请你去给孩子买点什么东西吧,谢谢你了。"

何婶忙抓起钱还给潘向云,说:"不不不,这钱我可不能收,没经过秀娟的同意,她会生气的。"见潘向云执意要送钱,又说:"你一定要送,就直接交给秀娟,或者,去交给秀娟的妈

第十章

妈吧。"

赵惠娥拄着根棍子走来,说:"何婶,你在跟谁讲话呀?"

何婶说:"赵大姐,我在跟报社的记者讲话呢。他在替我们拍广告,做宣传,他还认识秀娟呢。"

潘向云盯着赵惠娥,问何婶:"她是?"

何婶说:"她就是秀娟的妈妈呀。"

潘向云又是一惊。

赵惠娥说:"何婶,快请客人进屋里坐一坐,喝杯茶吧。"

何婶也热情地请潘向云进屋里去。潘向云慌忙推托说:"谢谢,谢谢,我今天很忙,还要赶回城去,下次再来,下次再来。"说着,便往后退,一脚踏空,险些跌倒,忙不迭地爬起来,匆匆走了。

潘向云回到城里,把照片洗出来,一张张交给罗夫平、欧阳子玉和欧阳芬看,并指着照片说:"这是黎秀娟盗用董事长的老字号'芙蓉绣庄'的证据。这一下,黎秀娟是怎么也逃不脱了。"

欧阳芬气愤地说:"姨爹的'芙蓉绣庄',那是在巴拿马国际博览会得金奖的呀,竟然被黎秀娟偷到这么个穷山村去了,简直是奇耻大辱呀!"

欧阳子玉不满地说:"这个黎秀娟,真是无法无天,胆大妄为呀!"

罗夫平看完照片,在屋子里气呼呼地走来走去。一会儿摇头,一会儿点头,口里喃喃自语:"真的,不可能?怎么会呢?"这块招牌他太眼熟了,用笔圆润,结构严谨,字体端庄。岳父多次拿出拓本,翁婿品酒欣赏。他站定,突然说:"潘向云,你准备一下材料,明天向法院起诉黎秀娟。"

潘向云应声说:"是。"

欧阳子玉说:"夫平,你那块老字号'芙蓉绣庄'还没在工商局注过册吧?"

罗夫平一怔,猛醒,说:"是呀,还是夫人想得周到,只有依法注册了,才能具有合法拥有权呀。潘向云,你马上准备好材料,去工商局联系一下,把'芙蓉绣庄'的注册手续尽快给办了。"

/ 7 /

黎秀娟在进行双面全异绣试制,罗安然走了进来。黎秀娟一怔,高兴地说:"你怎么来了?"

罗安然笑着说:"怎么,不欢迎我呀?"

黎秀娟笑着给罗安然端来一杯茶,风趣地说:"欢迎欢迎,堂堂外资公司的罗总经理大驾光临,蓬荜生辉呀,我能不欢迎吗?"说着,自己忍不住笑起来。见罗安然也笑了,黎秀娟关切地问:"你的病都好了?"

罗安然也风趣地说:"自从堂堂芙蓉绣庄的黎大庄主和慧梦公司罗大经理进行了历史性的会晤,并且缔结了划时代的婚姻关系之后,罗大经理的病已经不治而愈了。所以,罗大经理是百分之一百二十地感谢黎大庄主的妙手回春呢。"说着,也忍不住笑了起来。

黎秀娟笑着说:"安然,我今天才知道你也会耍贫嘴呢。不过,我希望你今天到这儿来,只代表你个人,而不代表任何其

第十章

他人。"

罗安然说:"那你说我是来做什么的?"

黎秀娟猜测说:"我和罗董事长已经红过脸了,你也在场看见了,你今天来,想必与这有关吧?"

罗安然点点头,说:"不错,我就是为'芙蓉绣庄'来的。"

黎秀娟说:"让我把这块老字号招牌让给你父亲?希望你不是替你父亲来当说客。"

罗安然并不分辩,却取出一包香烟,抽出一支,说:"你不抽烟,肯定也不知道这种香烟的故事。这种烟并不贵,市场只卖几元钱一包,它原先并不是这个名字,在另一个省销路极好。可是另一个省有家企业,抢先去注册了这种烟的商标,取得了拥有这种商标的合法权利。于是,本来拥有这种商标的烟厂,便因为没有注册而成了非法侵权。你说,这故事有趣吗?"说着,他从口袋里掏出一份资料,递给黎秀娟,说:"这是一份中国名牌在海外遭'抢注'的材料,你看看吧。"

黎秀娟接过资料看着,念出声来:"北京百年老店'全聚德',在海外某些国家和地区被他人以所有人身份注册在先。根据国际商标注册的原则,'全聚德'将因此不准进入这些已被抢注的国家和地区了。同样,中国名烟'红塔山'在菲律宾被抢注后,这一名牌已属于菲方,菲方生产的'红塔山'已大量销入东南亚及周边国家。目前,仅在澳大利亚、印度尼西亚及日本等地,被抢注的中国名牌就达300余个……"

黎秀娟看得目瞪口呆。

罗安然不慌不忙地抽着烟,说:"怎么样,这些教训惨重吧?"

黎秀娟思索着，霍然顿悟，感激地说："安然，谢谢你。"

罗安然调侃说："谢什么呀？我是替我爸来当说客，劝你让出'芙蓉绣庄'这块老字号招牌的嘛。"

黎秀娟一笑，说："对不起，我以小人之心度君子之腹了。如果我去办了'芙蓉绣庄'这块招牌的注册，便可以防止重演那家烟厂丢失自己商标的悲剧，要不是你提醒，我还真想不到这一着呢。"

罗安然说："想到了而不行动，等于没想到。商场如战场嘛，而战场的情势是瞬息万变的。"

黎秀娟仍有点迷惑，说："可是，我的对手是罗董事长，你的爸爸呀。你为什么帮我而不帮你爸爸？"

罗安然说："我不想说什么为了爱可以赴汤蹈火的话，那会使你肉麻，也会使我起鸡皮疙瘩。可是，我听欧阳圆说了你们拥有'芙蓉绣庄'这块老字号招牌的事实之后，我总得有点表示吧。怎么，你不想要我帮忙么？那我只好告辞了。"

罗安然故意朝门外走。黎秀娟一怔，忙追了出去。

黎秀娟和罗安然来到工商局门口，不禁一怔，停住了脚步。潘向云正从大门里走出来。

潘向云看见了黎秀娟和罗安然，也不禁一怔，失声道："罗总，黎——"

罗安然打断他的话说："你来干什么？"

潘向云说："董事长让我来给他的'芙蓉绣庄'办注册手续。我已经办理好了。现在，这块老字号招牌已经正式属于罗董事长了。"

黎秀娟生气地说："天下哪有这样的道理，明明是我们家的

第十章

老字号招牌，被别人办个手续就抢走了。不行，得给个说法。"说着就要往大门里冲去。

罗安然拉住了她，说："这就是商标法，你进去闹一场也是不能解决问题的。"

黎秀娟说："难道就这样算了？"

罗安然说："当然不能就这样算了，我爸总得讲道理，我找他去。"

潘向云明白过来，吃惊地说："你帮黎秀娟，不帮你爸？"

罗安然生气地说："谁说我不帮我爸？可我首先得帮我爸尊重事实，帮我爸纠正失误，尤其要帮我爸不被别人利用。"

潘向云敢怒而不敢言。

罗安然严肃地说："你并不知道事实，就别来瞎搅和。'芙蓉绣庄'本来就属于黎秀娟，应该物归原主。"说着，转身向停车场走去。黎秀娟轻蔑地看了潘向云一眼，扭过头，跟着走出门去。

潘向云狠狠地瞪着罗安然的背影。他狠狠的目光又投向黎秀娟。猛地又想起什么，他急忙喊："秀娟，秀娟。"

黎秀娟厌恶地说："你叫什么叫，我不认识你。"

潘向云已大步走来。

罗安然已打开轿车门，看了看走过来的潘向云，对黎秀娟说："别回避事实，去跟他把话说清楚吧。"

黎秀娟想了想，点点头，迎向潘向云。

潘向云走到黎秀娟身边，说："你别以为有罗安然帮你就万事大吉，罗董事长不会答应的。"

黎秀娟冷冷地说："如果你就为了说这些废话，那你留着自个儿慢慢说吧。"说着，转身欲走。

潘向云忙又说："你等等，你为什么不告诉我，你生下了女儿？"

黎秀娟一怔，仍然冷冷地说："你弄错了。没有。"

潘向云说："我在你家里，亲眼见到了我们的女儿。"

黎秀娟愤怒地说："那不是你的女儿。你的女儿已经被你杀死了。"

潘向云语塞。

黎秀娟的泪水夺眶而出。她赶紧扭过头走向轿车。

潘向云呆呆地注视着远去的轿车。

第十一章

/ 1 /

潘向云把商标注册证交给罗夫平,然后又把罗安然要帮黎秀娟注册的事也告诉了罗夫平,说:"幸亏我早一步,要不,这个'芙蓉绣庄'的招牌就让黎秀娟抢注了。我没想到,罗总会那样热心地帮黎秀娟,我真没想到呀。"

罗夫平气得霍地站起,咬牙切齿,一脸铁青,他一把将手中的雪茄攥在手心,攥成了一团。欧阳子玉也不满地说:"安然这孩子,是怎么了?胳膊肘怎么往外拐?"

潘向云说:"罗董,今天我早一步,才把这商标抢注到手。这以后公司的事就难办了,我不可能都靠抢先一步呀,他和我们同一条船却不同心,他是总经理,他的权力又比我大,我担心以后不好办事呢!"

罗夫平狠狠地说:"你给我注意黎秀娟的动静,她要敢挂出'芙蓉绣庄'的招牌,就要工商局去查封。我的招牌决不容许她侵犯,更不能让她给玷污了。"

潘向云很坚决地应声。欧阳芬火上浇油,说:"表弟也真是,和黎秀娟他们拧成一股劲来对付我们。"

欧阳圆看着罗夫平的脸色,有点害怕,但还是忍不住怯怯地说:"表哥这样做,也许有我们还不知道的原因。"

欧阳芬打断了她的话说:"什么原因?明摆着,还不是被黎秀娟给迷住了。怪不得黎秀娟连佐藤雄这个客户也能挖走,我说黎秀娟怎么变得这么厉害,原来有安然在暗中配合。这个安然,竟然吃里扒外……"

突然,罗安然走了进来。

欧阳芬立时僵住了,大张着的嘴合不拢。潘向云阴沉沉地瞪着罗安然。欧阳子玉不满地瞟着罗安然。罗夫平一言不发地逼视着罗安然。

罗安然进门直视着欧阳芬,似笑非笑地说:"芬芬,怎么不说了?说下去呀,我在洗耳恭听呢。"

罗大平发怒,说:"你还有脸说芬芬?她是为我们公司,为我们家。可你,在为谁?"

罗安然反问:"难道我就不是在为我们公司,为我们家,为您么?"

欧阳子玉似有所思,猜测道:"安然,你这样帮着黎秀娟,是不是想打动她,感化她,把她拉回公司里来?"

罗安然摇了摇头,说:"我没有那样的力量,也做不到。今天的黎秀娟已经不是昨天的黎秀娟,她不会放弃她的'芙蓉绣庄'。"

罗夫平爆发了:"什么她的'芙蓉绣庄'?那是我的,我的!"

罗安然说:"爸,您不能光想着自己的理由,也得听听人家的理由嘛。"

罗夫平打断了他的话说:"他们能有什么理由?你不说我也能够料到,无非是满嘴谎话,欺世盗名。"

罗安然冲动地说:"爸,您太武断了。您能把'芙蓉绣庄'

第十一章

的来历说清吗？您有证据吗？您仅凭抢先注册？"

罗夫平吼道："住口！你如果还知道我是你爸，那你就听我的，跟黎秀娟一刀两断。"

罗安然说："不可能。"

罗夫平说："那你就不是我的儿子。"

欧阳子玉一惊。

罗安然痛苦地说："爸，您真让我失望。"

罗夫平说："你更让我失望。明天，你给我回马来西亚去。"

罗安然倔犟地说："不，我在这里还有总经理的工作要干。"

罗夫平说："你不用干了，把总经理的工作交给潘向云吧。"

潘向云在一旁听了，不由得心花怒放。

罗安然更加不服地说："爸，没有经过董事会讨论表决，您无权撤销我的总经理职务。"

欧阳芬忙说："我是董事，我支持姨爹的决定。"

罗夫平显然听着很顺耳。

欧阳圆忙说："我也是董事，可我支持表哥继续当总经理。"

罗夫平却气呼呼地朝欧阳圆一瞪眼。

欧阳子玉劝阻说："夫平，你冷静一点嘛，都是一家人，有什么事不能好好商量，干吗发这么大的火，闹得一家子誓不两立。"

罗夫平哼了一声，拂袖而去。

欧阳子玉叹了口气，说："我去劝劝他，你们先别来打扰。"便往内室而去。

2

黎秀娟看着那块"芙蓉绣庄"的招牌，一言不发。

赵惠娥说："那个罗董事长，不就是那位罗先生的爸爸吗？罗先生是个大好人，是我们的救命恩人啦，可他爸，怎么就那样坏呀。"

黎东陪着熊镇长走来了，后面跟着何婶。黎东说："姐，妈，熊镇长来了。"

黎秀娟马上给熊镇长让座，泡茶。

熊镇长说："秀娟呀，你们恢复老字号'芙蓉绣庄'，是一件造福乡里的大好事呀。我们乡本来就是有名的湘绣之乡，可惜后来看着看着就不行了，单干独斗打不了天下。现在，你们'芙蓉绣庄'这个龙头树起来，一定能够带动我们乡的湘绣行业发展。我已经向区里和市里汇报了，上面很重视，要求我们尽快把'芙蓉绣庄'的招牌正式挂起来，尽快把我们的产品推向全省、全国、全世界，同时把我们湘绣之乡也推向全省、全国、全世界。怎么样，我看你们就趁热打铁，把'芙蓉绣庄'的招牌正式挂起来吧。"

黎东也兴致勃勃地说："姐，现在我们是天时、地利、人和都有了，正好借东风开张，把'芙蓉绣庄'的招牌挂起来。"

黎秀娟说："熊镇长，谢谢你的支持，可是，这块招牌暂时不能挂了。"

熊镇长愕然，说："为什么不能挂了？"

黎秀娟说："一家外资公司抢先在工商局注册了，按照商标

第十一章

法,这块老字号招牌现在归他们拥有了。"

熊镇长说:"怎么会有这样的事?'芙蓉绣庄'的历史我也听说过,这块老字号招牌是你们家祖传的嘛。工商局怎么乱给外资老板注册,乱弹琴嘛。"

何婶愤愤地说:"外资怎么了,又不是在外国。"

黎东火冒三丈,说:"岂有此理,真是岂有此理!那个罗董简直是强盗,明火执仗的强盗!我们家的老字号招牌,就这样被他公然抢了去,我决不答应!"

赵惠娥说:"熊镇长,你可得替我们做主呀。"

熊镇长大大咧咧地说:"没问题,法律就得依据事实嘛。我们的政策不是有一条'有错必纠'么,工商局搞错了就得让他们改过来。'芙蓉绣庄'的招牌你们一定要挂,这是区里和市里领导要求的,怕什么。"

何婶说:"熊镇长说了挂,我们就大胆挂。"

黎东愤愤地说:"挂。他们想抢走我们的老字号招牌,我们偏要把它挂起来。"

/ 3 /

欧阳子玉从内室走出来,一眼看到坐在沙发上的罗安然与欧阳圆,不禁一怔,说:"你们怎么还坐在这里,也不休息?"

罗安然说:"妈,我们都睡不着呀。我们必须把'芙蓉绣庄'的真实情况对你们说个清楚。"

欧阳子玉反问:"有这个必要吗?"

罗安然说:"妈,我是您的儿子,您应该了解您的儿子,并不是一个不理智的人。"

欧阳子玉说："说吧。"

罗安然说："我爸说'芙蓉绣庄'是他的，可是黎秀娟和黎东告诉我，'芙蓉绣庄'是黎秀娟祖上传下的，有二百多年的历史了，她的外公传给她妈妈，她妈妈又传给她。"

欧阳圆也肯定地说："是的，我也听他们这样说过。"

欧阳子玉惊讶地说："她们真是这样说的？"

罗安然说："是的，如果她们说的是事实，那么，显然她们更加具有继承'芙蓉绣庄'的资格。到事实真相弄明白，那时候，我爸又怎样下台？"

欧阳子玉说："可是，要这是黎秀娟他们编造的骗局，自欺欺人呢？"

罗安然说："妈，凭我的直觉和判断，我相信黎秀娟他们一家子绝不是骗子，所以我希望你们平心静气地找黎秀娟、黎东和他们的妈妈谈一谈。"

"一对卖血救母的姐弟不会是骗子。"欧阳圆补上一句。

/ 4 /

黎秀娟在简陋的临时厂房，挂起了"芙蓉绣庄"的招牌。厂房虽说简陋，但是粉刷一新，看上去还不错。赵惠娥、何婶以及那些湘绣个体户的姐妹们都穿得干干净净、喜气洋洋的。

阳光照耀着"芙蓉绣庄"的招牌，格外醒目。黎东在接待熊镇长和一些客人，黎秀娟在房内向姐妹们传授湘绣技巧，说："从今天起，我们芙蓉绣庄，就算正式挂牌开张了，而且从今

第十一章

天起,我们的所有产品都要体现出湘绣的五大要素,画、绣、诗、书、印俱全。为了确保工艺水平和质量,根据现有生产条件,我们只能采取集中和分散相结合的方式。你们都是技术班子成员,要协助我妈妈和我设计绘画、绘图制版,以及印花配线,然后再交给各地的刺绣户去完成,最后再由你们协助我进行加工和整理。当然,我要声明,我们绝对不搞大锅饭那一套,不搞什么'又要驴儿跑得好,又要驴儿不吃草'。我对你们定的酬劳方式是计件与计时相结合,凡是你们利用节假日或其他休息时间完成的产品,一律按最优价收购;另外你们参加技术班子的工作,再付一份工资。数额嘛,肯定超过那些外资大公司,绝对不会比他们少。"

房子内笑声四起,姐妹们听着黎秀娟的话,一个个高兴得眉开眼笑。

谭庆元走了进来,喊了声秀娟。黎秀娟一怔,礼貌地迎出来说:"谭老板。"谭庆元说:"这可真是'士别三日,当刮目相看'呀,短短的日子里,你就竖起了'芙蓉绣庄'的招牌,不简单,不简单呀!"

熊镇长说:"谭老板,这块'芙蓉绣庄'招牌可是国外有名啦。国外的商人认准了这块招牌呢。你要想发大财,就赶紧来投资入股吧。"

谭庆元说:"我也知道这块老字号招牌是金不换呀。可是,我跟秀娟以前有点误会,就算我要投资,她会不会……?"

黎秀娟笑着说:"谭老板,以前那点误会我早就忘记了,您别还放在心里呀。"

谭庆元高兴地笑道:"真的吗?那你同意让我投资入股了?"

黎秀娟点点头。

突然，两个市工商局的干部在潘向云的引导下，来到厂门口，指指画画一阵，然后就要摘那块招牌。

黎秀娟忙制止说："你们要做什么？"

一个工商干部说："这块招牌已经由慧梦湘绣公司依法注册，你们无视法纪，擅自制作相同的招牌，并且公开悬挂，这是严重的违法行为。现在，他们公司的潘总经理作为董事长的代理人，告你们侵权，我们依法对你们进行取缔查封，并且处以罚款。"说着，将一张罚款单递过来。

人们哗然。

黎秀娟不接罚款单，怒视潘向云。

潘向云说："我也是受罗董的委托，没办法呀，谁叫你跟法律过不去嘛。"

黎东冲过来，一把抢过罚款单，看也不看，撕得粉碎，往地下一掷，又推开那两个要摘招牌的干部，吼叫道："不准摘我们的招牌。"

潘向云朝彭定坤一挥手，说："将他拉开。"

彭定坤领着保安人员扑向黎东。人们骚动起来。

一个工商干部大声喝道："我们是在依法执行公务，谁敢妨碍我们执行公务就是犯法。"他又吩咐身边的工商干部说："你马上去联系当地公安局，请他们派些人来。你们，把那块招牌摘下来。"

赵惠娥与何婶在一旁很着急，对熊镇长说："熊镇长，你快说句话，说句话吧。"

熊镇长硬着头皮走上前，说："同志，你们这样做也该先和

第十一章

镇上打个招呼嘛。"

一个工商干部气势凌人地说:"打什么招呼?你们荷叶镇搞地方保护主义,竟然让这块非法招牌公开挂起来,我们没有追究责任就算便宜你们了。"

熊镇长不服地说:"话可不能这样说,'芙蓉绣庄'这块招牌究竟是那个罗董的,还是秀娟他们家的,究竟是谁合法,谁非法,究竟该追究谁的责任,还不一定呢。"

彭定坤威胁说:"你敢妨碍执行公务,就连你也一起抓。"

熊镇长发怒,说:"你们也太目中无人了。我倒要看看,今天在荷叶镇这块地盘上,谁敢在我们镇上乱来!"

乡亲们在一旁叫着、喊着,替熊镇长助威。

潘向云走近去,软硬兼施地说:"熊镇长,你别忘了,慧梦湘绣公司是外资企业,罗董事长是书记、市长的座上宾。为引进这家外资企业,市长带着开发区的领导多次去马来西亚考察,现场办公,零地价,市里出台最优惠政策。今天这事市里领导可是很重视哟,外资办的刘主任强调要严肃查处,决不宽容,并且决定作为全市打击假冒注册商标的重点案例来抓,你又何必强要出头,替别人遮风挡雨呢?"

熊镇长被他说得心神不定,一甩手,往外就走。

何婶说:"熊镇长,你走了,他们要摘招牌怎么办?"

熊镇长叹了口气,不回答,低头而去。

谭庆元咋咋呼呼地说:"秀娟呀,这块老字号招牌不是你家的,你就不要拿来欺骗乡亲呀。你要犯法是你的事,也别连累我们都犯法呀。"他又朝众人喊道:"乡亲们呀,我们可别稀里糊涂被人利用了,冤里冤枉犯了法哟。走吧,走吧,是非之地莫久留啊！"

人们见谭庆元摇头晃脑走了，也跟着四散而去。

黎秀娟、黎东、赵惠娥立时显得势单力孤了。

工商局的干部们摘下了"芙蓉绣庄"的招牌，扛在肩上，准备离开。潘向云以胜利者的姿态看了一眼黎秀娟，便对他领来的那些人说："诸位辛苦了，回去我请客。"

一个工商干部对黎秀娟、黎东说："限你们在三天内将罚款送来，否则，加倍罚款。"

潘向云与工商干部们以及彭定坤、保安人员扬长而去。

黎东瞪着远去的那一伙人，忽然吼叫起来："不行，不能让他们把招牌抢走。"拔步欲追。

黎秀娟拉住他，说："黎东，你就是抢回来了，那招牌没有注册，又有什么用？"

黎东不甘心地说："难道我们就这样认输了？"

黎秀娟说："认输？就是死也不能认输！"

黎东说："那，我们怎么办？"

黎秀娟说："打官司，告状。如果区法院不准，就告到市法院去，市法院不准，就告到省法院去，省法院不准，就告到北京去。不信天底下就没个讲道理的地方。"

何婶说："要打官司就得拿出证据证明'芙蓉绣庄'是属于你们家的。"

黎东说："证据？那芙蓉绣庄的招牌拓本不是证据？"说着便大步走进屋里。

何婶说："秀娟，你真是太难了。"说时，眼泪已涌了出来。

赵惠娥哭着说："命苦呀，我们家命苦呀……"

第十一章

黎秀娟强忍悲伤，说："妈，别哭了，眼泪救不了我们。妈，去歇着吧。我不相信这世道就没有公理了。"

/ 5 /

欧阳圆总觉得在"芙蓉绣庄"招牌的时间纵深处有着不被人知的故事。姨父罗夫平说是他的，黎秀娟又说是她的，两个人都不像是坑蒙拐骗之人，这里面有什么原因呢？罗安然不愿跟罗夫平沟通，欧阳圆便把黎秀娟说的"芙蓉绣庄"招牌的来历告诉了罗夫平。

罗夫平听后十分惊讶。罗夫平说："黎秀娟真是这样说的？她的招牌是她外公传给她妈妈，她妈妈又转让给她的？"

欧阳圆说："是呀，是这样说的。"

欧阳子玉说："这事我也感到怪。你姨爹和黎秀娟讲的理由，倒好像是出自同一个老人。不对，你姨爹的前妻翁湘慧已经死了呀！"

罗夫平说："是死了。曹焕然去调查过，还开了证明的嘛。再说，我以前只有个前妻湘慧和女儿，没有儿子，现在黎秀娟不是还有个弟弟么。这么看，不是的。"

电话铃响。欧阳圆拿起话筒，一听，惊喜地说："是表哥，你在哪里？姨爹和姨妈都在这里呀。"

欧阳子玉走过来，接过话筒听着，吃惊地说："什么，你要正式向黎秀娟求婚？你这是征求我们的意见，还是下最后通牒呀？"

话筒里传出罗安然的声音说："妈，请您和爸爸祝福我和秀娟吧。我爱你们。"随即听到挂断电话的声音。

欧阳子玉瞧着罗夫平说："你都听见了吧，安然要向黎秀娟求婚了呢。"

罗夫平大感意外，说："胡闹，简直是胡闹！"

欧阳圆感慨地说："可我真没想到表哥会这样勇敢。"

欧阳子玉也说："我也没想到，安然这孩子会这样敢爱敢恨。"

罗夫平没好气地说："他眼中根本没有我们，你们还夸他。"

欧阳子玉说："他这样做是太仓促了一些，他之所以这样先斩后奏，还不是因为我们反对他与黎秀娟，他想要造成既成事实，然后迫使我们不得不承认既成事实嘛。"

罗夫平说："不，我决不承认黎秀娟是我们的儿媳。"

欧阳子玉说："可你想过没有，如果我们拒绝黎秀娟这个儿媳，就会失去安然这个儿子呀。那我可不愿意。"

罗夫平说："事情到了这个地步，你还要纵容安然，甚至接受黎秀娟？安然从小就是被你给宠坏了，才会闹得今天这样不像话。至于黎秀娟，你怎么还看不明白？她是在迷惑安然，是要把我们的儿子给抢过去呀。"

欧阳子玉叹了口气，说："报应，真是报应，是命运存心安排的重复呀。你不觉得安然就像当年的我，而黎秀娟就像当年的你么？"

罗夫平不悦地说："你，你怎么这样相提并论？"

欧阳子玉叹了口气，说："我实在不想再提往事，可是，你却把过去的事忘得一干二净了呀。我可是忘不了呢。当年在马来西亚，我执意要与你结婚，我们整个家族有几个人不反对？

第十一章

那时,我们受了多少气、多少罪呀?后来,我们自作主张举行了婚礼,造成了既成事实,而你又显露出你的才华和能力,我们家来了个一百八十度的大转变,才都承认你是乘龙快婿了啊!"

罗夫平瞟了一眼欧阳圆,不吭声。

欧阳子玉说:"再说,黎秀娟这个姑娘,在我们见过的女孩子中恐怕也是绝无仅有的一个了。我欣赏她超群的技艺,更欣赏她一个弱女子,无权无势无依无靠,却敢去走自己的路,而且是到了黄河也不死心呀。夫平,黎秀娟的这种坚韧不拔、百折不挠,不仅像当年的你,而且比你当年更有过之而无不及呢。"

罗夫平虽然没有作声,却觉得欧阳子玉句句说到他心里。

潘向云与欧阳芬走了进来,后面跟着彭定坤,扛着那块"芙蓉绣庄"的招牌。

欧阳芬激动地说:"姨爹,姨妈,瞧潘向云办事,多漂亮,不仅把黎秀娟的芙蓉绣庄给查封了,连招牌都给收缴过来了呢。"

彭定坤放下了招牌,退了出去。

罗夫平显然被眼前的招牌触动,上前去用手抚摸着"芙蓉绣庄"几个字。招牌比照片更具视觉冲击力。听岳父说过,乾隆皇帝御笔题写的那块招牌几经战火,早不存在了。但那块招牌的拓本被作为传家宝留了下来。结婚前岳父给他看过。这字有颜体风骨,有赵体柔润,也有皇帝老儿的霸气,过目难忘。罗夫平太熟悉了。

欧阳子玉趁机又说:"就拿这块老字号招牌来说吧,那次在医院里黎秀娟说过,她之所以打出'芙蓉绣庄'的旗号,是听佐藤雄说了这块招牌的价值,这才使她受到启发。我就认为是佐藤雄在利用她,告诉她用了这块招牌。可是,黎秀娟那个弟弟却对欧阳圆说得有鼻子有眼的,让人听上去倒好像这块招牌本来就是他们家的一样。说不定这里面还有什么隐情,或者,还有一个什么高人在幕后指点着他们呢。你难道就不想亲自去了解一下,弄个明白么?"

罗夫平思索着,一会儿摇头,一会儿点头。

欧阳子玉又转身说:"向云,你应该多了解一些情况,黎秀娟的母亲是不是叫做翁湘慧,还有她的父亲是怎么回事?"

潘向云回答说:"记得以前在学校时,黎秀娟的家庭成员栏目上填的是,父亲叫黎云飞,已病逝;母亲叫赵惠娥。"

欧阳子玉想了想,又问:"黎秀娟有个弟弟,叫什么来着?"

欧阳圆说:"黎东。"

欧阳子玉说:"那个黎东是不是黎秀娟的亲弟弟?他们姐弟都是赵惠娥亲生的么?"

潘向云回答说:"是的,黎东是黎秀娟的亲弟弟,他们姐弟俩都是赵惠娥亲生的。"

欧阳子玉如释重负。

欧阳芬莫明其妙地看着她,说:"姨妈,您问这些做什么呀?"

欧阳子玉说:"你们还不知道,安然已经去向黎秀娟求婚了,我能不了解清楚黎秀娟家里的情况吗?"欧阳芬与潘向云大吃一惊。

欧阳子玉说:"夫平,我们是安然的父母,如果不去拜访一

第十一章

下我们的亲家，黎秀娟的母亲，安然会太没有面子，别人也会指责我们摆架子，而且你可以趁这个机会，去把他们关于'芙蓉绣庄'的说法弄个清楚呀。"

欧阳圆说："姨爹，您是该去一下。姨妈，我也要去，向表哥和黎秀娟祝贺。"

罗夫平没有说话，他看了一眼欧阳子玉，点点头。

欧阳子玉扫了欧阳芬与潘向云一眼，说："如果安然和秀娟好了，你们都应该去。"

/ 6 /

黎秀娟一个人坐在屋里，想着那些揪心的事，泪水不由得流了下来。突然，身后有人喊她。黎秀娟一惊，慌忙抹去泪，转过脸来，是罗安然。

罗安然站在她的面前，愧疚地说："秀娟，我没能说服我爸，因为他根本不肯听我说，让你遭受这么大的打击，我真对不起你。"

黎秀娟说："你别自责了，这事不是你的责任，你已经为我尽力了。谢谢你，你走吧。"

罗安然说："你要赶我走？"

黎秀娟说："我不愿意你看着我一败涂地，我的失败和痛苦让我一个人来承受好了。"

罗安然恳切地说："我愿意分担你的失败和痛苦。我不会离开你的，现在是你最困难的时候，我必须和你在一起。"

黎秀娟感动地说："安然……"

罗安然抱住黎秀娟。黎秀娟在他的怀里说:"我想哭呀,我真想痛痛快快地大哭一场。"罗安然说:"哭吧,哭出来心里会好受些。在别人面前,你争强好胜不能哭,在我怀里,就哭个痛快吧。"

黎秀娟再也忍不住,耸动着肩膀哭了。

罗安然深情地看着黎秀娟说:"秀娟,我们举行婚礼吧。"

黎秀娟一怔,说:"安然,你用不着开玩笑来逗我。"

罗安然强调说:"我是认真的,绝对认真的。"

黎秀娟说:"在这种时候,你能有心情举行婚礼,我可没有。"

罗安然说:"正是在这种时候,我们才要举行婚礼。有的人希望看到你垂头丧气,我们偏要举行婚礼,让他们看看,我们很神气。再说,喜气可以冲掉晦气,还可以显示百折不挠的志气和锐气嘛。"

黎秀娟显然被他说动了心。

赵惠娥摸索着走了出来,说:"是罗先生吗?是罗先生来了吗?"

罗安然忙迎上去,扶住赵惠娥,说:"大妈,是我,您叫我安然吧。"

赵惠娥抓着罗安然的手说:"孩子,你是好人,是我的救命恩人,也是秀娟的救命恩人呀。你跟秀娟说的话我都听见了,我们家穷,现在又是这个样子,会委屈你呀。"

罗安然诚挚地说:"大妈,一家人不说两家话,您相信我会永远对秀娟好吗?"

赵惠娥说:"我相信,我相信。"

第十一章

　　罗安然说:"大妈,那您支持我和秀娟现在举行婚礼吗?"

　　赵惠娥说:"我支持,我支持。我送给你的结婚礼物就是这块双面全异绣芙蓉花。这是秀娟几个月来日夜穿针引线的成果。"

　　罗安然激动得不由自主地改口说:"谢谢您,妈,谢谢您!"

　　黎东和熊镇长匆匆走来了。黎东边走边说:"妈,姐,熊镇长支持我们打这场官司。"

　　熊镇长说:"秀娟,我跑到管委会找了贺书记,贺书记又给市领导打了电话,贺书记要我们用法律手段解决问题。这场官司我们打定了。另外,听贺书记说,市工商已成立调查组,会把'芙蓉绣庄'的历史弄清楚的。"

　　黎东说:"罗先生,你也来了。"

　　罗安然说:"黎东,你再不要喊我罗先生了,喊我然哥,喊我姐夫吧。"

　　黎东不无意外地说:"什么,姐夫?"

　　罗安然说:"是的,妈妈已经支持我和秀娟现在举行婚礼了。"

　　黎东望望黎秀娟,又望望赵惠娥,说:"妈,姐,这是真的?"

　　黎秀娟点了点头。赵惠娥也点了点头。黎东高兴地跳起来抱住了罗安然,说:"太好了,姐夫哥。"

　　熊镇长却诧异地说:"你们,你们在这种时候结婚,合乎情理吗?"

　　罗安然笑着说:"在通情达理的人看来,会合乎情理,在不通情达理的人看来，才不合乎情理。现在世界上发生许多事，按传统观念认为是不合乎情理的事，发生之后都变得合乎情理了。可以说，我和秀娟所做的事，在世俗的眼中都是不合乎情理的。喏，秀娟不肯到条件优厚的大公司干活，却要历经千难万险去闯自己的路，这合乎情理吗？秀娟和我们公司竞争，我作为公司的总经理却一心来帮她，这合乎情理吗？甚至我和秀娟的爱情，也被认为是不合乎情理的。这并不奇怪，因为别人不理解。不理解是因为他们自以为是，或者是偏见和不懂装懂的浅薄。你说是吗？"

熊镇长点点头，说："听你一说，还挺有道理的，我衷心为你们祝福，要办什么手续，我给你们办。"

罗安然说："谢谢你。"

黎秀娟说："安然，你还是征求一下你爸爸妈妈的意见吧。"

罗安然说："不管他们同意不同意，我都按照自己的决定办。当然，我在来找你之前就已经给他们打过电话了。"

/ 7 /

大门外。熊镇长在吩咐一个镇政府工作人员说："你快去镇政府催一催，让所有的人都来礼堂参加黎秀娟与罗先生的婚礼。就说是我说的，把他们的婚礼办得热热闹闹，快去。"

黎秀娟与罗安然从礼堂里走出来。黎秀娟说："熊镇长，主持人问我们婚礼什么时候开始呢。"

熊镇长说："快了快了，还等一下，马上就举行。"

罗夫平、欧阳子玉、欧阳圆、欧阳芬和潘向云驱车来到礼

第十一章

堂门口。欧阳圆跑过来,喊着说:"表哥,秀娟姐。"

罗安然高兴地说:"圆圆,爸,妈,芬芬,你们都来了,欢迎欢迎!"

黎秀娟只是望着他们笑,亲热地抓住欧阳圆的手。

罗夫平走过来,他脸上的神情很复杂。

罗安然有点担心地瞧着他。罗夫平端详着黎秀娟,似乎很吃惊。

黎秀娟感到罗夫平的神情怪异。她看他时,像看一个病人,保持着警惕,却并不吭声。

罗夫平出乎她意料地说:"请问,黎姑娘的母亲尊姓大名?"

黎秀娟疑惑地看了罗夫平一眼,但还是回答说:"我妈妈名叫赵惠娥。"

罗夫平的脸上现出一丝疑惑,想了想,复又连连问:"你和你的弟弟真的都是你母亲生的么?你母亲的老家是不是在长沙望城?你母亲以前的名字是不是叫翁湘慧?"

黎秀娟不解地说:"罗董事长,你问的这些问题我也回答不出来。但我不明白,这些问题与现在我和安然的婚礼有什么关系?"

黎东从礼堂里走过来,怒目瞪着罗夫平,狠狠地说:"罗董事长,你抢走了我家的招牌,还想来干什么?我告诉你,这事还没完,我们法庭上见。"

但是,罗夫平并没有发作,却忽地笑着说:"黎姑娘,小黎先生,要打官司我乐于奉陪,如果这块老字号招牌真的属于你们,那这个世界未免太小了,小得就像一个戏台。如果这块老字号招牌只能属于我,那我只好对你们表示遗憾了。"

黎东莫明其妙地眨着眼睛。黎秀娟冷冷一笑,说:"罗董事长,不知道将是你对我表示遗憾,还是我对你表示遗憾呢。"

罗安然赶紧打圆场说:"等见了秀娟妈,问清楚再说吧。"

何婶扶着赵惠娥走过来,喊着说:"秀娟,秀娟……"

罗夫平一眼盯住赵惠娥,不禁一抖。大家都诧异地瞧着罗夫平。

罗夫平走向前,试探性地问赵惠娥:"请问大姐您,'芙蓉绣庄'这招牌是您令尊大人传给您的?"

赵惠娥点点头,说:"是的。"

罗夫平说:"那么,'芙蓉绣庄'是您令尊大人创办的了?"

赵惠娥摇摇头,说:"不,是我祖上传下来的家业。"

罗夫平顿了顿又问:"不敢动问,您令尊大人叫什么名字?"

赵惠娥回答说:"我父亲名叫翁福泰。"罗夫平更强烈地一抖,急问:"翁福泰先生的祖籍可是长沙望城?"

赵惠娥诧异地说:"是呀,您怎么知道?"

罗夫平急切地说:"翁老先生有个独生女儿叫翁湘慧,您可知道?"

赵惠娥一惊,忙竖起耳朵辨认,激动地说:"您是谁?您是?"

罗夫平已经明白了赵惠娥是谁,激动地说:"湘慧,是你,真的是你!你还活着,你还活着,有生之年我总算又见到你了。"

赵惠娥似乎不敢相信地说:"您是,是……"她忙从身上摸出那张旧照片,说:"秀娟,你快看看,相片上的人是不是他?"

相片上是当年的罗夫平与当年的赵惠娥和当年还是一岁的

第十一章

小秀娟。

黎秀娟似乎已感觉到了是怎么一回事,但不敢相信,而且不愿相信,拿着旧相片与罗夫平对照着,黎东与罗安然也凑过来观看着。

她拿着相片的手在微微颤抖。

罗夫平伤感地说:"你们看吧,看吧,看清楚了。"他也从口袋里掏出那张旧相片,和黎秀娟手中的旧照片对照着。

这一张旧照片上也是当年的罗夫平和当年的赵惠娥带着一岁的小秀娟。罗安然吃惊地说:"爸,您也有一张同样的照片?"

黎东吃惊地对赵惠娥说:"妈,他是照片上的人,只是变老了。这是怎么一回事呀?"

赵惠娥再也抑制不住激动,站起来双手抖抖索索地摸索着,喊道:"德南,真的是你,是你来了……"

罗夫平赶紧上前扶住赵惠娥,老泪纵横,说:"湘慧,是我,是德南回来了。"

赵惠娥哭出声来,说:"德南——"扑在了罗夫平的怀里。

罗夫平紧紧抱住了赵惠娥。

赵惠娥哭着说:"德南,我们这不是在梦里么?"

罗夫平流着泪说:"不是梦,不是梦,我们的梦已经醒过来了。"

两个老人抱头大恸。在场的人全都目瞪口呆。

罗夫平扶着赵惠娥说:"湘慧,你怎么把姓名也改了?"

赵惠娥哭着叹了口气,说:"那年,你逃走之后,他们给我加了一大堆罪名,我们孤儿寡母是活不下去了,又碰上一场武斗引起的大火，全城很乱，我就带着女儿小春逃了出来，到这里投奔我的表姐，我怕牵连表姐，就改了个名字。早两年，表姐死了，这房子，还是表姐留给我的。"

罗夫平伤感地叹息着，一眼又看到黎秀娟和黎东，不无猜测地说："湘慧，我们的小春呢？"

赵惠娥说："就是秀娟呀。我给她改的名字，你说好听么？"

罗夫平忙说："好听好听。"

他的眼光又瞟着黎东，疑惑地说："黎东是秀娟的亲弟弟么？你……？"

赵惠娥明白了他的意思，回答说："我没改嫁，一直在等着你呀。黎东是你还没看见过的儿子呀。"

罗夫平不解地说："他是我的儿子？"

赵惠娥说："你不知道，你逃走的时候，我已经怀有身孕了呢。"

罗夫平恍然大悟。

赵惠娥扭过脸去，说："秀娟、黎东，你们快过来，认认你们的亲生父亲吧。"

黎秀娟微微颤抖着，脸上的神情显得十分复杂。谁知黎东的脸涨成了猪肝色，他三步并做一步冲到罗夫平跟前，用尽全力朝他甩去一个耳光，"叭"一声闷响，直打得罗夫平眼冒金星，一个趔趄，黎秀娟忙过去扶着罗夫平。全场寂静。

赵惠娥突然醒悟过来，厉声叫道："秀娟、黎东，你们过来，跪下，认你们的亲生父亲！"

黎秀娟突然一扭头，冲向远处。

第十一章

　　罗安然忙喊着追赶而去。黎东也喊着"姐"追赶而去。

　　赵惠娥顿时愕然。罗夫平叹了口气，站在那里像根木桩，一动不动。

　　欧阳子玉克制着自己的情绪，说："芬芬、向云，送我回去吧。"说着，转过身，往小车走去。

　　潘向云与欧阳芬赶紧跟着欧阳子玉，扶着她上了车。彭定坤这几天联系不上，说是被公安刑拘了。潘向云望着远远开过来的一辆警车，内心有种不祥的、莫名的紧张和恐慌。

　　罗夫平忙说："子玉！子玉！……"

　　但是欧阳子玉并没有回头。罗夫平想要追上去，却没有迈开脚步。

　　"罗董事长，有两桩命案涉及你公司的管理人员，需要你们公司配合调查。"

　　正在罗夫平左右为难时，两名警察找到他。

（完）